AF535092

Jochen Kraeft

Na Sie müssen ja Nerven haben!

Der zweite Roman vom Leben, Leiden und Lieben in einem Baumarkt

Bibliografische Information der Deutschen Nationalbibliothek:
Die Deutsche Nationalbibliothek verzeichnet diese Publikation in der Deutschen Nationalbibliografie; detaillierte bibliografische Daten sind im Internet über http://dnb.dnb.de abrufbar.

Umschlag-Idee & -Gestaltung: Jochen Kraeft, Ludwigsburg

Verlag: BoD · Books on Demand GmbH,
Überseering 33, 22297 Hamburg, bod@bod.de
Druck: Libri Plureos GmbH, Friedensallee 273,
22763 Hamburg

ISBN: 978-3-7693-0254-7

Ähnlichkeiten mit real existierenden oder bereits verstorbenen Personen sowie Situationen oder Örtlichkeiten sind selbstverständlich rein zufällig und nicht beabsichtigt.

„Ihr sollte doch nicht immer mache
so Spasse mit die arme Enrique!“
Enrique, Baguette-Fachverkäufer

EINS

„Meine Damen und Herren, liebe Kolleginnen und Kollegen, darf ich Ihnen vorstellen: Julia Nowak, unsere neue Mitarbeiterin. Sie wird uns ab heute tatkräftig unterstützen, und das in erster Linie im Bereich Tapeten und Wandfarbe."

Aha.

Da nicht klar zu sein scheint, ob das schon Gerstners komplette ‚Wir-haben-jemand-Neues-im-Team'-Ansprache war, entsteht dummerweise gerade ein zwar nur kurzes aber dennoch ziemlich peinliches Schweigen. Und wenn ich die Blicke der Anderen hier im Raum richtig interpretiere, stellen die sich gerade allesamt ebenfalls die ‚Äh-war-das-schon-alles?'-Frage – bei dem einen oder anderen dürfte vermutlich noch die Überlegung hinzukommen, ob dies schon der geeignete Zeitpunkt für einen kleinen Willkommens-Applaus sein könnte, wohingegen Martin und Markus, unsere beiden intelligenz-gedimmten Muskelpakete gerade mental auszuknobeln scheinen, wer denn die Frage nach Sekt und Schnittchen stellen darf. In der Mimik der neuen Kollegin lese ich dagegen eher ein verzweifeltes ‚Kann-ich-bitte-meinen-Telefonjoker-anrufen?'. Frau Nowak, ich kann Sie mehr als gut verstehen, denke ich mir. Willkommen in der Zentrale des Baumarkt-Irrsinns!

„Tja, also, wir freuen uns, dass Sie da sind, Frau Nowak. Vielleicht wollen Sie ja auch ein paar kurze Worte … äh … also nur, falls sie möchten?" reagiert Herr Gerstner auf die peinliche Stille und macht dabei eine ziemlich albern wirkende Geste, die mich entfernt ein wenig an Dieter Thomas Heck erinnert, wenn er in seiner geliebten ZDF-Hitparade zum x-ten Mal Howard Carpendale oder Roland Kaiser angesagt hat. Im Gegensatz zu Gerstner war das bei Heck aber eben immer großes Fernsehen, weswegen Frau Nowaks Mimik gerade vom Telefonjoker-Gesicht in ein gequältes Lächeln überzugehen scheint.

„Ja. Äh. Vielen Dank, Herr Gerstner. Also mein Name ist Julia Nowak, aber gerne Julia. Ich habe bis letzten Monat noch in der Filiale in Dülmen gearbeitet und war da für die Logistik zuständig, also sozusagen hinter den Kulissen. Und jetzt hat die Zentrale grünes Licht gegeben, mich … wie soll ich sagen … also mich quasi auch mal auf die Kunden loszulassen."

Während alle im Raum diesen letzten Satz ziemlich lustig finden, quittiert Herr Gerstner die Aussage ‚mich quasi auch mal auf die Kunden loszulassen' wenig überraschend mit einem verzerrten Grinsen. Denn der Gedanke, dass Frau Nowaks erste Kundenkontakte kurz darauf Formulierungen der Sorte ‚Unfähigkeit' oder ‚Inkompetenz' auf den bekannten Bewertungsportalen im Internet zur Folge haben könnten, dürfte bei ihm gerade höchstwahrscheinlich krampfähnliche Schmerzen auslösen. Und da hilft dann selbst ratiopharm nicht mehr so wirklich.

„Habe ich irgendwas verpasst?" höre ich plötzlich eine mir sehr vertraute Stimme ins Ohr flüstern.

„Ach, der Weber hat es auch schon geschafft." erwidere ich süffisant in Patricks Richtung.

„Ja, sag es doch noch lauter, damit es auch wirklich jeder hier…" stockt er mitten im Satz.

Ich kenne Patrick. Dass er den Satz nicht beendet, kann nur einen einzigen Grund haben. Und dieser Grund ist weiblich, hört auf den Namen Julia Nowak und steht gerade neben einem nach wie vor ungesund verkrampften Herrn Gerstner.

„Alles OK?“ drehe ich mich möglichst unauffällig zu ihm um und schaue in seinen halboffen stehenden Mund, gepaart mit auf voller Öffnung stehenden Augen.

„Wer ist das denn?“ schafft er es trotz halbgeöffnetem Mund, diese vier Worte verständlich herauszubringen.

„Julia Nowak, die neue bei Tapeten und Wandfarbe.“ sage ich. Allerdings wohlwissend, dass ihm der zweite Teil der Antwort hinsichtlich ihres Einsatzgebietes herzlich egal sein dürfte, und er eigentlich eher grundlegendere Dinge wie Alter, Familienstand und idealerweise gleich auch noch Privatadresse und Handynummer erwartet haben dürfte.

„Julia Nowak.“ stammelt er.

„Ja, Julia Nowak. Und nicht Julia Weber. Zumindest noch nicht.“ glaube ich seine Gedanken lesen zu können, in denen er sich vermutlich mit der Neuen gerade direkt von den Tapeten und Wandfarben in Richtung des nächsten Standesamtes aufmacht.

„Kannst du Gedanken lesen?“ finden seine Gesichtszüge langsam wieder zurück in ihren alltagsüblichen Aggregatszustand.

„Naja, war jetzt nicht wirklich schwer.“ ziehe ich die Augenbrauen kurz nach oben.

Genau genommen war mir diese Patrick-Weber-Reaktion bereits in dem Moment klar, in dem ich vor wenigen Minuten in Gerstners Büro gekommen bin. Ohne zu wissen, wer die attraktive junge Dame ist, auf die Gerstner da tätschelnd einredete, war mir klar, dass bei Patrick die Hormone sofort wieder Hüpfburg spielen werden, sobald er sie sieht.

„Wo warst du eigentlich? Gerstner hatte doch schon gestern Morgen die Mail geschrieben, dass wir heute alle um halb zehn zu ihm ins Büro kommen sollen.“ schicke ich einen vorwurfsvollen Blick in seine Richtung.

„Wie bitte?“

„Egal." schüttele ich den Kopf. Ich gehe davon aus, dass Patricks akustische Aufnahmebereiche für Fragen rund um banal-alltägliche Geschehnisse wie zum Beispiel pünktliches Erscheinen zu Terminen bis auf weiteres vom Netz genommen sein dürften.

Mittlerweile stehen die ersten Kollegen bei Gerstner und der Neuen und schütteln reihum fleißig und wild durcheinander glückwünschend Hände. Ich hoffe inständig, dass Gerstner ihr jetzt nicht noch schnell seine Umsatzerwartungen mitgeteilt hat – und dass sich diese aus seiner Sicht nur sehr bedingt mit ihrer ‚mal auf die Kunden loslassen'-Äußerung in Einklang bringen lassen dürften. In diesem Moment sorgt Gerstners Assistentin für eine, wahrscheinlich unfreiwillige, aber dadurch willkommene Auflockerung der Situation. Denn sie versucht ein Tablett mit etwa zwei Dutzend eindeutig zu gut eingeschenkten Sektgläsern unfallfrei durch die Kollegen hindurchzumanövrieren.

„Dankeschön, Frau Voss. Ich nehm' auch gleich eins für Herrn Weber." lächle ich sie freundlich an und nehme zwei bis an die Grenze des Überschwappens eingeschenkte Gläser von ihrem Tablett, welches dadurch für einen kurzen Moment in eine bedrohliche Schieflage gerät.

„Huch, da hab ich's mit dem Einschenken wohl ein bisschen zu gut gemeint." kichert sie in unsere Richtung.

Dieses gekicherte Grinsen dürfte jedoch eher auf einen ganz speziellen Menschen abzielen, dessen Empfangsantennen gerade aber weder auf Sekt noch die dazugehörende Frau Voss ausgerichtet sein dürften. Denn Patrick scheint in seinen Gedanken mittlerweile bereits bei der Unterzeichnung des Bausparvertrags oder der Namensfindung für das erste gemeinsame Kind angekommen zu sein, wenn ich seine Blicke richtig interpretiere. Und auch Frau Voss, die inzwischen die notwendige Balance bei den Sektgläsern wiederhergestellt hat, scheinen diese Blicke und die damit verbundene Immunität für ihre wie immer auch gearteten Flirtversuche nicht entgangen zu sein.

„Danke." nickt Patrick kurz mit einem knappen Lächeln in ihre Richtung, als er mir das Glas etwas zu hektisch abnimmt und dabei gleich mal einen ordentlichen Schluck Blubberbrause auf Gerstners Teppich verschüttet.

„Stark. Volltreffer auf die Auslegware."

„Kein Problem. Ich hole Ihnen gleich mal eine Serviette, Herr Weber. Sekunde." scheint Frau Voss fast ein wenig erfreut über sein Missgeschick zu sein.

„Ich bin sicher, du bekommst jetzt eine von den guten Servietten, die normalerweise nur dann rausgeholt werden, wenn sich Besuch aus der Zentrale angesagt hat." grinse ich Patrick an.

„Was?" wischt sich Patrick seine nassen Sektfinger an seiner Hose ab, ohne dabei den Großraum rund um Julia Nowak auch nur für Sekundenbruchteile aus den Augen zu lassen.

„Frau Voss. Sekt verschüttet. Serviette." versuche ich Patrick aus seinem virtuellen Standesamt wieder zurück in Gerstners Büro zurückzuholen.

„Was schätzt du, wie alt sie ist?"

OK, dieser Versuch ging nicht wenig überraschend schief.

„Keine Ahnung. Aber dürfte einfacher zu schätzen sein als bei Frau Voss." lache ich.

„Sprechen Sie etwa über mich?" flötet Frau Voss und wedelt mit zwei orangeroten, stoffähnlichen Servietten.

Bitte lasse sie nur die letzten beiden Wörter verstanden haben, bete ich innerlich.

„Herr Seifert meinte, dass hier niemand so fürsorglich ist wie Sie, Frau Voss." lächelt Patrick sie an.

Ich habe keine Ahnung, wie Patrick so schnell aus seiner Familienplanungs-Illusion wieder zurück hier in den *Honäsch* gekommen ist, aber ich schicke erstmal ein virtuelles XXL-Dankeschön an irgendeine höhere Macht, falls eine solche für das gerade Geschehene verantwortlich sein sollte.

„Sie Charmeur." verwandelt sich ihre Gesichtsfarbe sekundenschnell in das orangerot ihrer beiden Servietten.

„Vielen Dank. Und entschuldigen Sie bitte mein Malheur mit dem Teppich." nimmt ihr Patrick eine der beiden Servietten ab und deutet mit dem Boden des Sektglases in Richtung eines kaum sichtbaren Flecks auf Gerstners leberwurstgrauer Auslegeware.

„Ach, kein Problem. Das hat Herr Gerstner wahrscheinlich gar nicht mitbekommen." neigt sie ihren, mittlerweile auf den Farbton orange-aprikose gewechselten Kopf kurz in Richtung Gerstners Rudel-Händeschüttel-Versammlung.

„Und bis die fertig sind, ist der gute Tropfen schon längst getrocknet." ergänze ich.

„Ach ja? Ich wusste gar nicht, dass du dich nicht nur bei Fliesen und Kacheln, sondern auch bei den Trocknungsgeschwindigkeiten von Büro-Teppichen so gut auskennst." grinst mich Patrick an.

„Hihi. Sie sind ja schlagfertig, Herr Weber." lacht die Aprikose.

Sabine Voss arbeitet seit knapp sechs Monaten bei uns im *Honäsch*. Nachdem es Herr Gerstner irgendwie geschafft haben muss, die Damen und Herren in der Zentrale davon zu überzeugen, er benötige unbedingt eine Assistentin, gaben sich hier tagelang Dutzende von Bewerberinnen quasi im Stundentakt die Klinke die Hand. Und bereits am darauffolgenden Monatsersten stand Sabine Voss genau dort, wo gerade die Mutter von Patricks Wunschkindern steht und wurde uns von Herrn Gerstner freudestrahlend vorgestellt. Ich glaube allerdings, dass es ihm völlig egal ist, wer da jetzt bei ihm im Vorzimmer sitzt. Allein die bloße Existenz einer Assistentin vermittelt ihm augenscheinlich ein Gefühl gesteigerter Wichtigkeit, mit welchem er aber ziemlich alleine dastehen dürfte. Zudem es die arme, schon nach wenigen Tagen am Rande eines Nervenzusammenbruches stehende Frau Voss dazu verleitet hat, wieder mit dem Rauchen anzufangen. Denn zum Rauchen muss man bei uns zum Hinterausgang des Personalraums. Somit bringt ihr jede Zigarette, oder wie sie es ausdrückt, jedes Nikotin-Erfrischungsstäbchen, summasumarum eine Gerstnerpause von immerhin gut fünfzehn Minuten ein.

Altersmäßig liegt Frau Voss schätzungsweise irgendwo zwischen zweiunddreißig und achtundvierzig Jahren. Diese zugegebenermaßen recht große Spanne liegt zum einen an ihrem recht einwilligen Kleidungsstil, der irgendwie von dem der vier Damen aus der US-Serie „Golden Girls" inspiriert zu sein scheint, zum anderen an ihrer Frisur. Das, was ihr Friseur regelmäßig auf ihrem Kopf anstellt lässt den Verdacht zu, dass es sich bei ihm möglicherweise um einen Berufs-Quereinsteiger mit ausgeprägter Sehschwäche handeln dürfte. Die eigenwillige Kombination aus Kleidung und Frisur führen zum oberen Ende der Altersschätzung, während hingegen ihre jugendlichen und irgendwie auch recht hübschen Gesichtszüge die Untergrenze rechtfertigen könnten. Und da Patrick und ich nicht sicher sind, an welchem Ende der Schätzungs-Skala sich das tatsächliche Alter der guten Frau Voss befindet, haben wir uns bisher auch noch nicht getraut, ihr das ‚du' anzubieten. Auch der Rest der Belegschaft verharrt immer noch bei der Anrede ‚Frau Voss'. Daher gehe ich davon aus, dass dort ähnliche Mutmaßungen hinsichtlich ihres Alters die Runde machen dürften.

„Klar. Zu dem Thema hab' ich im dritten Lehrjahr ein mehrwöchiges Auslands-Praktikum gemacht. Inklusive Abschlussprüfung." versuche ich einigermaßen originell auf Patricks Teppich-Spruch zu reagieren.

Scheinbar finden aber weder Patrick noch die Aprikose meinen Spruch auch nur annähernd so originell wie ich selber, denn von beiden kommt keinerlei Reaktion. Im Falle von Patrick dürfte der Grund darin bestehen, dass sich seine Konzentration jetzt wieder auf Julia Nowak verschoben hat. Bei Frau Voss hingegen, dass ihr genau diese Verschiebung weder entgangen sein noch gefallen dürfte.

„Herr Weber, Herr Seifert. Kommen Sie doch bitte mal kurz rüber." reißt Gerstners Stimme mich aus meinen Überlegungen rund um die Sekt-Aprikose-Patrick-Gemengelage. Und auch Patrick holen diese elf Worte offenbar schlagartig aus welcher-Stufe-auch-immer seiner sich gerade entwickelnden, virtuellen Baumarkt-Romanze.

„Ach, stellen Sie die Gläser einfach hier ab." interpretiert Frau Voss Patricks und meinen fragenden Blick intuitiv richtig und hält uns das mittlerweile fast leere Tablett hin.

„Danke." sagen wir beide unfreiwillig synchron nickend.

„Was sagen wir denn da jetzt?" fragt mich Patrick sichtlich nervös.

„Wie wäre es zum Beispiel mit einem lässig-souveränen ‚Hallöchen, möchten Sie vielleicht die Mutter meiner Kinder werden'?"

„Blödmann."

„OK, dann vielleicht erstmal ‚Hallo Frau Nowak, ich bin Patrick Weber. Freut mich, Sie kennenzulernen?'"

„Klar. Das ist natürlich viel besser.“ erscheint ihm das wiederum wohl etwas zu banal.

Um ihn nicht noch mehr zu verunsichern und auch um zu vermeiden, dass er jetzt gleich vor lauter Aufregung auch noch über seine Füße fällt, verzichte ich auf den Hinweis, dass die zukünftige Mutter seiner Kinder vorher allen schon angeboten hatte, sie zu duzen. Allen außer Patrick, der pünktliches Erscheinen dummerweise ja als eine zu vernachlässigende Charaktereigenschaft einstuft.

„Frau Nowak, ich möchte Ihnen gerne die Herren Seifert und Weber vorstellen.“

Jetzt wird's spannend, grinse ich mit einer gewissen Vorfreude in mich hinein.

Und da Gerstner beim letzten Wort seine rechte Hand betont lässig auf Patricks Schulter legt und hiermit unfreiwillig eine Reihenfolge bei der Vorstellung festlegt, kann ich Patrick jetzt auch leider keine Bedenkzeit mehr verschaffen.

„Schönen guten Tag, Frau Nowak. Patrick Weber, Fachberater in allen Lebenslagen.“

Das hat er jetzt bitte nicht wirklich gesagt, höre ich mich innerlich zu mir selber sagen.

„Freut mich.“ schaut sie ihn nachvollziehbarerweise etwas verdutzt an.

„Und ich bin Rüdiger Seifert. Gerne Rüdiger.“ grätsche ich dazwischen um weitere Fettnäpfchen à la Patrick gleich im Keim zu ersticken.

„Hallo Rüdiger. Du machst Fliesen und Kacheln hier, richtig?“ lächelt sie mich an. Ich gehe davon aus, dass dieses äußerst charmante Lächeln nur bedingt mit meiner Person zu tun haben dürfte, sondern eher mit einer gewissen Erleichterung darüber, dass ich, im Gegensatz zu Patrick, auf Zusatzinformationen hinsichtlich etwaiger, über das Tagesgeschäft hinausgehender Beratungskompetenzen verzichtet habe.

„Richtig, woher wissen Sie, äh, woher weißt du das?" verliere ich für einen kurzen Moment den Überblick über das Siezen und Duzen.

„Ich war gestern schon mal kurz da, und da standest du sehr kompetent wirkend unterhalb eines ziemlich großen Schilds mit der Aufschrift ‚Fliesen und Kacheln'."

„Ähm ..." stammele ich.

„Kleiner Scherz. Herr Gerstner hatte mir heute Morgen die Mitarbeiter der einzelnen Abteilungen genannt. Und mein Bruder heißt auch Rüdiger. Daher hatte ich mir das gemerkt."

Halleluja, zum Glück hat sie gesagt, dass Rüdiger der Name ihres Bruders ist, und nicht der ihres Mannes, denke ich und schaue möglichst unauffällig zu Patrick. Der hatte offensichtlich exakt den gleichen, entspannenden Gedanken, wenn ich seinen Blick richtig interpretiere.

„Na, da hatten Ihre Eltern ja einen guten Geschmack bei der Namenswahl." lacht Herr Gerstner mittenrein in Patricks und meine mentale Erstellung des Nowak'schen Familienstammbaumes.

„Und was machen Sie hier, Herr Weber? Für welche Abteilung sind Sie zuständig?" neigt sie den Kopf in leichter Schräglage zu Patrick.

OK, jetzt gilt's, Herr Weber. Erzähl' jetzt bloß keinen Blödsinn.

„Ich bin hauptsächlich bei den Bodenbelägen. Holz, Linoleum und so weiter." bringt Patrick glücklicherweise unfallfrei heraus. Seinem Gesichtsausdruck nach zu schließen, hat er dabei die Luft angehalten um sich nicht zu verhaspeln und versucht jetzt möglichst unauffällig auszuatmen. Gleichzeitig scheint er mich mit seinem Blick irgendwie ‚wieso bist du bitteschön eigentlich schon per du mit ihr?' zu fragen.

„Das ist ja gleich im Gang neben meinen Tapeten und der Wandfarbe. Wenn ich also mal eine Frage habe, darf ich mich dann an Sie wenden, Herr Weber?“ hält sie den Kopf jetzt sogar noch etwas schräger als bei ihrer ersten Frage an Patrick.

Sag jetzt bitte einfach nur ‚ja gerne‘ hoffe ich, denn so offensichtlich wie sie gerade mit Patrick flirtet dürfte sich seine sonst übliche Souveränität gegenüber weiblichen Wesen gerade grußlos in den vorgezogenen Feierabend verabschieden.

„Klar, Patrick Weber. Ihr Fachberater in allen Lebenslagen.“

Ach du scheiße. Bis gerade eben dachte ich noch, dass diese Typen bei ‚Traumfrau gesucht‘ oder ‚Schwiegertochter gesucht‘ auf RTL und RTL 2 hinsichtlich telegenen Fremdschämens schon das Ende der Fahnenstange darstellen. Aber dass Patrick jetzt tatsächlich innerhalb von weniger als sechzig Sekunden zum zweiten Mal den Fachberater für alle Lebenslagen rausholt, damit war beim schlimmsten Willen nicht zu rechnen.

„Naja, wie auch immer. Weber, Seifert. Sie helfen Frau Nowak bitte in den ersten Tagen bei der Einarbeitung. Also Rechner einrichten, Zugänge zu den verschiedenen Systemen beantragen, Übersicht über die Warengruppen. Das übliche halt. Sie wissen schon.“ überspielt Gerstner glücklicherweise den peinlichen Moment.

„Machen wir gerne Herr Gerstner.“ bestätige ich seinen Wunsch, in erster Linie aber natürlich um zu verhindern, dass Patrick aufgrund seiner hormonellen Achterbahnfahrt jetzt schlimmstenfalls eine noch größere Peinlichkeit als seinen doppelten Lebenslagen-Fachberater aus der Hinterhand hervorzaubert.

„Vielen Dank, die Herren. Frau Nowak, ich bin sicher, Sie sind bei den beiden in den besten Händen.“ macht er eine

Geste, die wohl irgendwie andeuten soll, er würde Patrick und mir gleichzeitig auf die Schultern klopfen.

Bitte sag' jetzt nichts, denke ich erneut in Patricks Richtung. Und mein Telepathie-Beauftragter erfüllt mir zum Glück diesen Wunsch und überträgt diese Nachricht umgehend erfolgreich und fehlerfrei.

„So, und ich muss dann auch wieder, die Pflicht ruft, Sie verstehen. Aber wir sehen uns ja bestimmt nochmal im Laufe des Tages." schüttelt Gerstner kurz die Hand von Frau Nowak und verabschiedet sich aus unserer Vierer-Runde. Auf seinem Weg aus dem Büro tritt er ausgerechnet in die Reste von Patricks Sektpfütze, welche aber schon so weit von der Auslegeware absorbiert zu sein scheint, dass dies nur bei Patrick und mir für einen kurzen Moment der Schnappatmung sorgt.

„Na dann. Herr Weber, Rüdiger, legen wir mal los mit der Inthronisierungs-Zeremonie." lacht Julia nachdem sie sicher ist, dass Herr Gerstner auch ganz bestimmt außer Hörweite ist.

„Mit was?" frage ich.

„Na, der Inthronisierungs-Zeremonie. Oder nennt ihr das hier nicht so?"

„Äh. Nein." zucke ich mit den Schultern. Und auch Patricks Pupillen versuchen irgendwie, eine Ahnungslosigkeit symbolisierende Acht nachzuzeichnen.

„Also in Dülmen ist das schon ein Klassiker, wenn jemand Neues anfängt. Und das Beste ist, dass das ganze Prozedere auch die machen müssen, die lediglich in eine andere Filiale gehen. Und da Dülmen schon meine dritte Honäsch-Station war, ist das heute Inthronisierungs-Zeremonie Nummer vier für mich. Wollt ihr mal wissen, was bisher mein persönliches Highlight war?"

„Klar." nicken wir.

„Ich habe in meiner Zeit in Dortmund an der Entwicklung des neuen Logistikprogramms mitgearbeitet."

„Du warst an der Entwicklung des BaMaLog beteiligt?" unterbricht sie Patrick und vergisst vor lauter Begeisterung, dass er formal gesehen bei Julia immer noch auf den Stufen ‚Sie' und ‚Frau Nowak' steht.

„So ist es." legt sie erneut ihren Kopf leicht schräg und übergeht damit charmant Patricks kleinen Knigge-Fauxpas.

Aufgrund Patricks, als fachlich einzuschätzendem, Enthusiasmus merke ich, dass es sich bei BaMaLog also nicht um die Nummer 34 auf der Mittagskarte des örtlichen Chinesen handelt, sondern um unser neues Baumarkt-Logistik-Programm, dessen sämtliche Einführungs-Kurse ich ausnahmslos und mit souveräner Souveränität verpasst habe.

„Jedenfalls bin ich etwa acht Wochen nachdem BaMaLog flächendeckend in allen Honäsch-Filialen ausgerollt worden war nach Dülmen gewechselt und durfte da natürlich am ersten Tag die obligatorische Inthronisierungs-Zeremonie über mich ergehen lassen. Und ihr könnt euch denken, was unter anderem auf dieser Liste steht."

„Einführung in BaMaLog, Dauer eine Stunde?" fragt Patrick lachend.

„Genau. Und ich habe da doch glatt vergessen, meinen neuen Kollegen darauf hinzuweisen, dass ich mich mit dem System schon ein wenig auskenne. Ich bin aber auch ein Schussel." haut sie sich virtuell mit der flachen Hand auf die Stirn.

Ich muss nicht zu Patrick rüber schauen, um zu wissen, dass seine Begeisterung für sie gerade nochmal gewachsen sein dürfte. Denn dies ist genau die Art von Humor, mittels der er und ich den tagtäglichen Wahnsinn des *Honäsch* und seines Galeerenführers Manfred Gerstner überleben.

„Wie lange hast du ihn zappeln lassen?“ frage ich und rechne jetzt nicht wirklich damit, dass sie es die komplette Stunde durchgezogen hat.

„Die komplette Stunde.“

„Nicht wirklich!“

„Wirklich! Schon nach fünf Minuten wollte er mir klarmachen, dass das Programm noch so einige Kinderkrankheiten hätte, was aber eindeutig daran lag, dass er sich offensichtlich noch nicht mal mit den Basis-Funktionen vom BaMaLog so wirklich beschäftigt hatte.“

„Fehler!“ mischt sich jetzt auch Patrick wieder ins Thema ein, vermeidet aber durch seinen recht knapp ausgefallenen Kommentar ein erneutes ‚Sie-oder-du-Anrede‘-Fettnäpfchen.

„Großer Fehler. Vor allem, als ich angefangen habe, ihm nach einer halben Stunde ein paar Fragen zu stellen, für die er definitiv keine Antworten parat haben konnte.“

Mein Mitleid für diese Kategorie von Profi-Trotteln hält sich verständlicherweise in Grenzen, zumal wir hier im Honäsch ja vor nicht allzu langer Zeit mit Jonas Palfrader ein ähnliches Exemplar beherbergt hatten. Und wäre damals sein kleines Nebengeschäft mit seiner feinpulverisierten, südamerikanischen Importware nicht aufgeflogen, wäre er im schlimmsten Fall jetzt schon Gerstners Stellvertreter.

Nicht auszudenken!

„Wie hat er denn die zweite Halbzeit der Einweisung überstanden?“ frage ich Julia, die aufgrund dieser Erinnerungen gar nicht aufhören kann, süffisant zu grinsen.

„Er hat sich völlig hektisch irgendwelche Notizen gemacht und alle paar Minuten immer wieder etwas in der Art von ‚da muss ich dann wohl nochmal im Handbuch‘ nachschauen gemurmelt.“

„Ich glaube, wir werden hier eine ziemlich gute Zeit haben." bekomme auch ich das Grinsen jetzt nicht mehr so wirklich aus dem Gesicht.

„Und falls es doch irgendwelche Probleme gibt, haben wir ja immer noch unseren Fachberater für alle Lebenslagen. Nicht wahr, Herr Weber?"

„Wie bitte?"

Na, toll, Patrick ist gedanklich schon wieder in seinem Paralleluniversum unterwegs.

„Fachberater für alle Lebenslagen, das hatte ich doch richtig verstanden, oder?"

„Wie? Ach so, ja, klar."

„Ich bin übrigens Julia, wenn das OK ist?" streckt sie Patrick ihre rechte Hand entgegen, an der glücklicherweise der Ringfinger seinem Namen nicht gerecht wird. Somit kann die Existenz eines möglichen Herrn Nowak für den Moment zunächst einmal ausgeschlossen werden.

„Äh, ja, natürlich, gerne, ich bin Herr Weber. Blödsinn, ich bin Patrick. Also schon Herr Weber, aber … also wir können gerne du sagen." stolpert er sich verbal ans Ziel und bewegt seine rechte Hand in ihre Richtung.

„Schön. Wäre ja auch ein bisschen komisch, wenn wir die einzigen sind, die sich siezen, oder?" schüttelt sie zweimal Patricks Hand, was dessen Hormone noch mehr in Bewegung setzen dürfte als sie es gerade sowieso schon sind.

„Möchte noch jemand einen Sekt?" höre ich plötzlich hinter mir die Stimme von Frau Voss und drehe mich um, wodurch ich ihr beinahe das Tablett mit fünf wiederum viel zu gut eingeschenkten Gläsern aus den Händen schlage.

„Sie meinen es ja gut mit uns. Aber noch ein Glas und ich verkaufe der Kundschaft heute schlimmstenfalls noch Blumenerde als Tapetenkleister." lächelt Julia Frau Voss freundlich an, nicht ahnend, dass diese Frage eher als Versuch gedacht sein dürfte, Patricks Aufmerksamkeit zumindest für ein paar Augenblicke mal wieder auf etwas anderes zu lenken, als der Mutter seiner zukünftigen Kinder.

„Und für Sie, Herr Seifert? Oder vielleicht für Sie, Herr Weber? Sie vertragen doch sicher noch ein Gläschen ohne gleich Gefahr zu laufen, produkthaftungsrelevante Verwechslungen zu riskieren, oder?"

Hui, Frau Voss kann also auch lustig und schnippisch. Respekt.

„Vielen Dank, Frau Voss, aber ich glaube Herr Gerstner würde es wahrscheinlich begrüßen, wenn wir jetzt wieder den Tätigkeiten nachgehen, für die wir am Ende des Monats immer so fürstlich entlohnt werden." hebt Patrick in einer dankend ablehnenden Haltung seine Hand in Richtung des Sekt-Quintetts auf Frau Voss' Tablett.

„Verstehe." nimmt erneut das zarte apricot Besitz von ihren Wangen ein.

„Ich nehme gerne noch eins." sage ich und balanciere vorsichtig ein Glas von ihrem Tablett herunter.

„Du erwartest wohl heute keine größere Kundschaft mehr?" lacht Patrick.

„So ist es. Und Farben sind doch sowieso Geschmackssache. Da besteht bei mir also keine große Gefahr, dass sich jemand im Nachhinein beschwert, die Fliesen wären im Markt doch noch eindeutig hellgelb gewesen und hätten zuhause dann ganz plötzlich und überraschenderweise einen mediterranen Blauton angenommen." proste ich ihm virtuell zu.

„Oh Mann, ich habe hier ja schon nach einer Stunde mehr zu lachen gehabt, als in meiner ganzen Dülmener Zeit." greift Julia ihre Handtasche. „Und wer von euch Beiden führt mich jetzt mal durch die heiligen Hallen?"

OK, Patrick, ich gebe dir maximal drei Sekunden, um ‚Mache ich sehr gerne' zu sagen; also enttäusch' mich jetzt bitte nicht.

„Kann ich gerne machen." sagt Patrick mit einer Selbstverständlichkeit, als hätte es die letzten Minuten seines mentalen Ausnahmezustands nicht gegeben. Vielleicht setzt aber ja auch gerade erst die Wirkung des Voss'schen XL-Sektes ein und versetzt damit den Großteil seiner pingpong-spielenden Hormone wieder zurück in ihre Ausgangsposition.

„Schön. Bis später, Rüdiger." lächelt sie noch kurz in meine Richtung, bevor sie sich doch tatsächlich bei Patrick unterhakt und, elegant die Sektpfütze umkurvend, in Richtung der von ihr so passend beschriebenen heiligen Hallen entschwindet. Ich hoffe inständig, dass die gute Frau Voss gerade anderweitig beschäftigt ist und diesen Abgang nicht mitbekommen hat. Ansonsten dürfte aus dem zarten apricot ihres Gesichts in wenigen Sekundenbruchteilen ein sehr, sehr dunkles rot werden.

„Möchte noch jemand ein Glä…? Oh, sind schon alle weg?" kommt Frau Voss in diesem Moment tatsächlich nochmal mit einem frischen Tablett voller Sektgläser herein. Deren nur noch halbem Füllstand nach zu schließen, dürfte es sich dabei um den Rest der letzten Flasche handeln, den sie millimetergenau auf eine Handvoll Gläser verteilt zu haben scheint.

„Danke, für mich wirklich nicht mehr." werfe ich mir gute eine Handvoll Fisherman's Friend ein. Denn genauso wenig wie Gerstner irgendwelche Online-Beschwerden bezüglich dilettantischer Beratung gefallen dürften, möchte er ganz bestimmt nirgends einen Kommentar der Art ‚Bei *Honäsch* werden Sie schon morgens von alkoholisierten Fliesenfachberatern bedient' lesen wollen.

„Sind Herr Weber und Frau Nowak auch schon weg?“

Damit gibt sie mir unfreiwillig die beruhigende Antwort auf meine Befürchtung, ob sie möglicherweise den untergehakten Abgang der beiden mitbekommen hat.

„Ja, sind sie. Die Pflicht ruft.“

Und mit dieser, wenn man es genau nimmt, nicht mal gelogenen Antwort umgehe ich es elegant, ihr irgendwelche Details hinsichtlich des restlichen zu erwartenden Vormittags-Programms von Patrick und Julia zu erzählen.

„OK, dann wünsche ich Ihnen noch einen schönen Tag, Herr Seifert.“ hebt sie kurz ihre Hand, ohne dass dabei die Balance ihres Tablettes verloren geht.

„Danke, den wünsche ich Ihnen auch.“

Mit diesen Worten eile ich ins Freie um schnellstens frische Luft zu schnappen. Denn die Handvoll Fisherman’s Friend, die ich mir eben noch so lässig eingeworfen habe, entfachen in meinem Mund gerade ein XXL-Pfefferminz-Inferno und vermitteln mir dadurch ein Gefühl als hätte ich mein Zahnfleisch gerade mit einer Handvoll scharfer Peperoni eingerieben. Vielleicht sollte ich nach dem nächsten Sektempfang also bezüglich der Atem-Neutralisierung besser auf Frucht-Drops zurückgreifen. Oder noch besser auf Kinderkaugummis. Geschmacksrichtung Aprikose.

ZWEI

Nach einer guten Viertelstunde hat sich die orale Pfefferminz-Attacke glücklicherweise wieder gelegt und ich kehre atemneutralisiert zurück in den Baumarkt. Aus dem Augenwinkel kann ich erkennen, dass Herr Gerstner gerade in seinem Büro steht, und zwar mit dem Rücken zu dem einen großen Fenster, was es ihm jederzeit erlaubt, das Geschehen des nahezu kompletten Marktes zu überblicken. Da er, wie so oft, wild gestikulierend mit den Armen herumwedelt, gehe ich davon aus, dass ihm in diesem Moment wieder einmal die bedauernswerte Frau Voss gegenüberstehen dürfte. Schlimmstenfalls muss sie sich gerade bei ihm für den überproportionalen Sektverbrauch des Vormittags rechtfertigen. Ich nutze jedenfalls die Gelegenheit, schnellstmöglich zu meinen Fliesen und Kacheln zu kommen; denn meine fünfzehn Minuten Auszeit aufgrund des Verzehrs von zu vielen Fisherman's Friend würde mir Herr Gerstner weder glauben, geschweige denn in irgendeiner Form dafür Verständnis haben.

Der Bereich ‚Fliesen und Kacheln' liegt nicht allzu weit entfernt von Gerstners Büro, daher bin ich bereits nach zweimal linksabbiegen an meinem Arbeitsplatz angekommen; und somit bereit, mit frischem Atem alle Fragen rund um die Verfliesung oder Verkachelung von Räumlichkeiten aller Art gerne und ausführlich zu beantworten. Ein letzter Blick hoch zu Gerstners Bürofenster zeigt mir, dass er sich immer noch im hektischen Fuchtel-Modus befindet und somit meine außerplanmäßige Spontan-Pause ohne Konsequenzen bleiben wird. Ich will mich gerade der Eingabe meines Passwortes widmen, da lässt mich ein kleines Detail schlagartig zusammenzucken. Habe ich da gerade etwa eine blaue Wollmütze aufblitzen sehen? Oder handelt es sich dabei um eine bisher nicht erkannte hallizugene Nebenwirkung aufgrund der Kombination von Sekt und Pfefferminz-Pastillen? Denn ich kenne nur eine Person, die zu jeder Jahreszeit eine blaue Wollmütze trägt. Und die Wahrscheinlichkeit, dass sich exakt diese Person jemals in Gerstners Büro wiederfinden dürfte, ist in etwa so groß wie die Wahrscheinlichkeit, dass Pina Colada irgendwann mal das neue Nationalgetränk Griechenlands wird. Sollte das also tatsächlich die Mütze von Alfons Schaumreiter sein, die ich da gerade gesehen habe? Und wenn ja – befindet sich unterhalb dieser Mütze auch der restliche Körper unseres inoffiziellen Honäsch-Maskottchens, dem Kleingeldmann Alfons Schaumreiter? Diese Überlegungen haben mich für ein paar Augenblicke so stark abgelenkt, dass ich erst jetzt bemerke, dass sich mein rechter Zeigefinger immer noch auf der ‚e'-Taste befindet und ich daher wahrscheinlich gerade unbewusst versuche, ein Passwort mit etwa einhundertdreiundvierzigmal dem Buchstaben ‚e' in die Anmeldemaske für das *Honäsch*-Intranet einzugeben.

‚Ungültiges Passwort' meldet mir wenig überraschend mein Bildschirm, nachdem ich spaßeshalber einfach mal auf ‚anmelden' gedrückt habe, um zu testen, ob mir ein Passwort mit deutlich mehr als einhundert Buchstaben vielleicht Zugang zu den geheimsten Laufwerken des *Honäsch*-Imperiums ermöglichen könnte. Außer diesen beiden Worten kommt jedoch kein weiterer Hinweis wie zum Beispiel, dass ich mich doch bitte mittels eines lasergestützten Augen-Scans als Vertreter des höheren Managements identifizieren möge. Allerdings bin ich etwas irritiert, dass Passwörter mit einer dreistelligen Zeichenzahl bei uns lediglich den Hinweis ‚Ungültiges Passwort' auslösen. Ich hätte hier eher einen

Hinweis der Art ‚Ein Passwort mit über 100 Zeichen? Na Sie müssen ja Zeit haben!' erwartet. Diese Gedanken rund um etwaige Kernkompetenzen oder Verbesserungspotentiale unserer IT-Abteilung stelle ich jedoch zunächst mal auf Standby, denn die Gründe für eine mögliche Anwesenheit von Alfons in Gerstners Büro haben natürlich erstmal oberste Priorität. Meinen ersten Gedanken, Patrick zu bitten, sich mal unauffällig am Ausgang von Gerstners Büro zu positionieren verwerfe ich aber sofort wieder. So groß seine Sympathie für Alfons auch ist – deswegen würde er nicht wirklich Julias Einarbeitung ernsthaft unterbrechen.

Bleibt also nur noch eine Möglichkeit: Frau Voss.

Gerstners Vorzimmerperle hat Alfons Schaumreiter bereits an ihrem zweiten Tag kennengelernt. Er macht sich bei seinen routinemäßigen Anfragen nach etwas Kleingeld nicht die Mühe, zwischen Angestellten und Kunden zu unterscheiden, und beginnt seinen – wie er es nennt – Arbeitstag in der Regel schon vor den Öffnungszeiten des *Honäsch*. Somit hatte die gute Frau Voss bereits um kurz vor acht Uhr ihre erste Begegnung der seltsamen Art mit ihm. Da Herr Gerstner an diesem Tag nicht im Büro war, kam sie völlig verdaddert zu mir und stotterte sich in eine für meinen Geschmack etwas zu dramatische Kleingeld-Weißwein-Zigarrenstummel-fremder-Mann-Geschichte hinein. Wobei ich mir damals durchaus bewusst war, dass eine solche Begegnung, und das schon am zweiten Tag im neuen Job, bei etwas sensibel gestrickten Gemütern auch mal spontan zur Kündigung innerhalb der Probezeit führen kann. Glücklicherweise konnte ich Frau Voss aber durch einen Kurzabriss der Alfons'schen Biografie nicht nur beruhigen, seine Abneigung gegenüber Herrn Gerstner schien bei ihr auch einige Sympathiepunkte ausgelöst zu haben, wie mir ihr sich deutlich entspannender Gesichtsausdruck damals bewies.

„Voss." flötet es mir unmittelbar nach dem ersten Klingeln aus meinem Telefonhörer entgegen.

„Hallo Frau Voss. Rüdiger Seifert hier."

„Ach, Herr Seifert, möchten Sie doch noch einen Sekt?" flötet sie weiter, und dies in einer Tonlage, die mich vermuten lässt, dass sie sich die vorhin übriggebliebenen Sekt-Reste kurzerhand selber gegönnt haben könnte.

„Äh, nein, vielen Dank, Frau Voss. Es geht um folg..."

„Is' aber noch reichlich da."

„Das ist schön. Aber ich hätte da nur eine kurze Frage, bei der Sie mir vielleicht weiterhelfen können." versuche ich mit einem möglichst seriösen Unterton in der Stimme das Gespräch auf das Thema Alfons zu verlagern.

„Wie kann ich denn helfen?" senkt sich ihre Stimme jetzt glücklicherweise um etwa zwei Oktaven nach unten.

In dem Moment merke ich, dass ich mir dummerweise noch nicht überlegt habe, wie ich taktisch am besten vorgehe um meine Frage möglichst belanglos erscheinen zu lassen. Frau Voss' Antipathien für Gerstner hin oder her, sie ist immer noch seine Assistentin und dürfte aus diesem Grund natürlich auch ein gewisses Maß an Loyalität als Basis ihrer Tätigkeit betrachten.

„Ist zufällig gerade Herr Schaumreiter bei Herrn Gerstner im Büro?" falle ich gleich mit der Tür ins Haus und hoffe, dass mein noch schnell eingebautes Wort ‚zufällig' die Frage möglichst beiläufig erscheinen lässt.

Schweigen.

„Hallo, Frau Voss, sind Sie noch dran?“ frage ich nach ein paar Sekunden Wartezeit, in der nur ein monotones Rauschen aus dem Hörer dringt.

„Ja, ich bin noch dran.“ hat ihre Stimme einen eigenartigen Flüsterton angenommen.

„Alles OK?“ frage ich.

„Ja, alles klar. Musste nur aufpassen, dass mich Herr Gerstner nicht bemerkt.“ flüstert sie noch etwas leiser.

Ich frage mich, ob meine Anfrage bezüglich der Anwesenheit des Kleingeldmanns in Gerstners Büro bei Frau Voss vielleicht eine spontane Mental-Metamorphose zu Miss Marple ausgelöst haben könnte.

„Das haben Sie super gemacht.“ sage ich, bin im gleichen Moment aber auch komplett irritiert über diese völlig behämmerten fünf Worte.

„Nicht wahr?“ kichert sie leise.

Frau Voss, Sie machen mir gerade ein wenig Angst, denke ich.

„Also, Ihr Freund Alfred Schaumreiter ist tatsächlich gerade im Büro von Herrn Gerstner.“

„Alles klar.“ verzichte ich auf einen Hinweis bezüglich des falschen Vornamens, um Frau Voss nicht aus ihrer Miss-Marple Metamorphose zurück ins Hier und Jetzt zu holen.

„Ich konnte aber nicht herausfinden, um was es bei dem Gespräch geht.“ beantwortet sie mir unfreiwillig gleich meine nächste Frage.

„Nicht schlimm, ich wollte ja auch nur wissen, ob Al .. also ob Herr Schaumreiter bei ihm im Büro ist.“

„Herr Gerstner schien jedenfalls sehr aufgebracht.“ setzt sie, unbeirrt von meinem Versuch das Gespräch zu beenden ihren Ergebnis-Report fort, wodurch mein vorhin noch angenommener Respekt bezüglich ihrer Loyalität gerade massiv ins Wanken gerät. Aber zumindest bestätigt es meine Vermutung, die ich aufgrund von Gerstners wilder Arm-Ruderei hatte: Es dürfte sich definitiv nicht um ein Gespräch aus der Kategorie ‚Gemütliches Kaffeekränzchen beim Chef eines Baumarktes' gehandelt haben.

„Vielen Dank, Frau Voss. Sie haben mir sehr geholfen." unternehme ich einen erneuten Versuch, mich aus dem Gespräch zu verabschieden. Sollte der auch schiefgehen müsste ich wahrscheinlich den ‚Oh, da kommt Kundschaft, ich muss Schluss machen'-Joker ziehen. Bei Gerstner funktioniert der nämlich perfekt. Und zwar immer.

„Das freut mich, Herr Seifert. Ich helfe ja immer gerne. Und wenn Sie vielleicht doch noch einen Sekt wollen, Sie wissen ja, wo Sie mich finden." hat jetzt wieder der Flöten-Tonfall die Oberhand ihrer Stimmlage übernommen.

„Danke. Vielleicht später." lache ich albern in den Hörer um in der gleichen Sekunde schnell auf die rote Taste zu drücken.

Egal, was heute noch da oben noch alles passieren wird, Frau Voss dürfte aufgrund ihres Sekt-Pegels höchstwahrscheinlich nur noch einen Bruchteil davon mitbekommen, denke ich mir, als ich das Telefon wieder in seine Ladestation einraste. Bleibt also jetzt noch die Kernfrage, auf wessen Initiative der gute Alfons heute zur Audienz bei Papst Gerstner dem Ersten war. Hätte er sich bei täglichen Kleingeld-Kollekte auf unserem Parkplatz danebenbenommen, wäre Gerstner mit Sicherheit erstmal zu mir gekommen, schätze ich. Für eine mehr oder weniger offizielle Einladung in sein Büro muss da also schon deutlich mehr passiert sein. Somit hat meine Agenda für die Mittagspause also gerade einen frischen Tagesordnungspunkt hinzubekommen. Und da Marie heute frei hat und Patrick es verschmerzen dürfte, alleine mit Julia Nowak die Mittagspause zu verbringen, habe ich somit genug

Zeit, heute Mittag mit dem guten Alfons diesen kleinen, gerade entstandenen, Fragenkatalog mal unter vier Augen und im Detail durchzuarbeiten.

Während mein Atem dank der Überdosis Fisherman's Friend zwar wieder geeignet ist, unfallfrei Kundengespräche zu führen, breiten sich dummerweise im darüberliegenden Kopfbereich so langsam leicht unangenehme Spätfolgen der Voss'schen Sektzeremonie aus. Auch wenn die gute Frau Voss bestimmt über ein breit gefächertes Sortiment an Kopfschmerztabletten verfügen dürfte, widerstehe ich dem ersten Impuls, sie erneut anzurufen.

‚2 Nachrichten von Patrick Weber' holt mich ein dezentes, zweifaches Brummen meines Telefons aus diesen nicht wirklich zielführenden Gedanken.

Es handelt sich um eine Textnachricht und ein Foto.

Auf dem noch verschwommenen Foto kann ich nicht wirklich erkennen, was es darstellen soll, es zeigt aber höchstwahrscheinlich zwei Menschen hier bei uns im *Honäsch*. Noch bevor ich überlege, um wen oder was es sich dabei handeln könne, klärt mich Patricks Textnachricht auf:
‚Ihr erster Kunde! Gerstner wird sie lieben!" Am Ende hat er noch das Geldsack- sowie das Sektflaschen-Emoji angehängt.

Na dann entschleiern wir mal das Bild.

Ich muss ein lautes Lachen unterdrücken, als ich das Bild öffne. Bei den beiden Personen handelt es sich zum einen um Julia Nowak, zum anderen offensichtlich um einen Kunden, der mit einem, eindeutig über seine eigene Körpergröße hinausgehend-beladenen, Einkaufswagen neben ihr steht und sie mit einem glückseligen Lächeln anstrahlt. Bei den gefühlt über zwanzig Farbeimern, die er statisch etwas bedenklich auf seinem Wagen gestapelt hat, scheint es sich um eine der teuersten Marken handeln, die wir im Programm haben. Somit wird sich Julias erster Tagesumsatz in einem komfortablen, mittleren dreistelligen Bereich befinden; und ich kann mir sehr gut vorstellen, welchen Gesichtsausdruck das bei Gerstner zur Folge haben wird, sobald dieser in Kürze in der Umsatz-Statistik auf seinem Rechner aufploppen wird.

‚Operation ‚die Neue auch mal auf die Kunden loszulassen' gelungen!' schreibe ich eine kurze Antwort an Patrick.

‚Definitiv. Und ich war live dabei!' kommt nur wenige Augenblicke seine Antwort, dekoriert mit diversen Emojis, die alle zweifelsfrei der Kategorie ‚ich bin gut drauf' zugeordnet werden dürften.

Ich überlege kurz, ob dies ein guter Moment sein könnte, Patrick vielleicht doch über die Alfons'sche Audienz bei Gerstner zu informieren. Aufgrund seines romantisch-emotionalen Ausnahmezustands dürfte er dafür aber momentan nur sehr eingeschränkt aufnahmebereit sein, daher verwerfe ich diese Idee gleich wieder. Zudem möchte ich auch erstmal Alfons' Sicht der Dinge abwarten, bevor ich Patrick in diesen neue Themenkomplex einbeziehe. Je nachdem, worum es in Gerstners Ansprache ging, besteht natürlich auch noch eine Restwahrscheinlichkeit, dass der gute Alfons seine spätvormittägliche Kleingeld-Inventur heute zeitlich etwas verschieben muss – oder auf eine andere Lokalität verschieben als die bei ihm traditionell dafür eingesetzten Außengrills. Und auch wenn Neugier recht weit hinten bei meinen persönlichen Charaktereigenschaften steht, würde mir in diesem Moment irgendein Anlass sehr gelegen kommen, meinen Aufgabenbereich für einige Minuten von den Fliesen und Kacheln in unseren Außenbereich zu verlegen.

„Na, Seifert, wo sind wir denn wieder mit unseren Gedanken?“ holt mich eine Stimme leicht süffisant von links zurück in die Realität.

„Oh, Herr Gerstner. Wie geht's, wie steht's?“ strahle ich ihn verkrampft unverkrampft an.

Herr Gerstner sieht mich in etwa so an, als würde er sich gerade fragen, wie groß die Anzahl der heute Morgen von mir heruntergekippten Sektgläser wohl gewesen sein mag. Aufgrund meiner schnippisch-bescheuerten ‚Wie geht's, wie steht's?‘-Frage erscheinen mir sowohl sein Blick als auch die gegebenenfalls damit verbundene Überlegung jedoch sehr nachvollziehbar.

„Sagen Sie mal, ist bei Ihnen heute irgendwie Tag der Pfefferminze?“ atmet er in kurzen Abständen mehrfach auffällig die Luft aus verschiedenen Richtungen ein.

„Also ich rieche nix.“ antworte ich mit einer glatten, ihn aber hoffentlich überzeugenden, Lüge.

„Egal, deswegen bin ich auch nicht hier.“ macht er eine kurze, abwehrende Handbewegung.

Jetzt wird's spannend. Vielleicht kommt ja jetzt sogar noch vor der Mittagspause Licht ins Dunkel der ‚Geheimakte Alfons‘.

„Sondern?“ frage ich höflicherweise.

„Also, passen Sie auf Seifert. Es geht um Folgendes.“ neigt er den Kopf leicht in meine Richtung und hält kurz inne.

Damit er nicht gleich die nächste Aroma-Ladung ‚World of Fisherman‘ abbekommt, wende ich mich leicht ab bevor ich antworte.

„Na, Sie machen's aber spannend, Herr Gerstner." wippe ich mit dem Kopf kurz zweimal von links nach rechts und zurück.

Dieser Satz ist auch nicht wirklich viel besser als mein albernes ‚Wie geht's, wie steht's?' von gerade eben, deswegen beschließe ich, weitere Kunstpausen Gerstners ab sofort sowohl verbal als auch pantomimisch unkommentiert zu lassen.

„Wir bekommen in Kürze unangemeldeten Besuch."

Aha.

„Sie wissen, was damit gemeint ist?"

Ich verstehe nur Bahnhof.

„Seifert. Unangemeldeter Besuch. Klingelt's da irgendwo?" deutet er mit seinem rechten Zeigefinger virtuell in Richtung meiner Stirn.

„Oh. Ach so. Aus der Zentrale?" sage ich und widerstehe damit meinem ersten Impuls, diese Frage mit ‚Kommt etwa der liebe Alfons Schaumreiter jetzt öfter spontan zu Kaffee und Kuchen vorbei?' zu beantworten.

„Genau. 100 Punkte, Mr. Peppermint." atmet er erneut mehrmals demonstrativ kurz hintereinander die Luft ein.

„Ich gehe davon aus, dass die Damen und Herren auch bei Ihnen vorbeischauen werden, da hinsichtlich der Umsätze bei Fliesen und Kacheln, naja, sagen wir mal noch Luft nach oben ist."

Wo er Recht hat, hat er leider Recht, gestehe ich mir innerlich. Seit einiger Zeit befinde ich mich in der honäsch'schen Umsatztabelle leider in bedrohlicher Nähe der Abstiegsplätze. Allerdings sehe ich mich da nur sehr bedingt in der Schuld, sondern vielmehr die Tatsache, dass seitens der Zentrale in den letzten Wochen und Monaten keinerlei Produkte mehr aus meinem Verantwortungsbereich Bestandteil der verschiedenen Sonderangebots-Aktivitäten sind.

Vielleicht wurde aber auch irgendwann in letzter Zeit ein bundesweites Verbot erlassen, innerhalb der nächsten drei Jahre, sein Zuhause neu zu verfliesen, von dem ich mal wieder nichts mitbekommen habe.

„Das stimmt leider, aber hätten die Kollegen aus der Zentrale da mal ein paar Sonderangebote gemacht, wäre ich vielleicht schon auf dem Weg in die Europa League, anstatt mir Gedanken machen zu müssen, ob ich nächstes Jahr in der zweiten Liga spielen muss."

Herr Gerstner schaut mich irritiert an.

„Oder etwa nicht?" ergänze ich und ziehe leicht verkrampft die Augenbrauen nach oben.

Herrn Gerstners Mimik nach zu schließen, hat diese Frage nicht wirklich dazu beigetragen, die Lampen in seinem irritierten Oberstübchen heller zu drehen.

„Ich meine wegen der Bundesliga-Tabelle. Die Mannschaften, die ganz unten stehen, steigen ja in die zweite Liga ab. Und wer recht weit oben steht, darf dann in der Europa League spielen. So war das gemeint mit meiner Platzierung hier bei den Umsätzen."

Leider verändert sich seine Mimik auch nach dieser, meiner Meinung nach äußerst präzisen Erläuterung, nicht wirklich in Richtung eines ‚ach so, klar, jetzt weiß ich was Sie meinen, Seifert'-Gesichtsausdrucks.

„Sie interessieren sich nicht für Fußball, richtig?" sage ich nach einer kurzen, peinlichen Pause.

„Seifert, haben Sie jemals erlebt, dass ich mich mit irgendjemand über Fußball unterhalten habe? Hängen in meinem Büro gerahmte Poster von irgendwelchen Vereinen? Oder vergilbte Wimpel mit so albernen Fransen? Oder waren die Außenspiegel meines Autos irgendwann mal wochenlang schwarz-rot-gold dekoriert?"

„Also, ich …" stammle ich.

„Eben.“ unterbricht mich Herr Gerstner zum Glück bevor ich schlimmstenfalls erwähne, dass ich ihn ja noch nicht so lange kenne, um eine dieser Fragen guten Gewissens mit ‚nein‘ zu beantworten.

„OK. Also zurück zu den Kollegen aus der Zentrale.“ nicke ich entschlossen mit dem Kopf.

„Endlich mal ein vernünftiger Satz, Seifert.“ atmet Gerstner hörbar durch. „Ich weiß aus zuverlässiger Quelle, dass hier demnächst mindestens zwei Personen vorbeischauen werden. Mystery shopping. Sie verstehen?“

Klar, verstehe ich. Bin ja nicht ganz blöd. Und ich kann mir auch sehr gut vorstellen, dass diese zuverlässige Quelle vermutlich niemand anderes als Jonas Palfrader sein dürfte. Denn zum Dank dafür, dass Gerstner ihm damals bei dessen vermasselten Drogen-Imports seinen gescheitelten Streberarsch gerettet hat, wird er ihn höchstwahrscheinlich hin und wieder mit der einen oder anderen Information der Kategorie ‚streng vertraulich‘ aus der Düsseldorfer Zentrale versorgen. Und ein besonders großes Interesse wird Gerstner definitiv am Terminkalender mit der Überschrift ‚Mystery Shopping‘ haben.

„Verstehe.“ antworte ich kurz und verschwörerisch.

„Sehr gut. Und ich habe auch schon einen Plan, wie wir den Düsseldorfern zeigen können, dass in Ihnen ein Kandidat für die … wie haben Sie vorher gesagt, Europa…?“

„League, Herr Gerstner. Europa League.“

„Genau. Dass in Ihnen doch dieses Europa-Dingsbums schlummert.“ legt er für eine, mir ziemlich lange vorkommende, Sekunde seine Hand auf meine Schulter.

Ich bin zu einhundert Prozent davon überzeugt, dass Gerstner keine Ahnung hat, was es mit Bundesliga, Champions League, Europa League, Abstieg, Relegation und Co. auf sich hat. Aber das ist in diesem Moment Nebensache.

Hauptsache sein Plan trägt irgendwie dazu bei, dass der Bereich Fliesen und Kacheln unserer Filiale in der nächsten Weihnachtsmail von der Zentrale als Musterbeispiel für Kompetenz und Erfolg erwähnt wird.

„Wie lautet denn Ihr Plan?"

„Passen Sie auf, Seifert. Wie können Sie am besten Ihre Qualitäten unter Beweis stellen, mhh?"

Auch das noch. Anstatt einfach zu sagen, was er vorhat, kommt jetzt wieder seine ‚Mal-schauen-ob-mein-Mitarbeiter-so-schlau-ist-wie-ich'-Salamitaktik.

„Indem ich den Damen und Herren aus der Zentrale alle Fragen beantworten kann?"

„Seifert!"

OK. War zu erwarten, dass das nicht die Antwort ist, die er hören wollte.

„Sagen Sie's mir?"

Herr Gerstner scheint irgendwie kurz zu überlegen, ob er mir vielleicht doch noch eine zweite Chance geben möchte, mich mit einer erneut falschen Antwort schon in der ersten Runde zu disqualifizieren.

„Ganz einfach, Seifert. Wir brauchen nur einen Kunden, dem Sie ganz zufällig in Anwesenheit der Düsseldorfer ein schönes Rundumsorglos-Fliesenpaket verkaufen." löst er das Rätsel zum Glück doch gleich selber auf.

„Ich verstehe nicht ganz."

„Seifert. Jetzt enttäuschen Sie mich aber ein wenig." klingt seine Stimme jetzt fast ein bisschen so wie die von Günther Jauch, wenn einer seiner ‚Wer wird Millionär'-Kandidaten schon bei der 100 Euro-Frage hilfe- und jokersuchend auf dem Stuhl hin und her rutscht.

„Ist doch ganz einfach. Sobald sich die Düsseldorfer Reisegruppe Ihrem Hoheitsgebiet nähert, steht da ganz zufällig schon ein guter Bekannter von mir und stellt Ihnen nicht nur viele Fragen rund um die Verfliesung seiner kompletten Wohnung, sondern kauft Ihnen am Schluss auch noch freudestrahlend die halbe Abteilung leer. Na, was halten Sie davon, Seifert?"

Zugegebenermaßen, dieser Plan klingt tatsächlich ziemlich gut, um mich mal aus meiner Umsatz-Sackgasse rauszuarbeiten, und sei es auch nur für die anzugtragenden Pappnasen aus der Zentrale.

„Klingt sehr gut, Herr Gerstner." strahle ich für meinen Geschmack etwas zu übertrieben.

„Na sehen Sie!" nickt er kurz.

„Äh, Herr Gerstner?"

„Ja bitte?"

„Ist vielleicht eine blöde Frage: Aber warum gerade Fliesen und Kacheln?" ziehe ich die Stirn leicht in Falten. Genaugenommen hätte die Frage ‚Warum gerade Fliesen und Kacheln. Und vor allem: Warum gerade ICH?' lauten müssen, aber so weit nach unten in Richtung Kreisliga-Niveau möchte ich mich dann noch nicht eingruppieren.

„Seifert." kratzt sich Gerstner mit einer merkwürdigen Geste am Hinterkopf und lehnt sich leicht nach vorne.

„Ja?" frage ich, allerdings ohne mich dabei ebenfalls vorzulehnen.

„So blöd ist die Frage eigentlich gar nicht." Der Unterton in diesem Satz lässt mich jedoch befürchten, Gerstner hat den zweiten, von mir nicht ausgesprochenen Teil der Frage gerade selber hinzugefügt.

„OK."

„Und die Antwort ist sogar recht einfach. Wenn Sie meinem Bekannten, sagen wir mal, für 1.500 Euro ein paar hässlichgeblümte Fliesen verkaufen, dann wird das umsatztechnisch nicht das große Silvester-Feuerwerk sein, aber prozentual schießen Sie damit in der Statistik ganz schnell mal für einen

Tag auf Platz eins. Also vor allem verglichen mit Ihren sonstigen Umsätzen. Verstehen Sie?"

„Verstehe, Herr Gerstner." sage ich und ziehe gleichzeitig meinen virtuellen Hut vor Gerstners Plan. Denn auch wenn ich da nur für einen einzigen Tag mal ganz oben stehe – das kann mir keiner nehmen. Und wenn die Dödeldörfer dann abends diese Daten aus den Filialen bekommen, wird dahinter erstmal der Name Gerstner stehen. Win-win also.

Und ein Win davon gehört mir. Passt.

„Sehr schön. Dann ist ja alles klar, Seifert. Sobald ich mehr weiß, bekommen Sie alle Instruktionen. Und jetzt wieder an die Arbeit. Es ist ja nicht schlimm, wenn Sie bis dahin auch noch ein bisschen regulären Umsatz machen."

„Natürlich. Ich gebe wie immer mein Bestes."

„Ach ja. Kein Wort darüber zu irgendjemand hier, klar? Auch nicht zu Ihrem siamesischen Zwilling, Herrn Weber. Haben wir uns verstanden? Kein einziges Wort!"

„Geht klar." signalisiere ich mit einer Handbewegung, als würde ich mir gerade mittels eines Reißverschlusses den Mund verriegeln.

„OK. Ich verlasse mich auf Sie. Einen schönen Tag, Seifert." verabschiedet er sich kopfschüttelnd in Richtung seines Büros – gerade so, als würde er mir kein Wort von dem glauben, was ich gerade gesagt habe.

„Ihnen auch." flüstere ich leise, damit er meinen Unterton nicht bemerkt, mit dem ich ihm zwischen den Zeilen in Wahrheit eine möglichst bald auftretende, akute Blinddarm-Entzündung wünsche.

In den nächsten Minuten lasse ich mir Gerstners Plan nochmal in Ruhe durch den Kopf gehen; und mit jeder Minute gefällt mir dieser merkwürdigerweise irgendwie immer besser. Denn ich gehe davon aus, dass Gerstner es nicht nur bei diesem gefakten Kunden belassen wird, sondern dass dieser ein paar Tage später auch noch eine entsprechende Bewertung auf den einschlägigen Bewertungs-Portalen hinterlassen wird. Seit Herr Gerstner vor ein paar Wochen von seiner Vorzimmer-Perle nicht nur auf die Existenz von Social Media aufmerksam gemacht wurde, sondern vor allem auch auf die verschiedenen Bewertungs-Portale, scheint er gerade eine Metamorphose durchzumachen - von Manfred Gerstner, dem Filialleiter der Alten Schule mit Zweireiher-Anzug, hin zu Hashtag-Manni, dem größten Social Media-Experten in der *Honäsch*-Welt. Zumindest seiner Ansicht nach.

Bleibt also nur noch die Frage, welchen ‚guten Bekannten' er mir da für den besten Fliesen-Umsatz meines Lebens an die Seite stellen wird. Ausschließen lässt sich auf dieser virtuellen Liste mit Sicherheit zumindest schonmal eine Person: Alfons Schaumreiter, unser Kleingeldmann. Ich gehe eher davon aus, dass er mich darum bitten wird, sicherzustellen, dass der gute Alfons sich am Düsseldorf-Tag irgendeine Beschäftigung sucht, die vor allem ein Kriterium erfüllen muss: sehr weit weg zu sein vom Großraum *Honäsch*. Wobei mir die Vorstellung, Alfons eine komplette Grundausstattung Fliesen und Kacheln für sein gemütliches ‚Wo-auch-immer-das-sein-mag'-Zuhause zu verkaufen, einen Riesen-Spaß machen würde. Vor allem zu sehen, wie die Zentral-Delegation darauf reagieren würde, wenn er das Ganze dann mit unzähligen Münzen bezahlt, die er nach und nach aus den verschiedenen Innentaschen seines Mantels hervorzaubert. Patrick und ich würden davon wahrscheinlich noch unseren Enkeln erzählen!

Apropos Patrick. Ich frage mich, wie weit er mittlerweile wohl hinsichtlich seiner Akquise-Aktivitäten bei Julia gekommen ist. Ein Blick auf mein Telefon zeigt mir, dass es weder neue Nachrichten von Patrick zum Thema ‚die Neue auch mal auf die Kunden loslassen' gibt, noch zu einer möglichen Variante à la ‚Patrick mal auf die Neue loslassen'. Ich will das Telefon gerade wieder einstecken, als ‚1 neue Nachricht von Marie' auf meinem Bildschirm erscheint.

Ich drücke auf öffnen. Sie hat mir ein Bild geschickt. Es zeigt sie in der Bäckerei, wie sie gerade ein Schinkenbaguette aus dem Backofen fischt. Unterschrieben hat sie das Bild mit ‚Zwei heiße Schnitten – welche möchtest du haben? Kuss!'

Ein Sechser im Lotto ist wirklich nichts verglichen mit der Tatsache, mit genau dieser Marie zusammen zu sein, denke ich mir – und das wahrscheinlich zum mindestens einhundertsten Mal seit ich mit ihr zusammen bin.

‚Wie lange habe ich denn Bedenkzeit?' schreibe ich nach etwa einer Minute, in der ich meinem ersten Impuls, ihr kurzerhand per WhatsApp einen Heiratsantrag zu machen, erfolgreich widerstanden habe.

‚Ich geb' dir gleich Bedenkzeit, Herr Seifert!!!' kommt bereits nach wenigen Sekunden ihr Antwort.

Zum Glück für Marie verursacht der überproportionale Einsatz von Ausrufezeichen bei WhatsApp keine Kosten, denn freche Nachrichten meinerseits werden von ihr in der Regel stark ausrufezeichenlastig beantwortet.

‚Ich weiß ja nicht, was da drauf ist auf dem Baguette.' lege ich noch einen drauf.

‚Wie bitte????' kommt ihre Antwort gefühlt nur fünf Sekunden nachdem ich auf senden gedrückt habe. Auch beim Einsatz von Fragezeichen dürfte Marie stark über dem handelsüblichen Durchschnitt der WhatsApp-Nutzer liegen.

‚Nur Spaß, Schatz!' schreibe ich schnell bevor Marie noch ernsthaft denkt, ich bräuchte wirklich Bedenkzeit, um über die Schnitten-Präferenz zu entscheiden.

‚Ganz dünnes Eis auf dem Sie sich da bewegen Herr Seifert' kommt nach wenigen Augenblicken Maries, in diesem Fall komplett satzzeichenfreie, Antwort.

Statt nachzufragen, welche Geschmacksrichtung das von ihr erwähnte dünne Eis denn habe, schreibe ihr stattdessen zurück:

‚Ich liebe Sie auch, Frau Sandner!'

DREI

So pünktlich auf die Minute wie ich heute meine Mittagspause beginne, wäre jede Atomuhr uneingeschränkt stolz auf mich. Und so öffnen mir bereits wenige Sekunden nach zwölf Uhr unsere beiden 8XL-großen Glas-Schiebetüren mit ihrem bekannten rhythmischen Zischen den Weg ins Freie. Für 45 Minuten, deren Inhalt heute ausschließlich aus einer einzigen Frage besteht: Was in aller Welt hat Alfons heute bei Gerstner im Büro gemacht? Blöderweise geht es auf dem Parkplatz heute in etwa so zu, als wären der alljährliche Sommerschlussverkauf und ein spontanes Gratis-Konzert von Ed Sheeran auf ein- und denselben Tag gefallen. Damit dürfte die Suche nach dem guten Alfons eine nicht zu unterschätzende Herausforderung werden, denn ein randvoll gefüllter Parkplatz bedeutet für ihn natürlich auch ein unbezahlbar großes Potential für seine all-mittägliche ‚Bisschen Kleingeld?'-Tournee. Aus diesem Grund halte ich in erster Linie nach seiner auf- und abwippenden blauen Wollmütze Ausschau, um ihn möglichst schnell ausfindig zu machen.

Nach etwa zehn Minuten ist von ihm jedoch weit und breit immer noch nichts zu sehen. Je nachdem, was der Grund für seinen Besuch bei Gerstner war, könnte es natürlich auch bedeuten, dass er bereits auf der Suche nach einem neuen Kleingeldsammel-Areal ist. Gerstner wäre schließlich nicht Gerstner, wenn er nicht jede auch noch so kleine Chance nutzen würde, ihn von hier zu vertreiben. Dafür ist ihm bekannter- und bedauernswerterweise so ziemlich jedes Mittel recht, wie sich in der Vergangenheit schon des Öfteren gezeigt hatte - glücklicherweise bisher aber immer ohne Erfolg. Und ich hoffe inständig, dass diese Glückssträhne nicht ausgerechnet heute ihr unrühmliches Ende gefunden hat.

Ich beschließe, noch eine letzte Runde bei den Großgrills & Außenkaminen zu machen. Traditionell feiert er hier mit einem Gläschen mittelmäßigen Weißweins gerne die Erfolge seiner Kollekte, indem er aus den Münzen akkurat gestapelte Türmchen baut. Und je höher das Türmchen mit den Zwei-Euro-Münzen ist, desto mehr glaubt man in der Mimik seines immer wilder in alle Richtungen wachsenden Bartes ein sehr zufriedenes Grinsen erkennen zu können.

Aber auch hier: Fehlanzeige auf dem großen ‚Wo-ist-Alfons?'-Wimmelbild.

„Rudiger. Ich gruße dich. Bissele Appetite auf die beruhmte Baguettes von die Enrique?"

„Enrique. Du bist meine Rettung!" atme ich einmal erfreut durch ohne allerdings näher auf sein kulinarisches Lunch-Angebot einzugehen.

„Rettung? Die Enrique? Que passa? So große Hunger heute, de Rudiger?" zuckt Enrique zweimal kurz hintereinander mit den Schultern.

„Nein. Doch. Ja. Schon. Aber das ist jetzt nicht so wichtig."

Enriques Gesichtsausdruck zeigt mir unmissverständlich, dass er absolut keine Ahnung hat wovon ich hier gerade spreche.

„Solo entiendo la estación de tren!" legt er den Kopf leicht schräg und verschränkt die Arme.

„Solo was?"

„Verstehe nur die Bahnhof. Oder wie sage ihr Deutsche das?"

„Enrique. Spanisch-Deutsch-Unterricht fällt heute leider aus. Es geht um Alfons."

„Die Alfonso? Isse was passierte mit die gute Alfonso?"

„Keine Sorge. Ich muss ihn nur dringend mal sprechen."

„Hauptsache isse nix passiert. Aber ich habe die Alfonso heute noch nixe gesehen. Warum musse du ihn so dringend spreche, Rudiger?"

„So dringend ist es eigentlich auch nicht." behelfe ich mir mit einer keinen Notlüge. Denn Enrique jetzt einen Kurzabriss von den Begebenheiten in Gerstners Büro zu geben, halte ich weder für sinnvoll und schon gar nicht für in irgendeiner Weise zielführend.

Enrique runzelt die Stirn und verschränkt erneut demonstrativ seine Arme. Was bedeuten dürfte, dass er mir diese Notlüge mal so gar nicht abnimmt.

„Enrique. Es ist alles OK." lege ich eine Hand auf die rechte Schulter seiner Kochjacke und spüre sofort, dass die Firmen Persil, Ariel oder Spee Megaperls die dort wohnenden, fettigen Ausdünstungen seiner Baguettes schon lange nicht mehr bekämpft haben dürften.

„Isse sicher?"

„Isse sicher!" lache ich und versuche gleichzeitig, mir hinter meinem Rücken möglichst unauffällig die leichte Fettschicht von meiner Hand abzureiben.

„Dann vielleicht jetzt eine von die gute Baguettes? Mit die Schinken und die Tomate? Isse heute besondere lecker!" grinst Enrique mit seinem Colgate-Lächeln, was schätzungsweise fünfzig Prozent seines Umsatzes ausmachen dürfte. Und etwa hundert Prozents seines Trinkgeldes.

„Ich schaue, ob ich Alfons finde. Und wenn ich dann noch Zeit finde, komme ich vorbei. OK?"

„OK. Aber nixe vergesse!"

„Wie könnte ich das vergessen.“ sage ich. Und das immer noch fettige Gefühl auf meiner Hand wird sicherlich seinen Beitrag dazu leisten, es auch wirklich nicht so schnell zu vergessen.

Aufgrund des ungeplanten Zusammentreffens mit unserem spanischen Baguette-Magier fehlen mir jetzt natürlich wertvolle Minuten, um möglichst bald Licht in die ‚Casa Alfonso‘ zu bringen. Und da es mittlerweile schon fast halb eins ist, befürchte ich so langsam, dieses Thema auf die morgige Mittagspause verschieben zu müssen. Gerstners Laune dürfte nach seiner Begegnung mit Alfons nicht wirklich im oberen Segment der Stimmungs-Skala liegen. Da sollte er dann nicht auch noch mitbekommen, dass sein Fliesen-Verkaufsgenie mal wieder die Mittagspause überzieht.

„Suchen Sie jemanden?“ spüre ich auf einmal eine Hand auf meinem Unterarm, als ich mich gerade zurück in Richtung *Hönasch*-Haupteingang machen will.

„Alfons?“ drehe ich mich um, denn diese Stimme könnte ich selbst nach nur einer ausgesprochenen Silbe eindeutig unserem Kleingeldmann zuordnen. Nach drei Wörtern also sowieso. Und das wahrscheinlich sogar, wenn ich mich in dem Moment gerade am Höhepunkt meiner Tiefschlafphase befinden würde.

„So ist es Herr Seifert.“ grinst mich der frei erkennbare Teil seines Gesichts unterhalb der unverwechselbaren blauen Mütze an.

Erst jetzt fällt mir auf, dass Alfons hinsichtlich seiner Ausdrucksweise anscheinend zu einem förmlichen Siezen gewechselt ist.

„Alles gut bei dir?“ frage ich und verbleibe zunächst beim vertrauten Duzen, bevor ich mehr Informationen bekomme, welche transdenzentrale Transformation sich möglicherweise in den letzten Stunden in seinem weißwein-vernebelten Körper zugetragen haben könnte.

„Alles bestens. Und selbst?"

„Äh … ja. Alles gut … also … ich kann nicht klagen." stolpere ich verbal mehr schlecht als recht durch den Versuch, mir meine Verwirrtheit nicht anmerken zu lassen.

„Ein Gläschen Grauburgunder vielleicht?" bewegt er mit einer eleganten Handbewegung eine noch nicht entkorkte Flasche in Richtung meines Gesichtsfeldes und tippt mit hochgezogenen Augenbrauen zweimal auf das dunkelblaue Etikett. Dies dürfte in seinem Fall bedeuten, dass es sich bei diesem Weißwein nicht um einen typischen Vertreter der Kategorie ‚zweieuroneunundneunzig' handeln dürfte.

„War teuer." ergänzt er, gerade so als könne er meine Gedanken lesen.

„Alfons, es ist kurz nach halb eins. Mittags." Beim letzten Wort betone ich extra beide Silben, um ihm klarzumachen, dass sich unsere beiden Tagesabläufe und die damit verbundene Uhrzeit bezüglich des Genusses teurer Weißweine alles in allem doch recht stark unterscheiden.

„Weiß ich doch." stellt er die Flasche vorsichtig auf einen der Backsteingrills.

Ich überlege, ob das jetzt der richtige Moment ist, ihn auf seinen Besuch bei Gerstner anzusprechen. Denn irgendwie halte ich es für eher unwahrscheinlich, dass ausgerechnet dieser Besuch der Anlass sein könnte, dieses besondere Erlebnis mit einem guten Tropfen zu begießen.

Bevor ich mir aber noch weitere Gedanken zu dieser Thematik machen kann, platzt es aus ihm heraus.

„Ich war heute bei deinem Chef!" vergrößert sich sein Bart in beide Richtungen auf maximale Spannweite, was bedeuten dürfte, dass sich dahinter gerade das breiteste Grinsen seit Stefan Raab versteckt.

„Du warst WO?"

Natürlich weiß ich, wo er war; aber ich denke, es ist vertretbar, ihm diese Tatsache – wenn überhaupt – erst zu einem späteren Zeitpunkt mitzuteilen. Viel wichtiger ist, dass er wieder zum vertrauten Duzen übergegangen ist. Dies dürfte bedeuten, dass er doch keine, in irgendeiner Art und Weise besorgniserregende Metamorphose durchgemacht hat.

„Bei deinem Herrn Gerstner im Büro. Manfred Gerstner, Geschäftsführer der örtlichen Filiale der bekannten Baumarktkette Honäsch." sagt Alfons genüsslich und nickt dazu in Zeitlupe.

Ich habe noch nie erlebt, dass Alfons Gerstners Name öfter ausspricht als nötig. Und schon gar nicht zweimal hintereinander in einem Atemzug. Was Lord Voldemort für Harry Potter, ist für den gerade vor mir stehenden Kleingeldmann Alfons Schaumreiter eben Manfred Gerstner. Und auch wenn ich natürlich nach wie vor keine Ahnung habe, worum es bei dem Gespräch gegangen ist, spüre ich gerade ein positives Gefühl in mir Platz nehmen. Denn so gut gelaunt wie jetzt gerade habe ich Alfons noch nie erlebt. Und das kann nur eins bedeuten: Manfred Gerstner hat seit heute Morgen ein großes Problem. Oder um etwas präziser auszudrücken: Ein Problem namens Alfons Schaumreiter.

„OK. Ich habe keine Ahnung, was da heute vorgefallen ist, aber ich bin kurz davor, die Einladung zu deinem Gläschen Grauburgunder anzunehmen, Alfons." strahle ich ihn daher an.

„Kein Problem." nimmt Alfons die Flasche vom Kaminsims und dreht mit einer sehr staatsmännischen wirkenden Geste seinen Taschenmesser-Flaschenöffner in den französischen Naturkorken hinein.

„Das war ein Scherz. Den genießt du mal schön selber." winke ich ab. „Ich bin mir sehr sicher, dass mir der Grund für deine gute Laune auch nüchtern sehr gut gefallen wird."

„Also pass auf, Rüdiger..." greift Alfons in eine seiner unzähligen Manteltaschen und zaubert zu meiner großen Überraschung ein nigelnagelneues iPhone heraus. Ich hätte jetzt mit allem gerechnet, was so in einer handelsüblichen Manteltasche Platz findet, vor allem wenn es sich dabei um das Innenleben von Alfons' Mantel handelt. Ein iPhone wäre jedenfalls sehr weit hinten auf dieser fiktiven Liste gestanden. Dinge wie zum Beispiel ein vakuumverpackter, spanischer Serrano-Schinken, eine große Packung Duft-Teelichter oder drei Bibi Blocksberg-Hörspielkassetten wären da definitiv noch vor dem iPhone gestanden. Weit davor!

Während ich also noch fasziniert den Kopf schüttele, versucht Alfons den Bildschirm zum Leben erwecken, in dem er überall drückt und parallel dabei kreuz und quer über den Bildschirm streicht.

„Weißt du, wie diese Dinger angehen? Ich bin da noch nicht ganz so fit." gibt er mir fast entschuldigend sein Telefon.

„Hast du einen PIN oder Face ID?" frage ich ihn.

„Eine Fäis-watt?"

„Ob du mit deinem Gesicht dein Telefon entsperrst?" präzisiere ich die Frage ein wenig, wobei ich davon ausgehe, dass das nicht wirklich zur Klärung beitragen wird. Sollte er tatsächlich die Face-ID nutzen, kann ich nur hoffen, dass er das dafür notwendige Bild während eines repräsentativen Gesamtzustandes seines Bart-mit-Mütze-Gesichtes gemacht hat. Ansonsten dürfte da in seinem Fall selbst die best-programmierteste Apple-Funktion kapitulieren.

„Hm. Weiß nicht."

„OK, kein Problem. Schau mal in die Kamera." halte ich das Telefon direkt vor sein Gesicht.

„Jetzt geht's!" spreizen sich seine beiden Bartenden freudestrahlend synchron in Richtung Ost und West.

„Sehr gut. War also gar nicht so schwer." Ich mache das Spielchen noch ein paar Mal mit Alfons, damit er es beim nächsten Mal hoffentlich auch ohne meine Hilfe hinbekommt. So richtig überzeugt bin ich zwar nicht, aber egal. Jetzt ist nur wichtig, was er mir gleich zeigen wird.

„Da sind Bilder drauf."

„Aha."

„Ich weiß aber nicht mehr genau wo."

„Aha."

„Kannst du mal gucken?" gibt er mir erneut sein Telefon.

Die Uhrzeit auf dem Sperrbildschirm ist in einer Schriftgröße eingestellt, von der ich bis vor wenigen Augenblicken noch nicht einmal wusste, dass die Firma Apple sie überhaupt im Angebot hat. Blöderweise zeigt mir diese gerade aber auch, dass meine Mittagspause exakt in diesem Moment eigentlich zu Ende ist. Aber da es sich bei dem Ganzen hier offensichtlich um einen der bedeutendsten Momente in Alfons' Leben handelt, kann ich darauf jetzt keine Rücksicht nehmen und öffne die Bildergalerie.

„Alfons?"

„Ja?"

„Ich überziehe hier gerade meine Mittagspause, aber ich habe so meine Zweifel, ob deine Bilder das auch wirklich wert sind."

„Hm. Wieso?"

Ich halte ihm sein Telefon vor die Nase und wische durch die ersten Bilder der Galerie. Ich weiß nicht, ob Alfons sich bei einem Wettbewerb angemeldet hat, bei dem die schönsten Bilder unterschiedlicher Schwarztöne prämiert werden sollen. Aber falls ja, dürfte er da sehr wahrscheinlich einen der vorderen Plätze belegen.

„Was hast du denn da fotografiert?“ frage ich ihn.

„Keine Ahnung. Bei Gerstner waren da vorher noch ganz andere Bilder.“ bewegen sich die beiden Enden seines Bartes jetzt eindeutig abwärts auf Kurs Südsüdost und Südsüdwest.

„Warte, ich schaue mal weiter.“

Ungefähr zehn Bilder später muss ich laut lachen.

„Alfons, ich glaube ich habe das Rätsel gelöst.“ zeige ich ihm ein Bild, auf dem außer einem durchschnittlichen Schwarzton auch diverse 10-, 20- und 50-Cent-Münzen sowie zwei Finger zu sehen sind, die ich eindeutig Alfons zuordnen würde.

„Was ist das denn?“ schüttelt er den Kopf.

„Ich glaube, du bist da einige Male auf den Auslöser deiner Kamera gekommen und hast damit zwar unfreiwillig, aber dafür auch ziemlich akkurat den Inhalt deiner Manteltasche dokumentiert.“

„Warum das denn?“

Ich verzichte auf weitere Erklärungen und scrolle stattdessen einfach weiter. Ich gehe davon aus, dass die Bilder, die Alfons eigentlich meinte, in Kürze Licht ins Dunkel bringen werden. Und genau so ist es auch, ungefähr zwanzig Bilder später. Unter diesen Bildern ist witzigerweise auch eines, dass entstanden sein muss, als er das Telefon gerade eingesteckt hat, nachdem er Gerstners Büro verlassen hat. Es zeigt, wenn auch unscharf, Gerstners Vorzimmer-Aprikose Frau Voss, die gerade ein paar Dutzend Sektgläser in einen der großen Mahagoni-Büroschränke einparkt.

„Meinst du diese?“ zeige ich ihm ein Bild, welches einen sehr offiziell wirkenden Brief zeigt.

„Genau das. Genau das. Und da müssen noch mehr sein.“ wippt sein Bart jetzt so aufgeregt in alle Richtungen wie es sonst nur die Arme von diesen aufblasbaren Werbefiguren können.

„Und was ist das?“ frage ich. Bevor ich das Bild mit zwei Fingern vergrößere, um zu entziffern, was in dem Brief steht, hätte ich dann doch gerne erstmal das OK von Alfons, um weiter in seine Privatsphäre eintauchen zu dürfen.

„Das, lieber Rüdiger, wird mein Leben verändern.“ schaut er mich mit einem Blick an, den ich noch nie an ihm gesehen hatte. Und der verleiht diesem Satz eine beinahe fast magische Bedeutung.

„Wow.“ flüstere ich noch, bevor ich das Bild vergrößere.

„Dann lies mal.“ sagt Alfons.

„Ist das wahr?“ frage ich nachdem ich mir den Inhalt des Briefes, der auf dem Bild zu erkennen ist zweimal durchgelesen habe. Zweimal, um auch absolut sicherzugehen, dass ich richtig verstanden habe, was da schwarz auf weiß auf einem sehr teuer wirkenden Briefpapier einer mir logischerweise unbekannten Anwaltskanzlei geschrieben steht.

„Es ist wahr. Und jetzt weißt du auch, warum das mein Leben verändern wird.“

„Unglaublich. Ich weiß nicht was ich sagen soll, Alfons!“ strahle ich ihn an.

Und ohne zu wissen, wann Alfons das letzte Mal aktiv mit Seife oder Duschgel in Berührung gekommen ist, umarme ich ihn spontan.

VIER

Ich hoffe, dass niemand etwas von meiner eigenmächtig verlängerten Mittagspause mitbekommen hat, als die beiden großen Eingangs-Glastüren sich hinter mir geschlossen haben – gerade so als hätten sie mich mit einem leise gehauchten ‚Herzlich Willkommen zurück, Rüdiger!' wieder in ihre großen Arme geschlossen. Bevor ich allerdings in mein geliebtes Fliesen-Wunderland zurückkehre, muss ich unbedingt noch die Hinterlassenschaften von Enriques Jacke auf meiner Hand entfernen. Wenn ich mit diesen fettigen Fingern im Laufe des Tages eine Musterfliese aus dem Regal nehme, bestünde ansonsten durchaus die Gefahr, dass diese im hohen Bogen in Richtung Kundschaft oder sonst wo hin flitscht. Und ich gehe nicht davon aus, dass Missgeschicke dieser Art von irgendeiner Haftpflichtversicherung anstandslos übernommen würden.

Nach vier Waschgängen sehen meine Hände wieder aus wie neu, allerdings rieche ich jetzt auch wie ein frisch gemähtes Lavendelfeld an der französischen Mittelmeerküste. Ich tippe kurz auf den Startbildschirm: 12:55 Uhr zeigt mir mein Telefon an. Also nur zehn Minuten überzogen, geht eigentlich. Wobei für Gerstner eine um zehn Minuten verlängerte Mittagspause im Gegensatz dazu mit einem unentschuldbaren Untergraben seiner Filialleiter-Kompetenz gleichbedeutend sein dürfte. Bevor ich mir aber noch weitere Gedanken darüber machen kann, sehe ich unterhalb der Uhrzeit diese Einblendung:

6 Nachrichten von Marie.

Danke, WhatsApp, dass du damit gewartet hast, bis die sechste Nachricht eingetrudelt ist, anstatt mir das schon bei der ersten Nachricht freundlicherweise per Einblendung auf dem Startbildschirm mitzuteilen, denke ich genervt. Fairerweise muss ich aber zugeben, dass das auch daran liegen kann, dass unser gesamter *Honäsch*-Parkplatz eine Art „Mutter aller Funklöcher" darstellt. Und da hat die Sendezentrale natürlich auch keine Lust, alle 10 Sekunden einen sinnlosen Versuch zu unternehmen, irgendwelche Nachrichten in dieses digitale schwarze Loch zu schicken. Wie auch immer, ich bin wieder zurück im *Honäsch*-WLAN und drücke auf ‚öffnen'.

12:02: Na, Mittagspause schon verplant, Schatz?

12:07: Kann sich da etwa jemand nicht von seinen geliebten Fliesen trennen?

Diese Nachricht hat sie mit verschiedenen Emojis versehen, die wohl symbolisch ihr Unverständnis zum Ausdruck bringen sollen. Was allerdings das Taucherbrillen-Emoji am Schluss da zu suchen hat, erklärt sich mir in diesem Moment nicht wirklich.

12:18: Sag mal, spielst du Schnitzeljagd auf dem Parkplatz? Oder sammelst du Bonus-Punkte für deine Schrittzähler-App?

Das bedeutet dann wohl, dass meine hektische Suche nach Alfons quer über den ganzen Parkplatz nicht unbeobachtet geblieben ist.

12:25: Toll, was hat Enrique, was ich nicht habe???

OK, chronologisch sind wir jetzt also bei meiner Begegnung mit Enrique angekommen. Und der Zuwachs an Fragezeichen belegt, dass sich der Puls bei Marie zu diesem Zeitpunkt schon im leicht erhöhten Bereich befunden haben dürfte.

12:34: Und was bitteschön hat Alfons, was ich nicht habe?????

Tja, wenn du wüsstest, denke ich schmunzelnd ich mich hinein.

12:50: Und dann auch noch grußlos zurück zu deinen geliebten Fliesen? Komm du mir heim!!!!

Glücklicherweise finden sich neben den reichlichen Emojis der Sorte „ich bin wütend" am Schluss noch zwei versöhnliche Herzen.

Sollte ich irgendwann mal, warum auch immer, ein lückenloses Alibi des heutigen Tages für die Zeit von 12:00 Uhr bis ca. 12.45 Uhr benötigen – mit einem Screenshot dieser sechs Nachrichten wären alle Fragen im Handumdrehen beantwortet. Lediglich für das Taucherbrillen-Emoji müsste sich Marie eine einigermaßen nachvollziehbare Erklärung überlegen, falls sie jemand mit detaillierten Nachfragen hinzuziehen würde.

Ich beschließe, ihr zumindest in Kurzform zu erklären, was ich da alles gerade alles gemacht habe und warum das in der Prioritätenliste tatsächlich vor einer gemeinsamen Mittagspause mit ihr platziert werden musste. Anstatt ihr das jetzt aber alles zu schreiben, beantworte ich lieber ihre letzten drei Nachrichten:

13:02: Toll, was hat Enrique, was ich nicht habe??? AW: Er hat eine ganz tolle Jacke mit Baguette-Geschmack, die allerdings dringend mal in die Reinigung müsste!

13:04: Und was bitteschön hat Alfons, was ich nicht habe????? AW: Alfons hatte einen wirklich guten Grauburgunder dabei. Da konnte ich einfach nicht nein sagen!

13:05: Und dann auch noch grußlos zurück zu deinen geliebten Fliesen? Komm du mir heim!!!! AW: Ich habe mich gerade spontan dafür entschieden, heute bei Patrick zu übernachten.

Kurz darauf werden bei allen drei Nachrichten die beiden Häkchen schon hellblau. Mit einem Grinsen freue ich mich auf die Antwort von Marie, aber auch nach fünf Minuten kommt keinerlei Reaktion von ihr. Noch nicht mal ein einziges Fragezeichen. Mit einem Blick auf das WLAN-Symbol oben rechts im Display versichere ich mich, dass ich nicht spontan aus dem Netz geworfen wurde. Und dieses zeigt mir unmissverständlich die volle Sendeleistung an.

Um 13:12 erlöst mich die Einblendung ‚1 Nachricht von Marie‘. Sie hat mir ein GIF geschickt. Ich drücke auf öffnen und sehe ein kleines Mädchen, dass mit einer Fliegenklatsche in Richtung Kamera schlägt und dabei ein Gesicht zieht, als hätte man ihr gerade mitgeteilt, dass in diesem und auch in den nächsten acht Jahren Weihnachten ersatzlos ausfallen wird.

Ich antworte sofort.

13:13 Uhr: Habe mich gerade umentschieden. Übernachtung bei Patrick entfällt. Auch wenn er darüber bestimmt sehr traurig sein wird. Kuss!

So, jetzt aber endgültig ab zu meinen ‚Fliesen und Kacheln‘. Dies aber mit einer Leichtigkeit, wie ich sie wahrscheinlich noch nie empfunden habe seit ich hier arbeite.

FÜNF

Am nächsten Tag ist das gute Gefühl von gestern erfreulicherweise immer noch komplett vorhanden. Es ist sogar so gut, dass ich mir erschreckenderweise fast wünsche, Herrn Gerstner zu begegnen und ihm einen schönen guten Morgen zu wünschen. Aber außer der guten Frau Voss, die sich heute für ein merkwürdiges zitronengelbes Kleid mit hellblauen Ärmeln in Schmetterlings-Optik entschieden hat und zu mir herüberwinkt, ist niemand zu sehen. Mittels eines kurzen Blicks in den Gang mit dem großen ‚Fliesen und Kacheln'-Schild vergewissere ich mich, dass über Nacht kein Wunder geschehen ist und hier jetzt plötzlich schon um neun Uhr Heerscharen von Kunden darauf warten, eine 360-Grad-Rundum-Wohlfühl-Beratung zu bekommen. Genug Zeit also, mal nach Patrick zu schauen. Ich hatte ihm noch nichts von den Ereignissen des gestrigen Tages erzählt, zumal er gerade genug damit zu tun haben dürfte, bei Julia Nowak ein paar Schritte weiterzukommen auf seinem Weg zum Eigenheim mit den gemeinsamen Kindern, sowie dem Bau des Carports für den Familien-Van.

„Guten Morgen, Herr Weber. Na, wie immer fleißig am Handy? Ich hoffe natürlich, rein dienstlich?" klopfe ich ihm auf die Schulter.

„Aber natürlich, Herr Seifert. Wo denken Sie denn hin?"

„Ich und denken? Sie belieben zu scherzen!" ziehe ich entrüstet die Augenbrauen nach oben.

„Du hast sie irgendwie auch nicht mehr alle, kann das sein?"

„Natürlich nicht. Und das ist ja auch nicht umsonst die wichtigste Eigenschaft, um die Arbeitstage hier ohne ernsthafte Spätfolgen zu überleben."

„Schönen guten Morgen, die Herren Seifert und Weber!"

Gerstner! Und das mal wieder in seiner Paraderolle als Weltmeister im ‚immer-zum-ungünstigsten-Zeitpunkt-auf-der-Bildfläche-erscheinen'.

„Herr Gerstner. Ebenfalls einen schönen guten Morgen." reagiert Patrick nach nur wenigen Sekundenbruchteilen und lässt gleichzeitig sein Handy unauffällig in seiner Hosentasche verschwinden. Hätte Gerstner unseren kleinen Morgen-Dialog mitbekommen, wäre ihm statt einem ‚Schönen guten Morgen, die Herren Seifert und Weber' höchstwahrscheinlich nur ein resigniertes ‚Seifert und Weber' über die Lippen gekommen. Daher gehe ich davon aus, dass er nichts mitbekommen haben wird und atme einmal unauffällig tief durch.

„Üben Sie hier gerade den Ablauf eines idealen Verkaufsgesprächs oder womit darf ich mir Ihre gute Laune erklären?" schaut er Patrick und mich abwechselnd an.

OK – in der Sportart ‚ich-probiers-mal-mit-Ironie' scheint Gerstner gerade für einen möglichen weiteren Weltmeistertitel zu trainieren.

„Patrick … also Herr Weber und ich hatten gerade nur auf den verschiedenen Vergleichsportalen geschaut, wie die Preise so bei der Konkurrenz sind."

So wie mich Patrick in diesem Moment anschaut, kann ich nicht wirklich interpretieren, ob er mir mimisch für die beste Lüge der letzten Wochen gratulieren möchte, oder sich fragt, ob ich möglicherweise wirklich nicht mehr alle Tassen im Schrank habe, Gerstner eine solche Antwort zu geben. Erste Überlebens-Regel hin oder her. Zugegebenermaßen frage ich mich das mit den Tassen gerade selber, denn die Wahrscheinlichkeit, dass mir Gerstner das wirklich abnimmt, schätze ich als vernachlässigbar gering ein. Aber zumindest verschafft uns diese Vorwärts-Verteidigung ein wenig Zeit, unsere gerade abhanden gekommene Souveränität zumindest teilweise wiederzuerlangen.

„Preise der Konkurrenz. Soso." schaut uns Gerstner abwechselnd mit einem Blick an, als hätte er gerade zwei Ladendiebe auf frischer Tat ertappt.

„Bei Heim & Garten Wuttke kosten die gleichen Terrakotta-Fliesen diese Woche 25 Prozent weniger als bei uns. Wussten Sie das?" durchbricht Patrick nach etwa fünf Sekunden die peinliche Stille.

„Soso."

„Und bei Gartenmöbeln gelten die 25 Prozent sogar bis Ende des Monats."

Ich habe keine Ahnung, wovon Patrick da spricht, hoffe aber inständig, dass er hier nicht gerade irgendwelche Phantasie-Angebote erfunden hat. Denn genauso sicher wie um 20 Uhr die Tagesschau in der ARD läuft, wird unser baldiger Ironie-Doppelweltmeister Gerstner das natürlich sofort überprüfen, wenn wir alle dieses absurde Szenario überstanden haben.

„Danke für die Infos, meine Herren. Ich schaue mir das gleich mal an."

Toll. Als würden wir nicht selber wissen, dass er das jetzt als nächstes tun wird. Aber so überzeugend wie Patrick gerade schaut, habe ich das Gefühl, dass es tatsächlich stimmen könnte mit diesen 25 Prozent bei Heim & Garten Wuttke.

„Machen Sie das. Vielleicht sollten wir da gegebenenfalls nachziehen mit unseren Preisen."

Auch wenn Patrick aus meiner Sicht sein wodurch auch immer gewonnenes Oberwasser gegenüber Gerstner in diesem Moment etwas zu intensiv genießt, lasse ich ihn einfach mal machen. Nicht zuletzt auch, weil Gerstners gerade ziemlich verdaddert dreinschauendes Gesicht unbezahlbar ist.

„Weber. Weber." schüttelt Gerstner mental leicht abwesend den Kopf.

Durch ein kurzes Hochziehen der Augenbrauen signalisiert Patrick ihm die volle Aufmerksamkeit auf das was nach dem ‚Weber, Weber'-Intro jetzt kommen möge.

„Also entweder Sie erzählen hier gerade einen hanebüchenen Schwachsinn ..."

„Oder?"

„Oder ich habe Sie unterschätzt und in Ihnen steckt doch mehr als nur ein Verkäufer mit schwankenden Verkaufszahlen."

Hui. Bis gerade eben dachte ich noch, ich sei hier im *Honäsch* der Einzige mit den von Herrn Gerstner gerade so romantisch betitelten schwankenden Verkaufszahlen. Aber nach dieser Aussage sage ich doch mal: Willkommen im Club, Patrick Weber! Ihr Mitgliedsausweis kommt in wenigen Tagen per Post.

„Na dann bin ich mal gespannt, in welche Richtung das Pendel ausschlagen wird, Herr Gerstner." grinst Patrick und lässt damit die von Gerstners erwähnten schwankenden Verkaufszahlen an sich abperlen, wie eine Goretex-Jacke den Regen im Labor-Dauertest.

„Ich werde es Sie wissen lassen, Herr ... äh."

„Weber."

„Richtig. Herr Weber."

Mit diesen Worten entfernt sich Herr Gerstner und ist nach wenigen Schritten im Parallelgang verschwunden. Gleichzeitig beißen sich Patrick und ich in drei Finger unserer rechten Hand, um nicht schallend loszulachen.

„Schwankende Verkaufszahlen." sind die ersten Worte, die ich herausbringe, nachdem ich mir sicher bin, nicht laut loszulachen, wenn ich meine Finger aus dem Mund nehme.

„Unverschämtheit, oder?" schüttelt Patrick mit gespielter Entrüstung den Kopf in Richtung des Parallelgangs.

„Och, also ich sage mal …"

„Sag' jetzt nix Falsches!"

„OK, aber nur wenn du mir sagst, woher du die Sonderangebote von Heim & Garten Wuttke kennst! Das Einzige was du da kennst, sind doch die Vornamen der drei Mädels von der Gartenabteilung."

„Da haben Sie völlig recht, Herr Seifert. Und mittlerweile auch die Nachnamen."

„Und höchstwahrscheinlich auch die Telefonnummern." ergänze ich. Natürlich ohne dies ernsthaft als Fragestellung zu meinen.

„Korrekt." tippt sich Patrick virtuell auf seine Hosentasche, auf der sich die Kontur seines Telefons abzeichnet.

„Gut. Wäre das also geklärt. Also zurück zu den Rabatten bei Wuttke. Ich höre."

„Das fällt unter die Kategorie ‚es gibt keine Zufälle' würde ich sagen."

„Das heißt?"

„Ich war doch gestern Abend mit Yvonne essen."

„Ach, das hattest du mir noch gar nicht gesagt. Und?" frage ich und unterdrücke dabei den Reflex, ihn zu fragen, wie denn seine Familienplanung mit Julia Nowak und ein Abendessen mit einer gewissen Yvonne zusammenpassen.

„Stimmt, hatte ich vergessen. Aber interessant wird's vor allem, wenn ich dir sage, was Yvonne beruflich macht."

„Nämlich?" zucke ich kurz mit den Schultern.

Patricks Schweigen kann nur ‚denk mal nach, dann kommst du schon drauf' bedeuten.

„Nicht wirklich, oder?“ fällt in dem Moment bei mir der Groschen.

„Genau, sie ist eines der drei Mädels in der Gartenabteilung von Heim & Garten Wuttke.“ grinst er.

„Und das war euer Thema des Abends“ frage ich lachend, da ich nicht davon ausgehe, dass Gespräche über Rabatte für Fliesen oder Gartenmöbel üblicherweise bei Patricks Abendessen-Einladungen auf der Agenda stehen.

„Natürlich nicht. Aber ich habe sie direkt von der Arbeit abgeholt und da hingen bei den Gartenmöbeln schon überall Plakate mit einer knallgelben fünfundzwanzig und einem ziemlich doof grinsenden Prozentzeichen rum.“

„Und bei den Fliesen auch?“ frage ich.

„Keine Ahnung. Aber wenn Gerstner fragt, sage ich einfach, ich hätte da irgendwas verwechselt. Bei den Gartenmöbeln stimmt's ja auf jeden Fall.“

„Großartig. Ein Dank an Herrn Wuttke für die Auswahl seiner Gartenmädels.“ schicke ich mit beiden Händen einen virtuellen Gruß in Richtung seines Geschäftes.

„Da kann ich nur sagen: ich schließe mich an! Na dann, Feierabend.“ zuckt Patrick so selbstverständlich mit den Schultern, dass ich für einen kurzen Moment denke, er könnte das mit dem Feierabend um diese Zeit tatsächlich ernst meinen.

Mit einem zufriedenen Grinsen mache ich mich auf meinen, nur wenige Gänge entfernten Heimat-Bereich ‚Fliesen und Kacheln‘. Nach wie vor ist die Kundenfrequenz sehr überschaubar, oder – um es auf den Punkt zu bringen – es ist kein Schwein da, das so früh am Morgen bereits das Verlangen hat, sich von einem kompetenten Verkäufer hinsichtlich der Verschönerung irgendwelcher Räumlichkeiten beraten zu lassen.

„Schön, dass sie endlich auch mal da sind, Seifert." zucke ich zusammen, als ich mich gerade in Gedanken damit beschäftige, wo ich heute Abend mit Marie zum Essen hingehen könnte.

Einen spontanen Hörsturz vorzutäuschen, und so zu tun, als hätte ich das gerade nicht klar und deutlich gehört, erscheint mir als nur wenig sinnstiftend. Daher drehe ich mich langsam um.

„Herr Gerstner. Unsere Begegnung Nummer zwei heute. Also beim dritten Mal muss dann aber einer von uns einen ausgeben." ziehe ich die Augenbrauen nach oben.

Offensichtlich hat gerade ein lebensmüder Part meines Unterbewusstseins die Oberhoheit über mein Sprachzentrum gewonnen. Anders kann ich mir nicht erklären, was da gerade über meine Lippen gekommen ist.

„Seifert. Pressen Sie mal zwei Finger ganz eng zusammen, dann wissen Sie wie dünn das Eis ist, auf dem Sie sich gerade bewegen. Ist Ihnen das eigentlich klar?"

„Natürlich, Herr Gerstner. Tut mir leid."

„Meinen Sie, Ihre Verkaufszahlen hier kommen von alleine auf einen grünen Zweig?" zeichnet er mit einer 360-Grad-Bewegung seiner linken Hand den Fliesen-und-Kacheln-Gang nach.

„Natürlich nicht. Patrick, also Herr Weber und ich, hatten lediglich nochmal nachgeschaut, ob Wuttke noch weitere Artikel im Sonderangebot hat. Hätten wir Ihnen dann gleich per Mail zugeschickt, die Infos."

OK. Ich bin also wieder zurück in der Schaltzentrale für mein Unterbewusstsein und sämtlichen angeschlossenen Ausgabekanälen, atme ich innerlich erleichtert durch.

„Hm. Gut."

„Kommt auch nicht wieder vor, dass ich deswegen meine Fliesen und Kacheln alleine lasse." Auf den Hinweis, dass hier gerade kein einziger Kunde auch nur in so etwas Ähnlichem wie in der Nähe ist, verzichte ich nachvollziehbarerweise. Jetzt nur nicht übertreiben.

„Finde ich ja gut, dass Sie und Herr Weber sich auch darum kümmern, was außerhalb des Baumarktes passiert. Aber eben auch nur solange da nicht die Kunden drunter leiden oder auch der … na, Sie wissen schon…“

„Natürlich. Der Umsatz“ antworte ich wie aus der Pistole geschossen.

„Genau. Den meine ich.“

„Natürlich“ sage ich mit etwas verzögerter Geschwindigkeit und stelle fest, dass ich fast alle meine letzten Antworten mit dem Wort ‚natürlich‘ begonnen habe. Und dass dieses Wort scheinbar der beste Blutdruck-Senker für Herrn Gerstner zu sein scheint. Muss ich nachher gleich Patrick schreiben.

„Gut, gut.“ murmelt Gerstner etwas gedankenverloren und schaut sich noch mal im Gang um. Ob er dabei eine mentale Inventur unseres gerade frisch reingekommenen Terrakotta-Sortiments macht oder sich ein paar kaufwillige Kunden herbeiwünscht, kann ich anhand seiner spärlichen Mimik jedoch nur schwer erkennen. Und bevor ich mir eine irgendwie passende Anmerkung auf sein gemurmeltes doppel-gut überlegen kann, verlässt er mit gemäßigtem Schritt mein kleines Fliesen-Paradies in Richtung seines Büros.

Ein Blick auf mein Handy zeigt mir, dass es noch nicht mal neun Uhr ist. Um diese Zeit bin ich normalerweise noch in der mentalen Hochlaufphase, deren Höhepunkt habe ich nach diesen beiden Begegnungen heute aber gefühlt bereits zweimal erreicht. Wenn nicht sogar überschritten. Würde ich eine dieser albernen Fitness-Uhren tragen, hätte die sich bestimmt schon mehrfach hektisch vibrierend oder wild blinkend gemeldet, um mir zu signalisieren, dass ich mich aufgrund meiner ausufernden Vitalwerte quasi kurz vor der Einlieferung in eine naheliegende Herzklinik befinde.

Ein mir bekanntes Klingeln auf Hüfthöhe reißt mich abrupt aus diesen Gedanken heraus. Auf dem leicht verkratzen Display lese ich den Namen Sabine Voss. Nach zwei sehr tiefen Atemzügen und dem mittlerweile fünften Klingeln drücke ich auf den Knopf mit dem Symbol des grünen Telefonhörers.

„Frau Voss, einen wunderschönen guten Morgen."

Mittels dieser fast schon zu freundlichen Stimmlage versuche ich einigermaßen unauffällig meine Befürchtung zu verbergen, dieser Anruf könne möglicherweise der Vorbote für meine dritte Begegnung mit Gerstner sein.

„Na Sie sind aber heute gut gelaunt, Herr Seifert." flötet Frau Voss.

OK, sie hat mir das Täuschungsmanöver abgenommen. Punkt für mich. Mal schauen, ob ich den Gute-Laune-Rüdiger noch aufrecht halten kann, wenn sie mir gleich den Grund ihres Anrufs verraten wird.

„Was kann ich denn für Sie tun?" übergehe ich elegant ihre Frage nach den Hintergründen meiner nur vermeintlich guten Laune.

„Also eigentlich hatte ich ja Herrn Weber gesucht, aber der scheint schon im Kundengespräch zu sein." Bei diesen Worten bekommt ihre Stimme einen merkwürdigen samtigen Unterton, wie man ihn sonst nur von den Menschen kennt, welche uns bei der Kaffee-Werbung immer klar machen wollen, dass jede einzelne Kaffeebohne dieser 500g-Packungen mit purer Liebe geerntet wurde. Im Falle von Frau Voss basiert diese Samtigkeit allerdings definitiv nicht auf aromatischem Kaffee, sondern hört auf den Namen Patrick Weber.

„Jaja, Herr Weber hatte schon sehr früh Kundschaft heute." lüge ich.

Die Information, dass er gestern mit einer der drei wuttke'schen Gartenmädels einen romantischen Abend verbracht hat, erspare ich ihr und ihrer Samtigkeit logischerweise.

„Bei Ihren Fliesen ist wahrscheinlich noch nicht so viel los, daher dachte ich an Sie, nachdem ich Herrn Weber nicht erreicht habe."

„Das stimmt, Fliesen sind wohl eher was für den späteren Vormittag." bestätige ich ihre Vermutung und versuche gleichzeitig dem Drang zu widerstehen sie danach zu fragen, woher diese Information denn stamme.

„Hihi. Sie sind ja wirklich sehr gut gelaunt heute."

Ihr erneuter Hinweis auf meinen Gute-Laune-Zustand verstärkt allerdings nur noch mehr meine Befürchtung, dass sich das schon sehr bald ändern wird.

„Wie kann ich Ihnen denn helfen?"

„Stimmt, ich habe Ihnen ja noch gar nicht gesagt, worum es geht." kichert sie.

Die Tatsache, dass Patrick der erste auf der Liste der möglichen Problemlöser war, gibt mir zumindest schon mal eine kleine Portion Sicherheit, dass es nichts zu Persönliches werden wird.

„Dann lassen Sie mal hören."

„Herr Gerstner meinte, dass Herr Weber und Sie ihn heute Morgen auf eine mögliche Rabattaktion vom Gartencenter Wuschel aufmerksam gemacht hätten."

Ich halte reaktionsschnell meine linke Hand auf den Hörer und pruste los. Scheinbar hat das Unterbewusstsein von Frau Voss aus ihrer Schwärmerei für Patrick und Wuttkes Laden gerade das Gartencenter Wuschel zusammengebaut.

Herrlich.

„Herr Seifert? Sind Sie noch dran?"

„Bin noch da." sind die einzigen drei Worte die aussprechen kann, ohne erneut loszuprusten.

„Irgendetwas stimmt nicht mit der Verbindung."

Ich klopfe ein paar Mal im Takt auf den Hörer.

„Ich sehe gerade, dass jemand bei mir anruft. Daran lags bestimmt."

Auch wenn ich bezüglich des Verkaufs von Fliesen nicht der Beste sein sollte, im spontanen Erfinden glaubwürdiger Ausreden macht mir so schnell jedenfalls keiner was vor. Außer Patrick natürlich.

„Müssen Sie rangehen?"

„Nein, ich sehe ja wer es ist und rufe zurück."

„Schön."

„Also, Frau Voss, worum geht es denn?" lenke ich ihre Aufmerksamkeit zurück auf das eigentliche Thema.

„Jetzt habe ich doch glatt den Faden verloren." antwortet sie leicht verzögert.

„Rabatte, Gartencenter Wuttke."

„Wuttke?"

„Ja. Wuttke. Sie hatten gerade Wuschel gesagt. Aber die Firma heißt Heim & Garten Wuttke."

„Im Ernst? Sapperlott. Wie komme ich denn da jetzt auf Wuschel?"

Möchten Sie darauf wirklich eine Antwort haben, liebe Frau Voss, frage ich still in mich hinein.

„Keine Ahnung, aber ich verwechsle auch immer wieder mal den einen oder anderen Namen."

„Dann bin ich ja beruhigt. Also es geht darum, dass Herr Gerstner nochmal Ihre Unterstützung benötigt bei dem Thema Rabattaktion von Wusch … äh Wuttke."

„OK."

„Können Sie vielleicht gleich zu ihm ins Büro kommen?“ fragt sie mit leiser Stimme. Und man kann fast spüren, wie sie nebenher dafür betet, dass man dies möglichst bejahe. Denn Gerstner eine ‚Herr Seifert kann leider erst in einer Stunde‘-Nachricht überbringen zu müssen, dürfte bei ihr in etwa so viel Angstschweiß auslösen, wie anno 1912 beim Kapitän der Titanic, als er einsehen musste, dass sein schönes, großes Schiff wohl doch nicht ganz so unsinkbar ist, wie es in der Bedienungsanleitung steht.

„Klar, Frau Voss. Bin schon auf dem Weg.“

„Wirklich? Sie sind ein Schatz, Herr Seifert!“

Ich frage mich unweigerlich, welchen Kosenamen sie wohl für Patrick gefunden hätte, wenn sie ihn vorhin doch erreicht hätte.

„Bis gleich.“ drücke ich auf den roten Telefonhörer.

‚Muss zu Gerstner. Geht noch mal um 25%-Wuttke. Wenn ich mich in 15 Minuten noch nicht wieder bei dir gemeldet habe, ruf die Polizei an. Und sag Marie, dass ich sie liebe.‘ schreibe ich noch schnell eine Nachricht an Patrick. Nur für alle Fälle. Bei Gerstner weiß man ja nie.

So, dann also mal los zur mentalen Darmspiegelung.

„Hallo Herr Seifert!“ strahlt Frau Voss, als sie beruhigt feststellt, dass mein ‚bin schon auf dem Weg‘ auch wirklich so gemeint war wie gerade eben noch am Telefon.

„Hallo Frau Voss.“ antworte ich nicht ganz so strahlend, da ich keine Ahnung habe was mich da jetzt gleich erwarten wird hinter der Walnussholz-Tür, die heute noch bedrohlicher wirkt als sie es sonst schon tut.

„Ich melde Sie kurz an.“

„Dankeschön.“

„Herr Gerstner? Herr Seifert wäre jetzt da.“ sagt sie mit fester Stimme und legt danach den Hörer behutsam wieder auf, gerade so als befürchte sie, Herr Gerstner würde ihr sonst wegen zu lautem Auflegen des Telefons eine Abmahnung schicken.

„Und dieser Herr Seifert wäre jetzt gerne irgendwo ganz anders.“ flüstere ich mich hinein.

„Wie bitte?“ schaut mich Frau Voss fragend an.

„Ach nichts. Mir ist gerade nur etwas eingefallen, was ich heute noch erledigen muss.“

„Das kenne ich. Mach ich auch immer so, wenn mir etwas spontan einfällt. Dann vergesse ich es auch nicht.“ nickt sie aufgeregt mit dem Kopf, was ihre stets gut sortierte Frisur für einen kurzen Moment aus dem Gleichgewicht zu bringen scheint.

Ach, Frau Voss, wie gerne würde ich jetzt mit Ihnen tauschen, denke ich mir, anstatt das auch leise auszusprechen. Denn das hätte unweigerlich zu einer erneuten Rückfrage geführt.

„Sie dürfen dann auch, Herr Seifert.“ deutet sie mit einer dezenten Handbewegung in Richtung Walnuss-Tür.

„Wie? Ach so. Ja, klar. Natürlich.“ quäle ich mich zu einem Lächeln. Und der Gesichtsausdruck von Frau Voss zeigt mir unmissverständlich, dass sie gerade definitiv nicht mit mir tauschen möchte.

„Herein!“ höre ich dumpf Gerstners Stimme, nachdem ich alibimäßig kurz an die Tür geklopft habe, bevor ich in sein Büro eintrete.

„Guten Tag, Herr Gerstner!“ sage ich mit leicht ausgetrockneter Stimme, gerade so als wären die wenigen Meter von Frau Voss in Gerstners Büro ein halbstündiger Sahara-

Fußmarsch ohne einen möglichen Zwischenhalt an einem Getränke-Kiosk gewesen.

„Seifert. Gut, dass Sie da sind. Wie läuft's bei den Fliesen und Kacheln?“

Ich hatte mit allem gerechnet, nur nicht mit dieser Frage. Dass ich bis heute noch keinen einzigen Kunden gehabt habe, dürfte er dank seines Real-Time-Umsatz-Tools mit nur einem Mausklick schon festgestellt haben.

„Sind alle auf Hochglanz poliert und warten darauf verkauft zu werden.“

Wenig überraschend verzieht Gerstner trotz meiner eigentlich gar nicht so unkreativen Antwort keine Mine, sondern schaut mich stattdessen nur ausdruckslos mit seinem ‚Was-mache-ich-nur-mit-Ihnen-Seifert?‘-Gesicht an.

„Weber und Sie hatten mir doch heute Morgen von der Rabatt-Aktion bei Wuttke erzählt.“ kommt Gerstner zum Glück gleich zur Sache, anstatt nochmal in irgendeiner Art und Weise auf meine Fliesen-Verkaufszahlen einzugehen.

„Richtig. 25% auf die Terrakotta-Fliesen und bei den Gartenmöbeln.“

„Ja, weiß ich. Aber die haben anscheinend noch einen Zusatz-Rabatt, wenn man sich für einen Newsletter oder so was ähnliches anmeldet.“ atmet Gerstner einmal tief durch und schaut mich dabei fragend an.

„Newsletter? Davon weiß ich leider nichts.“ atme ich ebenfalls einmal durch. Dies allerdings kaum hörbar und, im Gegensatz zu ihm, nicht aus Unwissenheit, sondern dem angenehmen Gefühl, dass es hier möglicherweise nur um ein so banales Problem wie die Anmeldung für einen Newsletter handeln wird.

„Wissen Sie, wo ich das machen kann?“

Bingo.

„Kein Problem, Herr Gerstner." versuche ich bei meiner Antwort nicht allzu überheblich zu klingen.

„Sehr gut. Dann kommen Sie mal rüber." steht Gerstner so ruckartig auf, als wäre ihm gerade eine Horde wildgewordener Wespen in eins seiner Hosenbeine hineingeflogen.

Auch schön. In wenigen Augenblicken werde ich also erfahren, wie es sich so am Schreibtisch der Macht anfühlt.

„Darf ich?" frage ich und deute auf seinen ziemlich bequem wirkenden Chefsessel.

„Bitte."

„Danke." setze ich mich. Das allerdings etwas zu flott, was dazu führt, dass sich der Sessel nicht nur schwungvoll um etwa zwei Meter nach hinten bewegt, sondern sich die Rückenlehne gleichzeitig auch noch auf einen Neigungswinkel von etwa 45 Grad einstellt.

„Huch." lache ich leicht irritiert, nachdem ich zumindest die spontane Rückwärtsbewegung elegant gebremst habe, bevor ich die Fensterfront erreiche. Durch die geneigte Rückenlehne dürfte ich dennoch gerade in etwa den Eindruck erwecken, als wähnte ich mich in einem elitären Yachtclub in Monaco und wolle mir gerade besonders lässig einen Martini auf Eis bestellen.

„Linker Hebel. Leicht nach oben drücken." sagt Gerstner trocken.

Ich fingere nach dem Hebel und drücke ihn nach oben. Statt der Rückkehr zu einer senkrechten Sitzposition fährt der gesamte Stuhl aber mit einem dumpfen Zischen nach unten, wodurch sich meine beiden Knie jetzt in etwa auf Höhe meines Kinns befinden.

„Das war rechts. Ich sagte linker Hebel." sagt Gerstner noch eine Oktave trockener.

„Verwechsele ich immer." sage ich und drücke gleichzeitig den linken Hebel nach oben. Allerdings nicht leicht, wie von Gerstner empfohlen, sondern mit voller Kraft, wodurch sich die Rückenlehne unmittelbar und deutlich hörbar zurück in die Ausgangsposition bringt und dadurch meinen Oberkörper nach vorne schießen lässt.

„Lassen Sie mich mal." scheint Gerstner genug von diesem bizarren Szenario zu haben.

Allerdings ist es nicht ganz so leicht, sich einigermaßen elegant von einem, auf etwa 35 Zentimeter Höhe stehenden Bürostuhl zu erheben ohne Gefahr zu laufen, dabei einen Teil seiner Menschenwürde zu verlieren. Nach kurzer Zeit schaffe ich es aber dennoch und streiche meine Hosenbeine nach unten, da sich diese beim spontanen Gymnastikprogramm des Sessels nachvollziehbarerweise nicht mehr in ihrer eigentlichen Position halten konnten.

„So. Bitteschön." hat Gerstner durch gleichzeitiges Betätigen der beiden rechts und links positionierten Hebel den Sessel in wenigen Augenblicken wieder zurück in die Startposition manövriert und deutet mit seiner rechten Hand auf die Sitzfläche.

„Alles klar. Danke. Und jetzt schön artig sein." hebe ich mahnend meinen rechten Zeigefinger in Richtung des Sessels.

„Gut. Dann können wir?"

Ich nicke kurz und hoffe, dass damit nicht erneut eine Veränderung der Sitzposition einhergeht.

„Ich gehe erstmal auf die Homepage von Wuttke." rutsche ich ein wenig näher an seinen Schreibtisch und schiebe mir die Tastatur zurecht.

„Habe ich schon geöffnet." zeigt Gerstner stolz auf den Rechner.

„Ah. Sehr gut."

Auf dem Bildschirm sehe ich eine ziemlich schlecht gemachte Homepage mit einem bunten Mix verschiedener Bilder von Balkonpflanzen, Aufsitz-Rasenmähern und Multifunktions-Gartenhandschuhen.

„Ich finde aber weder die rabattierten Produkte noch diesen Newsletter."

„Stimmt. Da steht nirgendwo irgendetwas." scrolle ich über die Startseite. Als ich auf der Seite ganz unten angekommen bin muss ich mir ein Lachen verkneifen.

„Herr Gerstner."

„Ja?"

„Ich glaube, das hier ist nicht unser Wuttke."

„Äh, ich verstehe nicht ganz." schaut Gerstner erst auf den Bildschirm und dann mich an. Und dann nochmal auf den Bildschirm.

„Schauen Sie mal hier." sage ich und zeige auf das, was unter der Überschrift ‚So finden Sie uns' steht.

„Gartencenter Wuttke, Pembauer Straße, Innsbruck." liest Gerstner mit immer leiser werdender Stimme vor.

„Scheinbar hat der Schwippschwager dritten Grades bei unseren Nachbarn in Österreich ebenfalls ein Gartencenter. Und da gibt's diese Woche keine Rabatte." versuche ich die Gerstner'sche Peinlichkeit mit etwas Humor zu überspielen.

„Sieht so aus."

„Den richtigen Wuttke finden wir aber bestimmt gleich." sage ich und verabschiede den Ösi-Wuttke mit einem Klick auf das kleine Kreuz oben rechts auf dem Bildschirm.

„Danke, Seifert."

„Kein Problem." sage ich. Bevor ich ein neues Fenster öffnen kann, entdecke ich jedoch in der Menü-Leiste, dass Gerstner gerade eine Webseite geöffnet hat, deren Name mit ‚Anwaltskanzlei Schu…' beginnt.

„Fragen wir also mal unseren allwissenden Dr. Google." lasse ich mir nichts anmerken und tippe ‚Gartencenter Wuttke' in das Suchfeld ein. Bereits der erste Treffer ist der richtige Wuttke. Ich frage mich zwar, wie man es schaffen kann, bei der Suche hier tatsächlich den Falschen anzuklicken, aber das lasse ich mir natürlich nicht anmerken.

„Da haben wir ihn ja." strahlt Gerstner, als uns die Rabattaktion in riesigen Buchstaben vom Bildschirm entgegenschreit, nachdem ich die richtige Seite geöffnet habe.

„Und hier unten geht's zum Newsletter." zeige ich auf einen ebenfalls kaum übersehbaren Hinweis, der direkt unter der etwa grapefruitgroßen ‚25' platziert ist.

„Nochmal 5% extra bei Anmeldung zum Newsletter." liest Gerstner vor, gerade so als hätte er das Gefühl, ich könne das nicht auch schon ganz gut selber.

„Ich melde sie gleich mal an, OK?"

Normalerweise hätte ich jetzt etwas in der Art ‚Den Rest schaffen Sie bestimmt alleine, oder?' gesagt, aber ich muss irgendwie Zeit gewinnen, um herauszufinden, was hinter dem Reiter ‚Anwaltskanzlei Schu…' steckt.

In diesem Moment klingelt das Telefon auf seinem Schreibtisch. Nie kam ein Anruf zu einem passenderen Zeitpunkt als jetzt gerade.

„Soll ich kurz raus?" frage ich und zeige mit den Augen in Richtung Tür.

„Ist Frau Voss. Bleiben Sie ruhig da und machen die Anmeldung fertig." sagt Gerstner mit einer beschwichtigenden Handbewegung.

„Mach ich." nicke ich und lasse Frau Voss gerade einen virtuellen Dankes-Blumenstrauß zukommen.

„Frau Voss. Was gibt's denn?" dreht sich Gerstner kurz weg, was mir die Möglichkeit gibt, unbeobachtet das Geheimnis der Anwaltskanzlei zu lüften.

Mit einem Klick öffnet sich eine ziemlich teuer wirkende Website. Genauso grottig wie die Homepage von Österreichs Wuttke vorhin war, so hochprofessionell ist diese Seite aufgemacht. Und wie ich in diesem Augenblick jetzt auch weiß, handelt es sich hierbei um die Anwaltskanzlei Schubert, Blessing & Kollegen. Gleich unter dem Schriftzug steht auch das Fachgebiet der Damen und Herren, die mir da vom Gruppen-Bild leicht versteinert entgegenlächeln: ‚Ihre Fachleute für alles rund um gewerbliches Immobilienrecht'. Und damit schließt sich auch inhaltlich der Kreis zu dem, was ich kürzlich von unserem lieben Alfons erfahren habe.

„Danke, Frau Voss. Ich kümmere mich gleich darum." holt mich Gerstners Stimme wieder zurück ins Hier und Jetzt und lässt mich instinktiv sofort wieder auf die Wuttke-Seite springen, auf der ich schon die Anmeldemaske geöffnet habe.

„Soll ich hier Ihre Geschäfts-Mail eintragen oder lieber Ihre private Adresse?" frage ich Gerstner und bin selber überrascht, wie souverän und unaufgeregt ich gerade wieder zurückgekehrt bin in meinen alten Modus als Rüdiger Seifert, dem Experten für die Suche nach den richtigen Google-Ergebnissen.

„Stimmt, die müssen ja nicht wissen, dass ich das bin. Sehr gut, Seifert." klopft mir Gerstner zweimal auf die Schulter.

Nachdem ich seine private Mail-Adresse eingetragen und auf ‚Jetzt registrieren und von unseren zusätzlichen Rabatten profitieren' gedrückt habe, erscheint das Bestätigungsfenster, welches dann nach meinem ‚OK' durch ein animiertes Prozentzeichen nach oben aus dem Bildschirm gezogen wird.

Die sind ja richtig kreativ bei Wuttke, denke ich mir.

„So. Alles erledigt, Herr Gerstner." erhebe ich mich in Zeitlupe aus dem Sessel, da ich nicht weiß, ob der nicht vielleicht noch ein paar weitere Überraschungsfunktionen für mich bereit hält. Aber außer einem leichten Ausatmen der ledernen Sitzfläche bleibt er erfreulicherweise ruhig.

„Danke. Seifert."

„Gern geschehen. Dann mache ich mich mal auf den Weg zurück zu den Fliesen und Kacheln."

Nur einen Augenblick später habe ich auch schon die Türklinke in der Hand, und lediglich einen weiteren Augenblick später auch meine Freiheit wieder. Aber nicht nur das, außerdem bin ich noch um eine unbezahlbare Information reicher und weiß jetzt ziemlich genau, auf welchem Nebenkriegsschauplatz Herr Gerstner da gerade unterwegs ist in Sachen Alfons.

„Und? Konnten Sie Herrn Gerstner weiterhelfen?" steckt Frau Voss ihren Kopf hinter der geöffneten Tür eines Einbauschranks hervor, in den sie gerade verschiedene Ordner einräumt.

Ich konnte, Moneypenny, sage ich virtuell zu ihr.

„Ja, war nix Großes."

„Schön. Und entschuldigen Sie bitte, dass ich da kurz stören musste, aber die Zentrale benötigte dringend eine Information. Und Sie wissen ja, wenn die Zentrale anruft, dann …" beendet sie den Satz nicht, sondern ahmt mittels einer Handbewegung ein Blaulicht nach.

„Ich weiß." lache ich und bedanke mich innerlich bei der Zentrale, dass die da punktgenau zum richtigen Zeitpunkt wohl eine sehr dringende Anfrage hatten.

„Dann Ihnen noch einen schönen Tag, Herr Seifert."

„Dankeschön, den wünsche ich Ihnen auch, Frau Voss."

In diesem Moment bin ich ihr sogar so dankbar, dass ich fast versucht bin, ihr endlich mal das ‚du' anzubieten.

SECHS

Es ist jetzt schon ein paar Tage her, dass mich Gerstner mental auf den demnächst bevorstehenden Besuch mit zentral-düsseldorfem Migrationshintergrund vorbereitet hat. Seitdem gab es aber noch keine weiteren konspirativen Treffen mehr bezüglich detaillierterer Instruktionen, damit dieses Kundengespräch auch ganz sicher und zu einhundertundeinem Prozent nach seinen Vorstellungen abläuft. Möglicherweise liegt diese Ruhe vor dem Sturm aber auch daran, dass Gerstners Quelle vielleicht doch nicht die besten Kontakte innerhalb der Zentrale hat. Und falls diese Quelle, wie von mir vermutet, tatsächlich auf den Namen Jonas Palfrader hört, würde mich das auch nicht wirklich verwundern. Insbesondere dann, wenn er sich bei seinen Versuchen, an interne Informationen zu kommen, genauso bescheuert anstellt wie damals bei seinem kläglichen Versuch, mittels der zwischen den ganzen bolivianischen Gartenmöbeln versteckten kleinen Wunderpulvertüten groß ins Drogengeschäft einzusteigen. Oder die Kollegen aus Düsseldorf waren schon da, und keiner hat's bemerkt. Je länger ich darüber nachdenke, umso mehr Möglichkeiten tun sich da als Erklärung auf, stelle ich gerade fest. Die letzte Variante erscheint mir dabei allerdings als die am wenigsten wahrscheinlichste; ich hatte in den letzten Tagen fast nur Kunden aus den drei bekannten Kategorien ‚pflegeleicht, weil sie genau wissen, was sie brauchen', ‚bedauernswert, weil man ihnen sofort ansieht, dass sie trotz völliger Ahnungslosigkeit den Plan haben, selber zu fliesen' oder aus der schlimmsten Kategorie ‚strunzdoof, weil sie vergessen hatten, vorher korrekt auszurechnen, wie viele Quadratmeter Fläche denn überhaupt zu fliesen sind'.

„Na, Herr Seifert. Nichts zu tun heute?“

Oh, oh. Diese Frage dürfte nichts Gutes bedeuten. Zumal es nur eine Person gibt, der diese Worte zuzuordnen sein dürften. Umso erleichterter bin ich, in Patrick süffisant grinsendes Gesicht zu schauen, als ich mich ertappt umdrehe.

„Was kann ich denn für Sie tun? Dürfen es ein paar geblümte Fliesen für's Gäste-Bad im Südflügel der mallorcinischen Sommerresidenz sein?“ fuchtele ich mit meinem Zollstock vor Patrick herum.

„Ich dachte da eher an ein blässliches Toskana-Terrakotta, falls Sie so etwas denn überhaupt in Ihrem Sortiment haben.“ antwortet Patrick mit einem leichten Näseln in der Stimme.

„Na, da ist aber jemand gut gelaunt, heute.“ ziehe ich beide Augenbrauen synchron nach oben.

„Nur wenn Sie das blässliche Toskana-Terrakotta auf Lager haben. Ich wollte nämlich bereits am kommenden Wochenende beginnen zu fliesen.“

Also wenn das Gespräch mit der düsseldorf'schen Mystery-Shopping-Truppe genauso losgeht, könnte das Ganze schlimmstenfalls sogar mit der sofortigen Schließung dieser *Honäsch*-Filiale enden, schießt es mir gerade durch den Kopf.

„Du und fliesen. Das will ich sehen!“ lache ich. Auch um den Gedanken an die durch mich verursachte Filial-Schließung sofort wieder zu verdrängen.

„Unterschätz' mal nicht meine Talente, Rüdiger.“ kehrt jetzt auch Patrick aus seiner Toskana-Terrakotta-Welt zurück ins Hier und Jetzt.

„A propos Talente. Wie sieht es denn eigentlich mit deinen Talenten an der Julia-Nowak-Front aus? Da höre ich in letzter Zeit nicht viel Neues, kann das sein?“ ziehe ich erneut beide Augenbrauen nach oben.

Seit einigen Tagen druckst Patrick immer ganz komisch um den heißen Brei herum, wenn ich ihn auf dieses offensichtlich mehr als heikle Thema anspreche. Aus meiner Sicht kommen als Begründung hierfür genau zwei Möglichkeiten in Frage: Entweder hat seine Begeisterung für Julia schon wieder abgenommen, oder außer der Fotodokumentation ihres ersten Kunden gibt es noch keine weiteren Erfolgsmeldungen im patrick'schen Eroberungsfeldzug. Die Wahrscheinlichkeit der ersten Möglichkeit dürfte jedoch bei maximal minus einem Prozent liegen. Und falls doch, müsste ich bei Patrick irgendwie herausfinden lassen, ob gegebenenfalls Außerirdische von ihm Besitz ergriffen und dabei seine Seele gegen was-auch-immer ausgetauscht haben.

„Na vielen Dank. Schütt' ruhig noch mehr Salz in die Wunde." antwortet er und schrumpft dabei gefühlt um mehrere Zentimeter.

„Wenn, dann natürlich nur toskanisches Salz!" grinse ich.

„Sehr witzig." kann er sich ein Lachen zwar nicht ganz verkneifen, aber etwas gequält sieht es dennoch aus.

„Kann ich helfen?" frage ich, auch wenn ich zugegebenermaßen einem Patrick Weber nicht wirklich eine große Hilfe sein dürfte, wenn es darum geht, auf den Flugplätzen der Frauenwelt souverän die richtigen Landebahnen anzusteuern.

„Sie weicht immer aus, wenn ich sie mal was frage, was nix mit Baumarkt zu tun hat".

OK, er hätte meine Frage auch einfach mit einem kurzknappen ‚ja' beantworten können, aber in diesem Fall stellt dieser Satz eine durchaus nachvollziehbare Alternative dar.

„Das heißt, sie hat tatsächlich andere Vorstellungen, wenn es um die Namen eurer vier Kinder geht?" versuche ich erneut, die Situation mit etwas Humor aufzulockern.

„Genau. Mit Kevin, Ronny, Mandy und Chantal kann sie sich beim besten Willen nicht anfreunden!" macht er ein entsetztes Gesicht und zuckt mit den Schultern.

Zwei Sekunden später kann er dann sein Lachen nicht mehr zurückhalten.

„Du Blödmann; ich hab' dir das jetzt echt abgekauft!" drücke ich ihm den Zollstock in die Schulter, bin aber vor allem froh, dass Patrick gerade wieder zurückgehrt ist von seinem Kurztrip ins ‚Alles-ist-doof'-Land.

„Mal im Ernst. Wenn sie merkt, dass der nächste Satz was Privates beinhalten könnte, fragt sie irgendwas zu Sicherungskästen, Duschkabinen oder den unterschiedlichen Typen unserer Kreuzschraubenzieher."

Durch Patricks ‚mal-im-Ernst'-Hinweis verzichte ich schweren Herzens auf die, in seinem Fall durchaus angebrachte Bemerkung, dass Sicherungsästen, Duschkabinen oder Kreuzschraubenzieher auch nicht wirklich zu seinen Kernkompetenzen gehören.

„Was denkst du, was der Grund dafür sein könnte?"

„Keine Ahnung. Wir verstehen uns super. Also gibt es aus meiner Sicht drei mögliche Gründe: Erstens: es gibt doch schon einen Herrn Nowak und irgendwelche Kinder, die aber hoffentlich nicht Kevin, Ronny, Mandy und Chantal heißen, sagen Mama zu ihr."

„Durchaus möglich. Nummer zwei?"

„Es gibt keinen Herrn Nowak an ihrer Seite, aber eine Frau Nowak."

„OK. Und Nummer drei?"

„Nummer drei bedeutet. Frau Nowak hat einfach nur eine gute Zeit mit dem hier vor dir stehenden, emotional verwirrten Herrn Weber. Und kein Interesse an weiteren Aktivitäten."

Alle drei Varianten sind realistisch, aber von keiner dürfte Patrick sich wünschen, dass sie auch zutrifft.

„Ich hätte noch eine Nummer vier." sage ich.

„Aha. Und die wäre?" neigt er den Kopf etwas nach vorne.

„Ganz einfach. Sie lässt den erfolgsverwöhnten Herrn Weber vielleicht ein wenig zappeln."

Patricks Gesichtsausdruck verrät mir, dass ihm Variante Nummer vier nicht ganz unwahrscheinlich erscheint. Aber dass sie ihm natürlich auch nicht wirklich gefällt.

„Außerdem ist sie ständig bei Gerstner im Büro." geht Patrick nicht näher auf den Wahrscheinlichkeitsgrad meiner Vermutung Nummer vier ein.

„Du meinst jetzt aber bitte nicht wirklich, dass Gerstner und sie …?"

Ich weigere mich diesen Satz zu Ende zu sprechen und daraus noch eine fünfte Alternative zu basteln. Denn die Bilder, welche sich damit unfreiwillig im Oberstübchen entwickeln würden, dürften sich nur noch mittels der Einnahme sehr großer Mengen aus dem Getränkesortiment des *Aquariums* final und unwiderruflich wieder aus allen Unterbereichen des Gehirns löschen lassen.

„Nein, nicht wirklich. Ich gehe auch davon aus, dass diese Besuche rein geschäftliche Gründe haben. Zumal Julia sich hier in ihren ersten Tagen ja mal kurzerhand von null auf ziemlich-weit-oben in den heiligen Umsatz-Statistiken von Gerstner geschossen haben dürfte. Und damit höchstwahrscheinlich aktuell sein bestes Pferd im Stall ist."

„Und ich weiß auch, wer ihr diesen Status ganz bestimmt nicht streitig machen wird. Nicht heute. Nicht morgen. Und nicht irgendwann mal." greife ich zu einer unserer Hochglanz-

Fliesen und halte sie so, dass Patrick und ich uns in ihr spiegeln können.

„Coole Jungs!“ grinst Patrick.

„Absolut. Aber die Kernkompetenz der beiden liegt definitiv nicht in verkaufsrelevanten Bereichen!“ lege ich die Fliese zurück zu ihren anderen Hochglanz-Geschwistern.

„Man kann halt nicht alles können.“ seufzt er.

„Wir werden schon noch eine Möglichkeit finden um herauszufinden, woran es liegen könnte.“

„Und bis dahin werde ich meinen Fokus erstmal auf die Damen mit dem grünen Daumen bei Heim & Garten Wuttke legen.“

OK, auch wenn ich Patrick in seiner „Casa Julia‘ nicht wirklich weiterhelfen konnte, so sind zumindest seine Coolness und sein Selbstbewusstsein wieder auf dem Weg zurück zu ihrer alten Form. Und vielleicht können dazu ja außer Yvonne auch die anderen Mädels aus der Wuttke'schen Gartenabteilung noch einen kleinen Beitrag leisten. Ich hoffe jedoch, dass seine Julia nicht ausgerechnet am gleichen Abend denselben Italiener, Asiaten oder Griechen aufsucht. Denn dann würden sich, egal ob eine der von uns aufgestellten vier Theorien stimmt oder nicht, seine Pläne für Bausparvertrag, Hausbau und Familiengründung mit Kevin, Ronny, Mandy und Chantal & Co. ganz schnell von selbst erledigt haben.

„So machst du das.“ klopfe ich ihm ermunternd auf die Schulter.

„Und jetzt sehe ich zu, mal wieder ein paar ansehnliche Umsätze zu machen. Wenn ich schon bei Julia nicht wirklich weit oben im Ranking stehe, kann ich ja zumindest probieren, in Gerstners Umsatz-Ranking mal wieder ein paar Plätze gutzumachen.“

„Eine gute Idee! Ich wäre auch nicht unfroh, wenn ich da mal den letzten Platz verlassen könnte." atme ich tief ein. Dies wäre jetzt zwar ein ganz guter Moment, Patrick in den bevorstehenden Mystery-Shopping-Besuch aus der Zentrale einzuweihen, aber so eindringlich wie mir Gerstner klar gemacht hat, darüber mit niemandem zu sprechen, werde ich das nach wie vor erst mal für mich behalten müssen.

„Wie wäre es denn mit denen da? Die sehen so aus, als wenn sie gerade so richtig heiß auf ein paar geschmackvolle, neue Fliesen sind, oder?" zeigt Patrick auf eine Gruppe von sechs Personen, die sich tatsächlich meinem kleinen Fliesen-und-Kacheln-Paradies zu nähern scheint. So verpeilt wie diese sechs Leute allerdings wirken, könnte es sich dabei auch um Freigänger der örtlichen Irrenanstalt handeln. Oder dass dieses Sextett gerade lediglich auf der Durchreise ist und spontan beschlossen hat, sich statt auf den üblichen Autobahn-Raststätten zur Abwechslung mal in einem Baumarkt die Füße zu vertreten.

„Könnte natürlich sein." sage ich, wenn auch noch nicht völlig überzeugt. Ich bringe noch schnell mein Namensschild in die wasserwaagengeprüfte Horizontale. Man weiß ja nie, ob der Verkaufserfolg am Schluss dann vielleicht nicht doch an solchen Kleinigkeiten wie einem schräg stehenden Namensschild scheitert. So nach dem Motto ‚Wir hätten ja schon gerne den halben Baumarkt hier leergekauft, aber wenn die Verkäufer da so wenig auf ihr Äußeres achten, also dann gehen wir lieber woanders hin.'

Kurz darauf schält sich ein kleiner, etwas dicklicher Mann aus dem befremdlichen Sextett heraus. Seine Figur erinnert ein wenig an einen frisch ausgewrungenen Dudelsack, aber dennoch schafft er es, eine majestätisch wirken sollende Körperhaltung einzunehmen und zeigt auf das große Schild ‚Fliesen und Kacheln' an der Stirnseite meines Ganges.

„OK, das sieht tatsächlich nach Kundschaft aus für mich."

„Na dann viel Spaß. Und viel Erfolg." sagt Patrick noch schnell, bevor er sich in die andere Richtung des Ganges verabschiedet.

„Danke. Ich geb' alles!"

„Hier! Fliesen und Kacheln!" triumphiert der kleine Mann jetzt auch noch verbal. Jedoch hätte ich mir seine Stimme aufgrund seiner körperlichen Gesamterscheinung komplett anders vorgestellt, als das was da gerade aus diesem verknitterten Dudelsack heraustönt. Denn seine Stimmte klingt in etwa so, als würde jemand zwei staubtrockene Stück Zwieback aneinanderreiben.

„Ganz toll, du Baumarkt-Pfadfinder." ruft eine Frau süffisant aus der Gruppe der restlichen Fünf.

Dieser Minimal-Dialog reicht bereits völlig aus, um mir das untrügliche Gefühl zu geben, dass dieses Sechserpack zwar ein großes Umsatzpotenzial darstellt, aber mit hoher Wahrscheinlichkeit auch gleich mein Nervenkostüm an seine Grenze bringen dürfte. Auch wenn ich noch nicht lange in diesem Beruf arbeite, habe ich eines sehr schnell gelernt: Alles, was bei Kunden zahlenmäßig mehr als eine Person ist, bedeutet automatisch Konfliktpotential. Vor allem, wenn es um Farben von Fliesen und Kacheln geht. Oder um deren Muster. Oder um beides gleichzeitig!

„Guten Tag, die Herrschaften. Wie ich sehe, sind Sie auf der Suche nach etwas aus dem Bereich Fliesen und Kacheln. Wie kann ich Ihnen denn helfen?" eröffne ich rhetorisch perfekt das Gespräch, an dessen Ende hoffentlich ein strammer vierstelliger Tages-Umsatz stehen wird.

„Einen schönen guten Tag. Das ist richtig. Wir sind auf der Suche nach neuen Fliesen." antwortet ein über zwei Meter großer Mann aus der Gruppe.

Gut, wenn die vielleicht auch die Decke fliesen wollen, brauchen sie dank ihm schon mal keine Leiter, kommt mir bei seinem Anblick spontan in den Sinn.

„Da sind Sie hier genau richtig."

„Aber keine mit so wildem Muster!" ruft eine Dame, die gleichzeitig nach irgendwas in ihrer Handtasche kramt.

„Das ist doch noch gar nicht entschieden, Marianne!" mischt sich der kleine Pfadfinder in die gerade entstehende Unruhe ein.

„Das haben wir aber doch alles ausführlich besprochen!" versucht eine weitere Dame, die leichte Aggression gleich wieder im Keim zu ersticken.

„Jetzt lasst uns doch erstmal schauen, was es hier überhaupt alles gibt."

Rüdiger Seifert, das wird heute kein Frühlingsspaziergang, zähle ich innerlich bis zehn.

„Genau. Fangen wir doch vielleicht erstmal damit an, dass Sie mir sagen, was denn neu verfliest werden soll, oder?"

„Eine gute Idee, Herr … äh… Seifert" beugt sich der Riese ein wenig vor in Richtung meines Namensschildes.

„Also, es geht um Folgendes." übernimmt die Dame, die mittlerweile in ihrer Handtasche fündig geworden ist, wieder das Wort und überreicht mir ein mehrfach gefaltetes Blatt Papier.

„Oha. Das nenne ich mal eine große Fläche." sage ich nachdem ich das Blatt auseinandergefaltet habe und erkennen kann, dass es hier um fast 150 Quadratmeter zu fliesende Fläche geht.

„Es geht um unser Clubheim." meldet sich, fast ein wenig schüchtern, ein Männlein mit einem unförmig sitzenden, beigefarbenen Anorak zu Wort.

„Danke, Horst. Das hätte ich dem Herrn schon noch erklärt." zischt die Handtaschenfrau in seine Richtung.

„Kein Problem. Ich bin auch nicht davon ausgegangen, dass es sich hier um das Gäste-WC handelt." versuche ich die leicht angespannte Situation mit einem kleinen Scherz aufzulockern.

Aus dem Augenwinkel sehe ich, dass der Mann im Anorak sich ein Lachen gerade noch so verkneifen kann, während die Dame mit der Handtasche eher den Eindruck macht, als wolle sie mich gleich fragen, wer denn hier der Geschäftsführer sei. Und ob der denn auch sofort zu sprechen sei.

„Es geht um den Boden des Clubheims. Der muss komplett erneuert werden." grätscht die Dame dazwischen, die vorhin schon den Eindruck vermittelt hat, sie verfüge als Einzige über die Kompetenz, den Puls der hier Anwesenden immer wieder in den ärztlich empfohlenen Bereich herunterzukorrigieren.

„Sie ist die Präsidentin unseres Vereins." ergänzt die Zwei-Meter-Giraffe mit gedämpfter Stimme.

„Ah. Schön." sage ich. Was daran schön sein soll, weiß ich in diesem Moment zwar selber nicht, aber solche Füllworter bergen zumindest nur ein sehr geringes Risiko von Missverständnissen.

„Wir sind ein Kleintierzüchter-Verein." ergänzt sie.

Alles klar. Hier werden also gerade sämtliche Klischees wahr, die man so landläufig mit einem Kleintierzüchter-Verein verbindet. Und das bedeutet, dass dies ein Verkaufsgespräch werden wird, wie Loriot es sich nicht besser hätte ausdenken können, schmunzele in mich hinein.

„Das heißt, der neue Boden soll also robust, möglichst schmutzunempfindlich und pflegeleicht sein?" frage ich sie.

„Exakt, Herr Seifert."

„Aber keine wilden Muster!“ erneuert die Dame aus dem Hintergrund ihre Forderung bezüglich des zu diesem Zeitpunkt noch gar nicht zur Debatte stehenden Designs.

„Was würden Sie denn empfehlen?“ verdreht die Präsidentin hilfesuchend die Augen.

„Farbe und Design sollten ja immer auch zur restlichen Inneneinrichtung passen. Wie sieht die denn aus bei Ihnen im Clubheim?“

„Moment.“ zieht der kleine, dickliche Pfadfinder sein Telefon aus der Tasche und wischt ein paar Mal kurz über den Bildschirm.

„Aha.“ sage ich, als er mir sein Telefon entgegenstreckt und versuche gleichzeitig, eine ehrliche Reaktion auf das was ich da sehe, zu vermeiden. Auf dem Bild sieht man ein wild zusammengewürfeltes Tische-Stühle-Tresen-Ensemble in allen möglichen Farben. An den Wänden hängen Tierbilder in unterschiedlichen Größen, eingerahmt von zwei Vitrinen mit diversen Pokalen und einem alten verbeulten Sinalco-Blechwerbeschild, für das es bei ‚Bares für Rares‘ nur noch ein mitleidiges Achselzucken, aber definitiv keine Händlerkarte geben dürfte. Zudem scheint die Vertäfelung des Tresens, aus dem eine ziemlich antik wirkende, verchromte Zapfgarnitur herausragt, noch aus der Vorkriegszeit zu stammen, wenn ich das auf dem Display richtig erkennen kann. Aus meiner Sicht versprüht dieses Vereinsheims summasumarum ein Flair, das jedem, seit Jahren deutlich zu intensiv genutzten, Truppenübungsplatz locker Konkurrenz machen würde.

„Welche Farbe würden Sie denn empfehlen?“ traut sich der Mann im Anorak mal wieder das Wort zu ergreifen.

„Wie wäre denn etwas in die Richtung Natur-Marmor?“ sage ich nach ein paar Sekunden Bedenkzeit. Mein erster Impuls ‚Abreißen und neu bauen‘ hätte zwar dem *Honäsch* einen richtig großen Umsatz bescheren können, aber mit

Sicherheit keinem aus dem hier vor mir stehenden Sextett gefallen.

„Ja, das könnte ich mir auch vorstellen." sagt die Vereins-Präsidentin zu meiner großen Erleichterung.

„Schön. Dann zeige ich Ihnen da mal ein paar Muster."

„Danke."

„Muster-Fliesen. Nicht gemusterte Fliesen." ergänze ich noch schnell, bevor zum dritten Mal der Hinweis auf die gewünschten, nicht-wilden Muster kommt.

Während ich aus den verschiedenen Fliesen-Programmen alles rauslege, was in die Geschmacksrichtung Marmor geht, entwickelt sich in der Sechsergruppe ein angeregtes Gespräch, von dem ich aber leider nichts mitbekomme um daraus Schlüsse zum Gesprächsinhalt ziehen zu können. Ich sehe lediglich, wie die Giraffe eifrig nickt, wohingegen der Anorak-Mann mehr oder weniger ständig mit dem Kopf schüttelt.

Nach etwa fünf Minuten habe ich nahezu dem kompletten Fliesen-und-Kacheln-Gang ein mediterran erscheinendes Marmor-Flair verliehen und bin selber erstaunt, wie viele Marmor-Fliesen wir da so im Programm haben.

„So, wenn Sie mal schauen wollen?" unterbreche ich höflich den Sechser-Gesprächskreis.

„Oha. Das sieht ja beeindruckend aus." sagt ausgerechnet die Dame mit der Muster-Allergie.

„Vielen Dank. Ich hoffe, es ist etwas für Sie dabei. Ansonsten rufe ich nochmal kurz in Italien an, ob die möglicherweise noch was haben, was selbst ich noch nicht kenne."

„Wirklich?"

„Nur ein kleiner Scherz."

Außer dem beigen Anorak, der sich erneut ein Lachen nur schwer verkneifen kann, scheint sich das Humorverständnis der Tier-Clubberer in etwa auf dem gleichen, sehr niedrigen

Niveau wie dem von Herrn Gerstner zu bewegen, daher beschließe ich, ab sofort besser auf Aufheiterungsversuche aller Art zu verzichten.

Nach und nach bewegt sich das tierische Sextett jetzt in Richtung meines ausgebreiteten Marmor-Fliesen-Angebotes. Als letzter ein Mann, der, wie mir erst jetzt auffällt, noch kein einziges Wort gesagt hat. Und da er sich bisher hauptsächlich im Hintergrund gehalten hat, sehe ich auch erst jetzt, dass bei seiner Kleidung bezüglich Farben und Dessins fast noch mehr vorhanden ist, als bei den von mir gerade ausgelegten Muster-Fliesen. Vielleicht rührt ja daher der Wunsch der Dame, bei der Verfliesung des Clubheims doch bitte auf wilde Muster zu verzichten.

„Ich weiß, was Sie jetzt denken. Aber ich kann Ihnen versichern, dass er nicht das letzte Wort haben wird bei der Entscheidung für die richtigen Fliesen." flüstert mir die Vereinspräsidentin zu, die offenbar meine Gedanken punktlandungsgenau von meiner Mimik abgelesen hat.

„Oh, alles klar. Danke. Gut zu wissen." flüstere ich zurück.

„Was hältst du denn von diesen hier?" fragt die Handtaschen-Frau den Hobby-Pfadfinder und zeigt treffsicher auf die teuersten Fliesen, die wir im Programm haben.

„Ja, die sehen wirklich gut aus." bestätigt er und nickt ihr eifrig zu.

Sehr gut. Eine 33-Prozent-Mehrheit für einen möglichen Rekord-Umsatz habe ich also schon mal.

Mit einer geschickten Handbewegung fische ich unauffällig das Datenblatt von meinem Schreibtisch und bete ein paar der Produkteigenschaften herunter, um die Vor-Entscheidung der beiden noch mit ein paar Fakten zu untermauern.

„Unsere Feinsteinzeugfliese Adria". Marmoriert, glasiert und poliert. Schmutzabweisende Oberfläche. Für drinnen und draußen. Und: ideal geeignet für Bereiche mit starker Beanspruchung."

Eigentlich müssten wir die umbenennen, denke ich spontan bei den ganzen Eigenschaften – und zwar von der Feinsteinzeugfliese ‚Adria' in die Feinsteinzeugfliese ‚Kleintierzüchterverein'.

„Wie liegen die denn so preislich?"

Gut, die Frage war zu erwarten. Wenn auch nicht zu einem so frühen Zeitpunkt.

„Schauen Sie doch erstmal, was Ihnen überhaupt gefällt, und dann kümmern wir uns um das Finanzielle."

Stünde jetzt Herr Gerstner neben mir, würde er mir mit Sicherheit bewundernd auf die Schulter klopfen und wäre stolz auf mich.

„So spricht der wahre Verkäufer." höre ich aus einer Höhe von etwa zwei Metern.

„Haben Sie denn ein Budget?" vermeide ich eine direkte Antwort und spiele den Ball elegant zurück ins Feld der Tierfreunde.

„Haben wir. Nicht wahr, Marianne?"

„Wie bitte?"

„Unser freundlicher Verkäufer hier hat mich gerade gefragt, ob wir ein Budget haben für den neuen Boden."

„Ach so. Ja natürlich. Also fünfstellig sollte es bitte auf keinen Fall werden."

Marianne, bisher fand ich dich ja nicht so sympathisch, aber das hat sich gerade schlagartig geändert. Denn selbst, wenn dieses Vereins-Sextett das Teuerste von dem nimmt, was hier gerade vor uns liegt, kommen wir nur auf knapp 8000 Euro. Das hatte ich vorhin beim temporären Verfliesen des Ganges schon mal grob überschlagen.

„Das wird zwar eine Herausforderung, aber sollte zu schaffen sein." lüge ich in ihre Richtung.

„Perfekt." nickt mir die Präsidentin kurz zu.

„Was haben Sie denn da eigentlich so für Tiere in Ihrem Verein?" zünde ich die nächste Stufe aus dem Lehrbuch für das perfekte Verkaufsgespräch und betrete damit die vertrauliche Ebene.

„Also hauptsächlich haben wir Hasen. Aber auch Hamster, Hühner und ein paar Ziervögel."

Mit Blick auf den Zwei-Meter-Mann liegt mir die Frage auf der Zunge, ob sie denn vielleicht auch Zwerg-Giraffen in ihrem Club haben. Aber so gut kenne ich diese Truppe natürlich nicht, als dass ich mich hier mittels eines fehlgeleiteten Spruchs schlimmstenfalls gleich ins Umsatz-Aus schießen möchte. Außerdem herrscht bei mir ja nach wie vor striktes Gag-Verbot.

„Interessant. Und wenn ich die Pokale auf dem Bild Ihres Vereinsheims richtig interpretiere, sind da bestimmt auch ein paar prämierte Exemplare dabei - richtig?"

Hätte ich bloß nicht gefragt!

Wie auf Kommando strecken mir plötzlich fast alle ihre Telefone entgegen, auf denen ich irgendwelche bunten Hähne, Kaninchen oder anderes Kleingetier entdecken kann, was neben einem Pokal oder einer Urkunde steht oder liegt. Für mich sehen die allerdings alle irgendwie gleich aus, daher beschließe ich, nicht auch noch nachzufragen, welche Kriterien oder sportlichen Disziplinen denn da so über Sieg oder Niederlage entschieden haben.

„Beeindruckend. Wirklich beeindruckend." sage ich stattdessen.

„Nicht wahr?" strahlt der Anorak.

„Können wir dann vielleicht mal wieder zum eigentlichen Anlass unseres Besuchs zurückkommen?" übernimmt die

Chefin zum Glück wieder das Kommando. Denn: Tiere hin, Tiere her, ich kann mich hier vielleicht gleich in die heutige Umsatz-Top-Ten schießen. Da müssen Prioritäten gesetzt werden.

„Sehr gerne. Haben Sie denn schon eine Entscheidung getroffen?"

„Also wir sind ja nach wie vor für diese hier." zeigt die Handtaschen-Frau mit der rechten Hand auf den Pfadfinder und mit der linken auf die teuren Fliesen.

„Und die anderen? Was meint ihr?"

„Also ich fände ja einen Blaustich nicht schlecht." sagt die Giraffe.

„Blau? Ne, ne, ne. Das passt ja gar nicht zur restlichen Einrichtung."

Oha, ganz schön mutig, denke ich mir. Denn der Typ mit dem schlechtsitzenden Anorak war bis gerade eben eher noch die Schüchternheit in Person. Seinen Hinweis auf die fehlende Kompatibilität mit der Einrichtung kann ich allerdings nicht nachvollziehen. Der einzige Farbton, der da meiner Meinung nach vielleicht passen könnte, wäre was in Richtung ‚explodierte Leberwurst'. Ansonsten läuft die Neuverfliesung dieses Vereinsheims maximal noch unter dem Oberbegriff ‚Schadensbegrenzung'.

„Na, dann sag du doch mal." reagieren die zwei Meter gereizt.

Ich hoffe inständig, dass die Chefin gleich einschreitet, denn zum richtigen Umgang mit handfesten Streitigkeiten gibt es im Verkäufer-Handbuch meines Wissens weder ein eigenes Kapitel noch etwas bei ‚praktische Tipps & Tricks für das perfekte Verkaufsgespräch'.

„Entschuldigen Sie bitte, Herr Seifert." schüttelt sie mit dem Kopf und nimmt mich ein wenig zur Seite.

„Kein Problem. Wenn Sie wüssten, was ich hier schon alles an Kundschaft erlebt habe. Aber man gewöhnt sich irgendwann daran." sage ich.

„Ernsthaft? Na Sie müssen ja Nerven haben! Ich hätte für sowas keine Geduld."

Meint sie das wirklich ernst? Also wenn Einkaufstouren wie diese hier immer so ablaufen, frage ich mich, wer tatsächlich das bessere Nervenkostüm benötigt. Beziehungsweise die größere Geduld.

„Haben Sie denn das letzte Wort in so einer Angelegenheit?" frage ich vorsichtig, inständig auf ein ‚aber klar doch' hoffend.

„Eigentlich schon. Aber was glauben Sie, was ich mir dann die nächsten Jahre anhören muss von den Mitgliedern, deren Vorschläge nicht gewählt wurden. Es hat ja schon fast eine Stunde gebraucht, bis die sechs Personen bestimmt waren, die heute hier die Auswahl treffen sollen."

„Wie viele Mitglieder hat Ihr Verein denn?" frage ich.

„Zweiundfünfzig!" rollt sie die Augen nach oben.

In diesem Moment beginnt in meinem Kopf ein Film abzulaufen. Über fünfzig Verrückte, jeder mit einem mehr oder weniger großen Kleintier bewaffnet, entern unseren *Honäsch* und machen meinen Fliesen-und-Kacheln-Gang innerhalb weniger Minuten dem Erdboden gleich - um dann ‚Auf zu Heim & Garten Wuttke, vielleicht haben die ja ein besseres Angebot' rufend wieder so schnell zu verschwinden wie sie gekommen sind.

„Vielleicht hätten Sie besser ein paar von den kleinen Tierchen vorbeigeschickt. Die Fliesen, auf denen sich die meisten hingesetzt oder hingelegt hätten, wären's geworden. Problem gelöst."

„Klar. Warum bin ich da nicht selber draufgekommen?" deutet sie einen Schlag mit der flachen Hand auf die Stirn an.

Und für einen kurzen Moment glaube ich, dass sie das möglicherweise sogar ernst gemeint haben könnte.

In der Zwischenzeit scheinen sich die restlichen fünf Kleintierliebhaber jedoch noch mehr in die Haare bekommen zu haben als gerade noch, wenn ich die unterschiedlichen Gestiken richtig interpretiere, die ich aus dem Augenwinkel erkennen kann.

„Du glaubst wohl, dass du hier mehr zu sagen hast, als die anderen, was?“ höre ich eine weibliche Stimme sagen.

„An deiner Stelle wäre ich da mal ganz ruhig!“ Das klang nach dem dicken Pfadfinder.

„Ich kläre das mal.“ schüttelt die Präsidentin zum mittlerweile dritten Mal entsetzt mit dem Kopf.

„Nur weil du und die Biggi …“ ruft der Zwei-Meter-Mann ohne den Satz zu vollenden, da in diesem Moment die Chefin die fünf Kampfhähne erreicht.

„Was ist mit mir?“ fragt sie.

OK, somit weiß ich also jetzt, dass die Chefin Biggi heißt. Und dass das Ganze hier noch richtig interessant werden könnte, wenn der gerade nur angefangene Satz gleich noch vollendet werden sollte. Durch die Teilnahme von Chefin Biggi an dem hitzigen Gesprächskreis reduziert sich aber leider von jetzt auf gleich auch die Gesprächs-Lautstärke. Heißt, ich dürfte wohl nicht erfahren, wer ‚du und die Biggi‘ sind und was die abseits von Hasen-streicheln und Urkunden-aufhängen da so machen im Clubheim. Jedoch hoffe ich inständig, dass ihr Eingreifen letztendlich nicht dazu führt, die Entscheidung für den neuen Vereinsheim-Boden auf einen späteren Zeitpunkt zu verschieben. Schließlich war ich selten so nah dran an einem vierstelligen Umsatz wie hier gerade. Wahrscheinlich sogar noch nie.

Nach einer gefühlten Ewigkeit scheint sich die Lage wieder beruhigt zu haben, wenn ich die Gesichter der zwei Damen und vier Herren richtig interpretiere.

„Herr Seifert. Wir haben uns entschieden." nickt mir Mediatorin Biggi zu.

Halleluja. Und jetzt sag' bitte, dass ihr die Adria nehmt.

„Wir nehmen die Adria. 150 Quadratmeter. Preis ist vierstellig, richtig?"

„Abersowas von vierstellig." sage ich leicht übermütig, habe mich aber wenige Sekundenbruchteile später schon wieder voll unter Kontrolle.

„Danke, Herr Seifert."

Ich weiß nicht, was gerade größer ist; meine Freude über den XXL-Umsatz oder ihre Erleichterung, dass aus diesem Chaoskamin letztendlich dann doch noch weißer Rauch aufgestiegen ist.

„Ich rechne Ihnen das kurz aus und mache auch gleich die Auftragsbestätigung fertig."

Nicht, dass ihr es euch doch nochmal anders überlegt, denke ich mir im Stillen noch dazu.

„Danke. Hier sind die Adressdaten des Vereins." reicht sie mir ihre Visitenkarte.

Zum Glück hat mein PC heute offensichtlich ausgeschlafen und erfasst sämtliche Daten ohne eine einzige Fehlermeldung in unser Bestellsystem. Und die Visitenkarte mit dem Namen Birgit Reinsberger und den beiden grinsenden Hasen rechts und links hat jetzt schon einen Ehrenplatz auf meinem Schreibtisch sicher. Könnten auch zwei Meerschweinchen sein, aber das ist mir gerade verständlicherweise ziemlich egal.

„So, dann haben wir alles fertig. Gesamtpreis 8.062,50." überreiche ich Frau Reinsberger einen mittelgroßen Stapel Papier.

„Und wann können Sie liefern?“

„Wir haben die Fliesen vorrätig. Also wenn Sie wollen, können Sie gleich rückwärts an unsere Rampe fahren und alles mitnehmen.“ strahle ich sie an.

„Wir sind zwar mit einem Van hier, aber das könnte ein wenig eng werden. Und sicher auch etwas zu schwer.“

„Oops. Da dürften sie recht haben.“ Ich hatte zwar den Preis für die Fliesen ausgerechnet, aber nicht das Gewicht. Und das würde definitiv selbst die beste Federung eines Vans in ernsthafte Schwierigkeiten bringen.

„Kein Problem, hätte ja sein können, dass wir zur Abwechslung mal mit dem 38-Tonner gekommen sind.“ lacht sie.

„Rufen Sie mich einfach an, wenn Sie sie abholen wollen. Meine Durchwahl steht hier hinter meinem Namen.“ tippe ich mit meinem Kugelschreiber auf ein gelb unterlegtes Feld auf der Rechnung.

„So machen wir das. Danke Ihnen nochmal für Ihre Mühe und die Beratung.“

„Sehr gerne.“

„Und für Ihre Geduld mit denen da.“ flüstert sie und deutet dabei in Richtung der fünf Kleintier-Königinnen und -Könige.

„Also dann, Abfahrt die Damen und Herren.“ ruft sie in deren Richtung.

„Auf Wiedersehen. Und viel Freude mit den neuen Fliesen.“ sage ich, als alle nacheinander an mir vorbeikommen und sich freundlich lächelnd von mir verabschieden. Letzter in der Reihe ist der Mann, der komischerweise immer noch kein einziges Wort gesagt hat. Und als alle anderen schon in den Hauptgang abgebogen sind, dreht er sich noch mal um und sagt leise zu mir:

„Ich glaube, morgen trete ich aus dem Verein aus.“

Selten konnte ich einen Satz so gut nachvollziehen wie diesen!

Nachdem auch er im Hauptgang verschwunden ist, schließe ich für mehrere Sekunden die Augen und atme einmal tief ein und langsam wieder aus. ‚Heute im Sonderangebot: Hasenkäfige mit hochwertiger Bodenwanne, abtrennbarem Nistbereich und Napfarretierung.' glaube ich dumpf eine Marktdurchsage zu hören. Kann aber auch sein, dass mir mein Unterbewusstsein gerade einen kleinen Streich spielt und das eben Geschehene mittels einer fiktiven Durchsage zu verarbeiten versucht. Nachdem ich meine Augen wieder geöffnet habe, versichere ich mich durch einen Blick auf den Durchschlag der Auftragsbestätigung, dass ich gerade tatsächlich einen sechsstelligen Umsatz gemacht habe. Vier Stellen vor dem Komma, zwei dahinter. Hier hat mir mein Unterbewusstsein also definitiv keinen Streich gespielt. Und die Nachricht über diesen Betrag dürfte in Kürze auch in Gerstners Büro eintreffen. Nur schade, dass ich in diesem Moment sein Gesicht nicht sehen werde.

Ich nehme mein Telefon aus der Tasche und beschließe dieses Ereignis per Foto für die Nachwelt festzuhalten. Die Nachwelt muss aber noch ein wenig warten, denn in erster Linie mache ich das Bild für Patrick, der ja vorhin noch die Anreise der Kleintierzüchter-Gruppe mitbekommen habe. Ich drapiere eine schöne Marmor-Fliese und das Datenblatt für die Feinsteinzeugfliese ‚Adria' im Hintergrund der Auftragsbestätigung und mache ein paar Bilder. Beim letzten Foto entscheide ich mich für ein Selfie und grinse auch noch selber doof von der Seite ins Bild hinein. Für den Fall, dass meine Kinder irgendwann in der Zukunft einmal kritisch nachfragen sollten, ob ihr Papa denn ein erfolgreicher Verkäufer war oder ist, hätte ich hiermit schon mal ein erstes Beweisfoto. Mit dem Zusatz ,6-8.062,50-1' schicke ich eins der Bilder per WhatsApp an Patrick und zähle die Sekunden, bis die beiden grauen Häkchen hellblau werden. Aufgrund des miserablen *Honäsch*-WLANs, welches sich bei uns bezüglich Datengeschwindigkeit beharrlich in etwa auf dem Niveau von ostbulgarischen Dörfern mit weniger als dreißig Einwohnern bewegt, rechne ich nicht wirklich damit, dass dies innerhalb der nächsten fünf Minuten passieren wird. Umso überraschter bin ich, als die beiden Häkchen schon nach wenigen Sekunden hellblau werden.

,Nicht dein Ernst oder?' lautet etwa eine Minute später seine Antwort, die mit verschiedenen verwirrt schauenden Smileys und dem Dollar- und Euro-Emoji dekoriert ist.

,Und wofür steht bitteschön 6-8.062,50-1?' kommt nur wenige Sekunden später eine zweite Nachricht.

,Mein Ernst!' schreibe ich kurz und knapp inklusive dem Pokal-Emoji.

,Glückwunsch, du Fliesen-Genie. Und jetzt klär mich mal über die Zahlen auf.'

,Ganz einfach: 6 Personen. 8.062,50 Umsatz. Platz 1 in der Umsatz-Statistik.' schreibe ich und entscheide mich spontan, Patrick nun doch auch noch mein Grinse-Selfie zu schicken.

,Sämtliche Cocktails im Aquarium bis Jahresende gehen auf dich. Das dürfte dir wohl klar sein.'

,Kein Problem. Ich schicke Gerstner dann einfach die Bewirtungsbelege. Hahaha.' schreibe ich zurück und versuche dabei gleichzeitig die Visitenkarte von Birgit Reinsberger mit den beiden seitlich aufgedruckten, grinsenden Hasen irgendwie in die Notizzettel-Plexiglas-Box auf meinem Schreibtisch reinzupfriemeln.

,Oder noch besser: gleich in die Düsseldorfer Zentrale.'

‚Mit einem handgeschriebenen Vermerk: wie mit Herrn Gerstner besprochen.' spüre ich gerade eine leichte Prise Übermut in mir aufsteigen. Allerdings erinnert mich die von Patrick ins Spiel gebrachte Düsseldorfer Zentrale auch gleichzeitig an das bald bevorstehende Mystery Shopping hier, wodurch sich dieser Übermut auch genauso schnell wieder verabschiedet wie er gekommen ist.

Die beiden WhatsApp-Häkchen meiner letzten Nachricht sind auch nach einer Minute immer noch hellgrau, was bedeuten kann, dass unser heutiges WLAN-Kontingent mal wieder bereits komplett aufgebraucht ist. Oder aber möglicherweise ja, dass auch Patrick überraschenderweise Kundschaft bekommen hat. Vielleicht sind meine sechs Kleintier-Clubberer ja noch spontan bei ihm vorbeigekommen und verballern gerade das restliche Budget für irgendwelche Deko-Sachen. Wenn dadurch nachher tatsächlich die Namen Rüdiger Seifert und Patrick Weber in Gerstners Umsatzstatistik auf den Plätzen eins und zwei erscheinen, dürfte der mit Sicherheit sofort hektisch eine Mail an die IT-Abteilung schreiben – mit dem Hinweis, dass da irgendwie ein Fehler vorliegen muss. Und der klaren Ansage, diesen doch bitteschön umgehend und sofort zu korrigieren.

Ich lehne mich zurück und betrachte nochmal die Achttausend-Euro-Auftragsbestätigung, bevor ich diese ordnungsgemäß ablege. Und genau in dem Moment, in dem ich leicht beseelt den Ordner zurück ins Regal schiebe, ertönt im Hintergrund eine Marktdurchsage, die mir bestätigt, dass mir mein Unterbewusstsein vorhin doch keinen Streich gespielt hat.

Denn laut und deutlich höre ich durch den Gang schallen:

‚Heute im Sonderangebot: Hasenkäfige mit hochwertiger Bodenwanne, abtrennbarem Nistbereich und Napfarretierung.'

SIEBEN

Mittlerweile ist eine Woche vergangen, seitdem mich das Kleintier-Sextett vierstellig in den Umsatz-Olymp geschossen hat. Komischerweise gab es aber seit diesem magischen Vormittag noch keinerlei Reaktion von Herrn Gerstner. Keine Mail. Kein Anruf. Kein Vorbeikommen. Kein garnix. Ich habe null Ahnung, was der Grund dafür sein könnte oder was da vielleicht schiefgelaufen ist. Im schlimmsten Fall sieht Gerstner hier tatsächlich einen massiven Fehler in seiner Umsatz-Statistik und die Jungs und Mädels aus der IT haben mich daraufhin umgehend in die Kategorie ‚nicht umsatzrelevanter Mitarbeiter' einsortiert, was mich damit automatisch und auch unwiderruflich für weitere Umsatzrekorde ausschließen dürfte. Eventuell beschäftigt Gerstner aber auch das Thema mit Alfons so sehr, dass selbst das seifert'sche Umsatzwunder hier nur noch eine Randnotiz für ihn darstellt. Allerdings gefällt mir nachvollziehbarerweise weder die eine noch die andere Möglichkeit.

Möglicherweise gibt es aber noch einen ganz anderen Grund und somit noch eine dritte Erklärung für Gerstners Ignoranz meiner verkäuferischen Glanzleistung. Wie mir Patrick erzählt hat, scheint die Rabattaktion für die Terrakotta-Fliesen bei Heim & Garten Wuttke ein riesiger Erfolg gewesen zu sein. Bei einem zweiten Abendessen mit Garten-Yvonne hatte sie ihm erzählt, dass Herr Wuttke innerhalb der Rabatt-Woche sage und schreibe viermal Nachschub ordern musste, um alle Kundenwünsche erfüllen zu können. Ich gehe also zum einen davon aus, dass in naher Zukunft etwa zwanzig Prozent der Terrassen im näheren Umland mit ziemlich identisch aussehenden Terrakotta-Fliesen ausgestattet sein dürften. Und zum anderen, dass meine Umsatzkurve dadurch leider in den nächsten Wochen wieder genauso flach aussehen wird sonst auch immer.

In dieser stimmungstechnisch überschaubaren Gesamtverfassung betrete ich den ‚Fliesen-und-Kacheln'-Gang, lasse mich erstmal auf meinen ziemlich in die Jahre gekommenen Bürostuhl fallen und greife nach dem Telefon, um wie jeden Morgen die Anruferliste zu checken. In diesem Moment fällt mir auf meinem Schreibtisch allerdings etwas Ungewöhnliches ins Auge. Eingeklemmt unter der Ladestation für das Telefon entdecke ich einen kleinen Umschlag, auf dem genau drei Worte stehen:

Rüdiger Seifert. Vertraulich.

Jemandem eine vertrauliche Nachricht auf einem solchen Weg zukommen zu lassen, halte ich zwar für ähnlich bescheuert, wie zum Beispiel die Kreditkarten-PIN mit einem Permanent Marker auf der Karten-Rückseite zu notieren, aber noch weiß ich ja nicht, von wem der Umschlag stammt. Irgendwie möchte ich das aber auch noch nicht sofort wissen und beschließe daher, mich zunächst einmal darum zu kümmern, dass alle Fliesen mit Terrakotta-Bezug möglichst weit hinten in den Regalen stehen. Darüber hinaus verschiebe ich in den Muster-Ordnern der diversen Fliesen-Hersteller alle Blätter mit Terrakotta-Motiven ebenfalls erstmal ganz nach hinten. Normalerweise sind die zwar immer alle alphabetisch geordnet in den Ordnern, aber dann steht Terrakotta ab heute eben mal auf unbestimmte Zeit im Alphabet hinter den Motiv-Fliesen ‚Tunesien', ‚Utrecht' ‚Venezuela', ‚Wangerooge' und ‚Zypern'.

Durch diese Alibi-Aktivitäten ist es mittlerweile kurz nach halb zehn und es gibt jetzt auch keinen wirklichen Grund mehr, das Öffnen des Briefes noch weiter hinauszuzögern. Erst jetzt sehe ich, dass der Umschlag noch nicht mal zugeklebt ist, was das Wort ‚vertraulich' auf der Vorderseite – außer der Platzierung unter dem Telefon – zusätzlich ad absurdum führt. Im Umschlag befindet sich lediglich ein kleiner Zettel, der von einem unserer Firmen-Notizblöcke stammt, wie ich an dem in der oberen linken Ecke aufgedruckten *Honäsch*-Logo erkenne. Und auf diesem steht nicht wirklich viel mehr als auf dem Umschlag; es sind wenige handgeschriebene Worte:

Seifert, morgen ist MS-Tag.
Bitte umgehend bei mir melden.
MG

Da ich nur einen Menschen kenne, der in seiner Kommunikation konsequent auf Höflichkeitsfloskeln wie zum Beispiel eine Anrede verzichtet, ist sehr schnell klar, von wem diese Nachricht stammen dürfte. Und ‚MG' wird hier auch nicht die Abkürzung für ‚Mit Gruß' sein. Im selben Moment dieser Erkenntnis wird mir auch klar, wofür MS-Tag stehen wird. Nämlich für den Tag, an dem die Düsseldorfer Zentrale uns ein paar Kollegen für ein bisschen Mystery Shopping vorbeischickt. Und dieser Tag wäre also demnach morgen. Außer der Umschlag liegt schon seit gestern hier auf meinem Schreibtisch. Wobei ich das ziemlich sicher ausschließen kann. Denn eine ganztägig ausgebliebene Rückmeldung hätte Gerstner niemals unkommentiert gelassen.

Eine Erklärung dafür zu finden, warum Gerstner diesen albernen Weg gewählt hat, um mich über den Besuch aus Düsseldorf zu informieren, verschiebe ich erstmal auf einen späteren Zeitpunkt und wähle umgehend seine Nummer. Und das vor allem, um seiner ‚Bitte umgehend bei mir melden'-Aufforderung nicht allzu spät nachzukommen.

„Voss." höre ich eine mir mittlerweile schon sehr vertraute Stimme bereits nach dem ersten Klingeln.

„Hallo Frau Voss. Rüdiger Seifert hier. Ist Herr Gerstner zu sprechen." versuche ich möglichst neutral und unaufgeregt zu klingen – auch um der guten Frau Voss das Gefühl zu geben, es handelt sich hier um einen völlig normalen, unspektakulären Anruf.

„Sekunde. Ich frage kurz nach."

OK – scheint geklappt zu haben mit der Unaufgeregtheit.

„Herr Seifert?" höre ich schon nach wenigen Sekunden erneut ihre Stimme.

„Ja?"

„Herr Gerstner kommt zu Ihnen runter."

„Ah. OK. Danke."

„Sind Sie bei Fliesen und Kacheln?"

Wo soll ich denn sonst sein, frage ich mich. Im Spa-Bereich etwa. Oder im Buckingham-Palace, beim zweiten Frühstück mit King Charles III.?

„Ja, bin an der Info-Theke."

„Alles klar. Ich sage ihm Bescheid."

„Danke."

„Nichts zu danken. Tschüss Herr Seifert. Und Ihnen einen schönen Tag."

„Dankeschön. Ihnen auch." sage ich und lege auf.

Spätestens ab dem Moment, in dem ihr Gerstner gesagt hat, er käme zu mir herunter, weiß jetzt somit auch seine gute Frau Voss, dass es sich hier zweifellos um etwas nicht Alltägliches handeln muss. Dass sich ihr Chef nämlich aufgrund eines vermeintlich normalen Anrufs, und das ohne zu wissen, was der Grund des Anrufs ist, unvermittelt auf den Weg zur Verkaufsschnecke No. 1 Rüdiger Seifert macht, das dürfte in etwa so oft vorkommen wie ein 29. Februar in Jahren mit ungerader letzter Ziffer. Mir bleiben jetzt also noch knapp drei Minuten, um mich mental auf die Instruktionen von Gerstner für den heiligen Besuch aus Sankt Düsseldorf vorzubereiten. Und dass dieser Besuch für ihn so ziemlich das wichtigste Ereignis des Jahres darstellt, steht außer Frage. Bedeutet für mich also vor allem: Bloß nicht vermasseln! Keine blöden Fragen stellen! Top vorbereitet sein! Und ganz wichtig: Kompetenz ausstrahlen! Ein kurzer Blick auf meinen Schreibtisch pulverisiert dies alles jedoch innerhalb von einer einzigen Sekunde. Denn dieser scheint mir irgendetwas in der Art wie ‚Ich möchte dringend mal wieder aufgeräumt werden!' sagen zu wollen. Somit beschließe ich spontan einen Rekordversuch im schnell-den-Schreibtisch-aufräumen zu unternehmen. Überraschenderweise stelle ich dabei fest, dass so banale Dinge wie zum Beispiel die Ordner senkrecht und nebeneinander zu stellen statt liegend aufeinander oder auch Kugelschreiber, Leuchtstifte, Locher, Tacker, Büroklammern und einen ziemlich runtergerubbelten Radiergummi mittels einer eleganten Handbewegung in einer noch nicht ganz überfüllten Schreibtischschublade verschwinden zu lassen, wahre Wunder bewirken. Auf die Titelseite von ‚Schöner Wohnen. Jetzt auch am Arbeitsplatz!' dürfte es mein Schreibtisch damit zwar nicht schaffen, aber ich kann mir ein kurzes, zufriedenes Grinsen nicht verkneifen. Und am Schluss dieser ganzen Aufräumerei taucht zu meiner großen Freude sogar noch meine lange verschollen geglaubte AC/DC-Tasse wieder auf. Diese muss Gerstner aber nicht unbedingt sehen, daher verschwindet die noch schnell in einem zum Glück leeren Ordner mit der Aufschrift ‚Sinnliche Fliesen-Motive mit Wohlfühl-Garantie'.

Kaum steht auch dieser Ordner in Reih und Glied mit seinen gerade wieder auferstandenen Geschwistern, biegt auch schon Gerstner schwungvoll um die Ecke.

„Seifert. Sie haben meine Nachricht also bekommen. Sehr gut."

„Habe ich. Geht also bald los, oder?" versuche ich in seine leicht verschwörerische Grundstimmung einzusteigen.

„So ist es, morgen kommt … sagen Sie mal Seifert, bei Ihnen sieht es ja richtig ordentlich aus!" ist er kurz abgelenkt von dem ‚Schöner-Wohnen'-Panorama auf meinem Schreibtisch.

Beinahe hätte ich jetzt gesagt, dass es bei mir doch immer so aussehen würde, aber ich belasse es bei einer kurzen Kombination aus gleichzeitig hochgezogenen Schultern und Mundwinkeln.

„Wie auch immer, also morgen kommt die Delegation aus der Zentrale. Ein Mann und eine Frau, mehr weiß ich auch noch nicht, aber ich bekomme bis heute Abend noch ein Bild von den beiden."

„Und wie stellen Sie dann sicher, dass die auch tatsächlich zu mir zu den Fliesen und Kacheln kommen?"

„Seifert. Das überlassen Sie einfach mir, OK?" atmet er hörbar aus.

Passt. Denn genaugenommen will ich es gar nicht so exakt wissen. Ich werde mit Sicherheit schon genug damit zu tun haben, mich darauf zu konzentrieren, das Ganze nicht zu vermasseln. Je weniger ich also weiß, umso geringer dürfte die Gefahr sein, dass ich da im schlimmsten Fall vor lauter Nervosität komplett versage.

„Geht klar. Bleibt also noch die Frage, was ich Ihrem Bekannten da morgen verkaufe und was für Fragen er dann mitbringen wird."

„Richtig." zieht er ein gefaltetes Blatt aus seiner Sakko-Innentasche.

„Ah. Sie haben alles aufgeschrieben. Sehr gut."

„Dachten Sie etwa, ich sage Ihnen das jetzt mal so auf die Schnelle und frage Sie morgen dann vor Ladenöffnung noch schnell zweimal ab?" faltet er das Blatt demonstrativ sehr langsam bis zur finalen Größe DINA A4 auseinander.

Hundert Punkte für Gerstner. Ich hätte mir wahrscheinlich nicht eine einzige Frage gemerkt. Und da heute auch noch *Aquarium*-Abend ist, wäre da mit Sicherheit noch reichlich weiteres, umfangreiches Fliesen-und-Kachel-Fachwissen meines Kurzzeitgedächtnisses zu einem unwiederbringlichen Opfer des Abends geworden.

„Kein Problem." sage ich betont lässig, nachdem ich mir einen Kurzüberblick über seinen akkurat aufgelisteten Fragenkatalog verschafft habe. Bei diesen zwei Worten handelt es sich allerdings um eine glatte Lüge. Und zwar um eine Lüge, die so glatt ist, dass selbst das schönste Blitzeis an einem Wintermorgen neidisch werden würde. Denn mindestens die Hälfte der dort stehenden Fragen könnte ich just in diesem Moment maximal mit einem ‚Sekunde, da muss ich mal kurz nachschauen. Bin gleich wieder da.' beantworten. Sollte das also morgen genauso sein, dürfte dies das Düsseldorfer Reise-Duo nicht wirklich begeistern. Und Herrn Gerstner sogar noch weniger. Insofern es in diesem Fall ein ‚noch weniger' überhaupt gibt.

„Sollen wir das Ganze denn nicht besser vorher mal üben? Also mein Gespräch mit Ihrem Bekannten?" falte ich Gerstners Liste langsam wieder zusammen.

„Sehr gut, Seifert. Ich sehe, Sie denken mit.“ hebt Gerstner kurz den Daumen seiner linken Hand.

„Klar, ich …“

„Aber wir werden das Ganze natürlich vorher nicht üben.“ fällt er mir ins Wort.

„Nicht?“

„Nicht!“

„Äh … warum?“ traue ich mich fast nicht zu fragen.

„Ganz einfach. Wenn wir das jetzt üben, würde das morgen wahrscheinlich so hölzern wirken wie die Hänsel-und-Gretel-Aufführung einer dritten Klasse bei deren alljährlichem Grundschul-Sommerfest.“

„Verstehe.“ sage ich, verstehe in Wahrheit aber nur Bahnhof.

„Ich erkläre es Ihnen trotzdem.“ sagt Gerstner mit hochgezogenen Augenbrauen, da er mir logischerweise nicht glaubt, dass ich es tatsächlich richtig verstanden haben dürfte.

„Danke.“

„Ganz einfach, ich sorge dafür, dass die Düsseldorfer morgen genau im richtigen Moment bei Ihnen vorbeikommen. Heißt: kurz nachdem das Verkaufsgespräch mit meinem Bekannten begonnen hat. Und wenn das dann so wirkt wie abgelesen, dann werden die doch sofort hellhörig.“

„Und das müssen wir natürlich auf jeden Fall verhindern.“

„Nicht wir. Sie, Seifert. Sie müssen das verhindern.“

Wo er Recht hat, hat er leider Recht.

„Ach so, noch was, Seifert. Können Sie heute Abend eventuell ein bisschen länger bleiben? Ich weiß noch nicht genau, wann ich das Foto der beiden bekomme. Und ich will sichergehen, dass Sie das heute noch bekommen.“

Ich habe keine Ahnung, welche Zeitspanne dieses ‚eventuell ein bisschen länger‘ bei Gerstner repräsentiert, bestätige aber seine Frage mit einem kurzen, zackigen

Kopfnicken. Hauptsache, ich komme heute Abend aber nicht als letzter ins *Aquarium*!

„Sehr gut. Dann schauen Sie, dass es morgen hier noch genauso aussieht wie heute." zeigt er auf meinen akkurat aufgeräumten Schreibtisch.

„Sie können sich auf mich verlassen, Herr Gerstner."

„Ich hoffe es."

Selten klang ein Satz von ihm resignierter als dieser.

„Was ist das da eigentlich?" zeigt er ausgerechnet auf den Ordner mit der Aufschrift ‚Sinnliche Fliesen-Motive mit Wohlfühl-Garantie', obwohl er eigentlich schon so gut wie auf dem Weg zurück in sein Büro war.

„Unglaublich, was wir alles im Programm haben, oder?"

Leider ist dies das Einzige, was mir in dieser Sekunde spontan einfällt, um ihn irgendwie davon abzuhalten, einen Blick ins Innere dieses Ordners zu werfen – um dann feststellen zu müssen, dass diese Wohlfühl-Garantie sich ihm mittels einer gähnenden Leere, kombiniert mit einer bis vor Kurzem noch verschollen geglaubten AC/DC-Tasse offenbaren würde.

„Solange wir die gut verkaufen, können die sich auch Feng-Shui-Fliesen oder sonst irgendwie nennen." schüttelt er den Kopf.

„Sehe ich auch so." atme ich innerlich einmal reichlich tief durch.

„Oder was verstehen die da so unter sinnlichen Fliesen-Motiven?"

Ich zucke kurz mit den Schultern um mir ein paar Sekunden mehr Zeit für eine bessere Antwort zu verschaffen als gerade eben noch.

„Ich schau später mal nach." sage ich, weil mir nichts Besseres einfällt und winke mit einer möglichst locker wirkend sollenden Handbewegung ab.

Leider vergeblich.

In dem Moment, in dem Gerstner den Ordner nach vorne zieht, ist mir klar, dass meine gerade mühsam aufgebaute Souveränität gleich wie ein Kartenhaus in sich zusammenfallen wird. Als erstes verabschiedet sich die AC/DC-Tasse in Richtung Fußboden. Die Einzelteile schießen in alle Richtungen und eine große Scherbe mit den zwei Buchstaben A und C kommt, noch leicht wippend, genau vor meinem linken Fuß zum Erliegen. Gleichzeitig sehe ich aus dem Augenwinkel, dass Gerstner mittlerweile auch schon den Ordner aufgeschlagen hat und mir diesen jetzt wortlos entgegenstreckt.

„Das kann ich mir jetzt nicht wirklich … also das ist ja merkwürdig." stammele ich mich in eine sinn- und nutzlose Erklärungs-Entschuldigung hinein.

„Seifert. Was soll ich nur mit Ihnen machen?"

Dieser Satz löst bezüglich der Höhe des Resignationsgrads sogar noch sein ‚Ich hoffe es' von vorhin ab. Und ohne auf eine Antwort von mir zu warten, stellt Gerstner den leeren Ordner langsam und lautlos auf meinen Schreibtisch zurück und begibt sich kopfschüttelnd und wortlos auf den Weg zurück in sein Büro.

ACHT

„Aha, der Herr Seifert hat es also auch noch geschafft!“ begrüßt mich Patrick mit unüberhörbarer Süffisanz in der Stimme und hält mir sein Telefon vor die Nase, welches mir in einem dezenten Grauton die Uhrzeit 19:21 anzeigt.

„Musste noch schnell was erledigen.“ sage ich leise und lege dabei meinen rechten Zeigefinger auf die Lippen, um so zu tun, es wäre der Grund dafür etwas ganz Geheimnisvolles, das Marie auf keinen Fall mitbekommen darf. Denn auf sie zeige ich gleichzeitig mit einem leicht in ihre Richtung geneigten Kopf.

„Rüdiger, du wirst doch nicht etwa …?“ fragt Patrick mit gedämpfter Stimme und macht dabei eine Handbewegung, die wohl das Anstecken eines Rings andeuten soll.

„Nein. Wobei, so schlecht finde ich die Idee gar nicht.“ lache ich und bin froh, dass Patrick meine Erklärung ohne weitere Nachfragen geschluckt hat. Für den wahren Grund, dass ich nämlich noch bis nach 18:30 Uhr auf Gerstners E-Mail mit dem Bild der beiden Düsseldorfer Mystery Shopper warten musste, hätte Patrick zwar Verständnis gehabt, allerdings müsste er dazu überhaupt erstmal wissen, was da morgen in den heiligen Hallen des *Honäsch* passieren wird. Ich hatte in den letzten Tagen immer wieder überlegt, ihm trotz Gerstners Schweige-Appell davon zu erzählen – in erster Linie, damit es zumindest einen Menschen gibt, mit dem ich meine Nervosität hätte teilen können. Aber Patrick ‘ich-habe-die-Lässigkeit-erfunden‘ Weber würde mir schlimmstenfalls nur mehrfach am Tag sagen, dass ich das Ganze doch bestimmt absolut souverän und entspannt durchziehen würde. Was meine Nervosität aber mit Sicherheit nur noch weiter gesteigert hätte, denn bezüglich Lässigkeit und Souveränität besteht bei mir, im Gegensatz zu ihm, noch ein gewisses, nicht gerade kleines Maß an Nachholbedarf. Somit gilt also weiterhin: Herr Gerstner, meine Lippen sind versiegelt. Und: Herr Weber, danke schon mal vorab für Ihr Verständnis, dass ich Ihnen davon nichts erzählt habe.

„Schatz, ich dachte schon, du kommst nicht mehr." fällt mir in diesem Moment zum Glück Marie um den Hals, bevor ich mir noch mehr Gedanken über meine Lücken bei den Aufgabengebieten Lässigkeit und Souveränität machen kann. Oder darüber, wie das wohl wird, wenn ich dann morgen Abend bei Patrick zur Beichte vorspreche.

„Gerstner hat seinen besten Mann mal wieder nicht gehen lassen." grinst Patrick und versetzt mich damit für einen kurzen Moment in eine Art Schockstarre. Weiß er etwa doch schon von dem morgigen Besuch aus der Zentrale? Falls ja, hätte er das bis jetzt jedenfalls ziemlich gut verborgen.

„Aber der beste Mann bist doch du, Patrick! Dachte ich zumindest." drückt Marie ihren linken Zeigefinger in Patricks Oberarm und gleichzeitig mit ihrer rechten Hand zweimal meine Hand.

„Mehr wollte ich gar nicht hören. Hast du gehört, Rüdiger? Deine Freundin kennt sich gut aus!" lacht Patrick.

Ich hoffe, man sieht mir nicht an, dass mir gerade nicht wirklich zum Lachen zumute ist und suche innerlich nach irgendeiner Art Notbremse für diese emotionale Achterbahnfahrt der letzten Minute. Dankenswerterweise bietet sich im *Aquarium* dafür eines ganz besonders an: und das ist das Angebot der Getränkekarte auf Bastians wie immer auf Hochglanz poliertem Bartresen.

„Ich glaube, es wird Zeit für ein alkoholhaltiges Kaltgetränk, oder?" sage ich etwas verkrampft.

„Also wir beide sind ja schon bei Nummer zwei." zeigt Marie auf ihr fast leeres Glas und das von Patrick. Und das nicht zuletzt bestimmt auch, um mich nochmal dezent daran zu erinnern, dass der *Aquarium*-Abend eigentlich immer pünktlich um 19:00 Uhr beginnt. Und das eben auch für mich.

„Ach der Patrick. Auch schon da?" nimmt jetzt auch noch Bastian am Pünktlichkeits-Tribunal teil und schiebt die Getränkekarte ein paar Zentimeter näher in meine Richtung.

„Ich nehme ein stilles Wasser." schiebe ich die Karte wieder zurück in ihre Ausgangsposition.

„Ein was?" höre ich drei Stimmen nahezu gleichzeitig in meine Richtung fragen.

„Mit etwas Wodkageschmack." ergänze ich.

„Blödmann!" wirft sich Bastian demonstrativ sein rot-weiß kariertes Handtuch über die Schulter und greift hinter sich ins Regal. Und dort in den Bereich der Flaschen mit kyrillisch beschrifteten Etiketten.

„So, dann stoßen wir mal an auf den besten Mann vom Honäsch. Und natürlich auf die schönste Frau sämtlicher Bäckereien im näheren Umkreis!" sage ich kurz nachdem Bastian mir meine Bestellung auf einer dunkelroten Serviette entgegengeschoben hat.

„Könntest du den Begriff ‚näherer Umkreis' bitte etwas genauer erläutern?" fragt mich Marie mit etwas erhöhter Stimmfarbe.

„Möchtest du es in Metern oder Kilometern?" frage ich mit nach oben gezogenen Augenbrauen.

„In Kilogramm, bitte!"

„Kilogramm sind leider aus."

„Irgendwie scheint dein Freund Rüdiger gerade einen leichten Höhenflug zu haben. Kann das sein?" fragt Marie leicht irritiert in Patricks Richtung.

Wenn du wüsstest, was mir morgen bevorsteht, würdest du diese Frage nicht stellen, denke ich mir. Gleichzeitig frage ich mich, ob das stille Wasser heute nicht vielleicht doch die bessere Alternative wäre. Morgen leicht promilleumnebelt zu versuchen, die Fragen von Gerstners Bekanntem unfallfrei zu beantworten, dürfte bei den Düsseldorfern zu mehr als nur ein wenig Stirnrunzeln führen. Mit einem Griff an meine hintere Hosentasche vergewissere ich mich daher kurz, dass sich Gerstners Frage-und-Antwort-Zettel noch dort befindet. Auf dem Weg in Aquarium habe ich ihn mir mehrere Male durchgelesen, und dabei nochmals sehr klar, deutlich und mit Schrecken festgestellt, dass es da in meinem Fachgebiet tatsächlich zahlreiche Wissenslücken größeren Ausmaßes gibt. Nach dem gefühlt zehnten Mal Durchlesen hat sich dann aber eine gewisse Zufriedenheit eingestellt. Gefühlt weiß ich im Moment so viel über Fliesen und Kacheln, da könnte wahrscheinlich noch nicht mal Wikipedia richtig mithalten.

„Bei Rüdiger schließe ich nichts aus!" lacht Patrick und reibt nochmal pantomimisch für einen Augenblick mit rechtem Daumen und Zeigefinger ringförmig um seinen linken Ringfinger. Zum Glück hat Marie diese Geste scheinbar nicht gesehen. Und falls doch, lässt sie es sich zumindest nicht anmerken.

„Hat das vielleicht was mit Alfons zu tun? Dazu verrät er mir nämlich auch nix." sagt Marie und zieht dabei ihre rechte Oberlippe leicht nach oben.

Ich trinke einen deutlich zu großen Schluck Wodka und huste die Hälfte davon gleich wieder aus. Denn außer über die morgige Düsseldorfer Reisegruppe wissen die beiden ja auch noch nichts zum Thema ‚Alfons 2.0'.

„Mit Alfons?" schaut Patrick erst Marie und dann mich an.

Ich ziehe meinen Hustenanfall künstlich noch etwas in die Länge um mir ein wenig weitere Bedenkzeit zu verschaffen, was ich darauf bestenfalls antworten könnte. Aber eins ist klar: Jetzt gibt es keine Ausreden mehr und ich muss den beiden erzählen, was gerade bei Alfons los ist.

„Ich glaube, ich muss euch da was erzählen." sage ich leise und atme sehr tief ein.

„Na da sind wir aber mal gespannt." raunt Patrick, wohingegen Marie mich nur vorwurfsvoll anstarrt.

„Also, es isse so mit die gute Alfonso ..." imitiere ich mehr schlecht als recht den Akzent unseres umlautabstinenten Baguette-Experten Enrique.

„Rüdiger!"

„Schatz. Bitte!"

„OK, OK. Ich mach seriös. Ist auch besser, denn diese Geschichte ist echt unglaublich!" ziehe ich einen großen Schluck Wodka durch den knallgrünen Strohhalm.

„Wir sind ganz Ohr!" beugt sich Marie langsam nach vorne.

„Patrick, du erinnerst dich doch bestimmt an den Tag, als Julia Nowak bei uns angefangen hat, oder?" Was für eine blöde Frage! Patrick würde eher vergessen, wie er heißt oder wann er Geburtstag hat als diesen Tag jemals zu vergessen.

„Klar!" zuckt er mit den Schultern und versucht dabei möglichst lässig zu wirken.

„Als ich zu den Fliesen zurückgegangen bin, habe ich zu Gerstners Büro nach oben geschaut. Und jetzt dürft ihr dreimal raten, wen ich da in seinem Büro gesehen habe!"

„Doch nicht etwa Alfons?" schüttelt Patrick ungläubig den Kopf.

„Oh doch. Genau den. Alfons Schaumreiter. Mr. Kleingeldmann persönlich!"

„Bist du sicher?"

„Bin ich. Ich habe deine heimliche Verehrerin, Frau Voss angerufen und sie hat es mir bestätigt."

„Frau Voss? Gerstners Vorzimmerperle steht auf dich?" fragt Marie lachend in Richtung Patrick.

„Nein. Also vielleicht schon. Egal. Erzähl weiter, Rüdiger." geht er nicht weiter auf den gerade eröffneten Nebenkriegsschauplatz namens Sabine Voss ein.

„Ich habe sie natürlich gefragt, was er bei Gerstner wollte, aber das wusste sie leider auch nicht. Aber sie war sich sicher, dass die beiden weder Brüderschaft getrunken noch über Details einer möglichen gemeinsamen All-Inklusive-Karibik-Kreuzfahrt gesprochen haben."

„Und mehr weißt du nicht?" fragt Marie ein wenig enttäuscht.

„Abwarten. Die Geschichte ist noch nicht zu Ende." winke ich in Richtung Bastian und signalisiere ihm die Bestellung eines zweiten Wodkas per Fingerzeig in mein leeres Glas.

„Ich habe irgendwie das Gefühl, dass uns die Geschichte gefallen wird." grinst Patrick und schickt ebenfalls eine Getränke-Nachbestellung in Richtung Bar.

„Ich habe die Mittagspause genutzt, um Alfons zu suchen und zu befragen, was da genau passiert ist in Gerstners Büro. Nach einer halben Stunde hatte ich ihn endlich gefunden. Mit einem Weißwein, der selbst in Ouzo-Udos Getränkeparadies nicht allzu oft über die Ladentheke gehen dürfte. Und schon gar nicht, wenn der Kunde eine blaue Mütze aufhat und dazu noch einen Rauschebart, auf den sogar die Typen von ZZ Top neidisch sein dürften."

„Und. Jetzt sag schon. Was hat er erzählt?" drängt Marie.

„So, zwei frische stille Wasser für die Herren. Darf's für dich auch noch was sein, Marie." unterbricht Bastian für einen Augenblick meine Dramaturgie bezüglich der Akte Alfons.

„Was? Äh, nein, danke, ich hab' noch." deutet sie auf ihr Glas, in dem sich allerdings nur noch die Reste einiger Eiswürfel befinden.

„OK. Du meldest dich." nickt Bastian.

„Also, was hat er erzählt?" wiederholt Marie ihre Frage mit leicht erhöhter Lautstärke

„Alfons hat jetzt ein iPhone." sage ich.

„Er hat was?"

„Ein iPhone!"

„Das habe ich verstanden. Aber das wird ja wohl hoffentlich nicht die Story sein, oder?"

„Nein, da kommt noch was." grinse ich.

„Hier kommt auch gleich was." deutet Marie an, mir gleich sehr schwungvoll alle ihre Eiswürfel auf einmal per Flugkurve überreichen zu wollen.

„Auf dem iPhone waren Bilder eines Anwaltsschreibens, das Alfons vor Kurzem zugeschickt bekommen hat."

Um die Geduld von Marie und Patrick nicht über Gebühr zu strapazieren, verzichte auf den Teil mit Alfons' unfreiwillig gemachten Bildern vom Innenleben seiner Manteltasche.

„Was hat Alfons denn mit einem Anwalt zu tun? Hat er was ausgefressen?"

„Eher im Gegenteil, Schatz. Es war ein Schreiben einer Kanzlei aus München. Und in diesem Anwaltsschreiben wurde unserem lieben Alfons mitgeteilt, dass es beim Verkauf des Grundstücks, auf dem heute der Honäsch steht, ein paar Formfehler gab."

„Und das bedeutet?"

„Ganz einfach. Stand jetzt ist der ganze Vertrag nichtig. Und das bedeutet, dass Alfons vielleicht das ganze Areal wieder zurückbekommt."

Wären wir jetzt gerade nicht in einer gut besuchten Bar, in der im Hintergrund Billy Joel seinen ‚New York State of Mind' besingt, könnte man wahrscheinlich gerade die berühmte Stecknadel fallen hören. Und sowohl Marie und Patrick scheinen gerade sogar ihre Atmung eingestellt zu haben, nach dem, was ich ihnen da gerade erzählt habe über unseren Kleingeldmann Alfons Schaumreiter.

„Nicht dein Ernst, oder?" hat Patrick als erstes seine Stimme wiedergefunden.

„Es ist mein Ernst. Ich habe mir das Schreiben sogar zweimal durchgelesen, weil ich es auch nicht glauben konnte."

„Da wird unser Kleingeldmann ja vielleicht bald wieder zum Großgeldmann." hat Marie in der Zwischenzeit auch ihre Stimme wiedergefunden.

„Aber nur wenn wir es schaffen, ihn diesmal davon abzuhalten, das ganze Geld wieder für irgendwelche halsbrecherische Börsen-Spekulationen in Südamerika auszugeben!"

„Dann doch lieber für das Getränke-Sortiment von Ouzo-Udo."

„Definitiv! Also, auf Alfons!" hebe ich mein Glas.

„Eins verstehe ich aber nicht."

„Und das wäre?"

„Warum hast du uns davon bisher noch nichts erzählt?"

„Stimmt. Das würde mich auch interessieren, Herr Seifert." stimmt Patrick Marie zu.

„Ich habe das Ganze ja auch nur per Zufall erfahren. Daher weiß ich nicht, ob Alfons das überhaupt Recht wäre, wenn ich das irgendjemandem erzähle."

„Hm."

„Ihr seid natürlich nicht irgendjemand …" versuche ich das Patrick'sche ‚hm' zu interpretieren.

„Danke. Sehr nett." rollt er die Augen nach oben.

„Und es gibt übrigens noch einen weiteren Teil in dieser Geschichte."

„Es gibt noch mehr? Was kommt denn noch alles?" Diese Tonhöhe in Maries Stimme gibt es glücklicherweise nicht allzu oft. Aber wenn, dann bedeutet es für mich: Es ist höchste Vorsicht geboten.

„Das ist wirklich der letzte Teil. Versprochen." lege ich meine Hand auf ihren Arm, bevor sie nochmal auf die Idee der fliegenden Eiswürfel zurückkommt.

„Wehe, wenn nicht." droht sie mit dem anderen Arm in meine Richtung.

„Ich musste vor ein paar Tagen nochmal in Gerstners Büro, weil er zu doof war, bei Google die richtige Website von Heim & Garten Wuttke und seiner Rabatt-Aktion zu finden."

„Was hat denn jetzt bitteschön Heim & Garten Wuttke damit zu tun?" fragt Marie.

„Nichts. Keine Sorge. Es geht darum, dass ich auf Gerstners Rechner gesehen habe, dass er die Website einer Anwaltskanzlei Schubert, irgendwas & Kollegen offenhatte. Und das Fachgebiet dieser Kanzlei ist …?"

„Jetzt bitte keine Ratespiele, Rüdiger!"

„OK, dann ohne Telefonjoker. Das Fachgebiet lautet Immobilienrecht."

„Das bedeutet, Gerstner geht davon aus, dass Alfons im Recht ist und bringt schon mal seine Anwälte in Stellung!" bringt Marie das Ganze perfekt auf den Punkt.

„So ist es, Miss Marple." nicke ich lächelnd mit dem Kopf.

„Miss Marple?"

„OK. OK. Die sehr hübsche Enkelin von Miss Marple."

„Mal wieder ganz dünnes Eis, Rüdiger Seifert. Ganz dünn.".

„A propos Eis. Zeit für die nächste Runde, oder?“ zeigt Patrick auf unsere mittlerweile schon wieder ziemlich leeren Gläser.

Nur wenige Minuten später stehen drei frische Cocktails auf dem Tisch. Trotz der Euphorie über das was da gerade im Leben unseres guten Alfons‘ so alles passiert, sollte ich vielleicht besser mal so langsam auf Getränke umsatteln, bei denen sich der Alkoholgehalt nur noch im einstelligen Bereich bewegt. Denn: Alfons hin, Alfons her – beim morgigen Mystery-Tag möchte ich trotzdem nicht so auftreten, als hätte ich die letzten Tage bei einem osteuropäischen Schnellkurs für zukünftige Wodka-Sommelière verbracht.

„Auf Alfons, den neuen Großgeldmann.“ hebt Patrick sein Glas.

„Und ich glaube, da kommt gerade noch jemand, der bestimmt sehr gerne mit uns anstoßen möchte.“ deutet Marie mit ihrem Glas in Richtung Eingang.

„Enrique!“ sagen Patrick und ich synchron.

„Genau der.“ winkt Marie hektisch in seine Richtung.

„Enrique hat keine Ahnung von dem Ganzen. Also bitte: Kein Wort zu ihm, ja?“ sage ich noch schnell zu den beiden, bevor Enrique bei uns ist.

„Geht klar, von uns erfährt er kein Wort. Großes Indianer-Ehrenwort.“ flüstert Patrick und macht dabei eine Handbewegung, die mich irgendwie an Bully Herbig im ‚Schuh des Manitu‘ erinnert.

„Indianer? Isse bald schon wieder die Karneval?“

„Enrique. Schön dich zu sehen. Was treibt dich denn hierher?“ umgeht es Patrick souverän, sich schnell irgendeine Indianer-Karneval-Ausrede einfallen lassen zu müssen.

„Musse ich doch mal schauen, wo du und de Rudiger immer so hingehe nach die Feierabend.“ grinst Enrique mit seinem Perlweiss-Lächeln in unsere Runde.

„Das heißt, das ist dein erster Abend im Aquarium?“ fragt Patrick.

„Ja, isse die erste Mal. Siehte gemutlich aus hier. Vor allem mit die viele bunte Fisse in die große Swimmbad.“ zeigt er auf das XXL-Aquarium, dem diese Bar ihren Namen verdankt.

„Wirklich dein erster Abend? Na, wenn das mal kein Grund zum Anstoßen ist, oder?“ strahlt Marie erst Enrique und danach Patrick und mich an.

OK – so viel also zu meinem Plan, langsam mal auf promillereduziertere Getränke umzusteigen.

„Habe ich da gerade etwa gehört, dass heute jemand zum ersten Mal hier ist?“ steht wie aus dem Nichts plötzlich Bastian neben Enrique.

„Si, si, isse die erste Mal.“ nickt Enrique aufgeregt.

„Also dann geht der erste Drink natürlich auf's Haus!“ fischt er mit einer eleganten Handbewegung die Cocktailkarte vom Nebentisch.

Na toll, damit ist jetzt wohl unwiderruflich klar, dass dieser Abend definitiv feuchtfröhlicher enden wird, als ich das ursprünglich geplant hatte. Warum habe ich vorhin nicht auch noch gleich die Beichte Nummer zwei abgelegt und erzählt, was morgen im *Honäsch* passieren wird? Dann hätten alle Verständnis dafür, wenn ich heute mal nicht der letzte Gast wäre. Aber so lautet die Devise ab sofort dann wohl nur noch: Augen zu und durch. Und vor dem Schlafengehen nachher eine große Handvoll von allem, was die Hausapotheke so hergibt.

„Und schon was gefunden?“ fragt Bastian nachdem Enrique die Cocktailkarte gefühlt schon das vierte Mal komplett von vorne nach hinten und wieder zurück durchgeblättert hat.

„Da isse ja mehr drin als hat die Ouzo-Udo in die ganze Sortiment. Und klingte alles delicioso. Isse also nix so einfach.“ gibt er Bastian die Karte mit einem Achselzucken zurück.

„Ouzo-wer?“ lacht Bastian.

„Der Besitzer vom Getränke-Markt auf dem Gelände vom Honäsch.“ grätsche ich schnell dazwischen. Denn diese Antwort hätte bei unserem umlautabstinenten Spanier in etwa ‚isse die Besitzer von die Getranke-Markt auf die Gelande von die Honasch‘ gelautet. Und die daraus resultierenden Nachfragen wollte ich uns allen dann doch ersparen.

„Aha. Dann sollte ich bei dem vielleicht mal vorbeigehen und sein Sortiment einer Generalüberholung unterziehen, oder?“ zeigt Bastian mit der Cocktailkarte auf die drei Reihen elegant hinterleuchteter Flaschen in seiner Bar.

„Wenn du gehst zu die Udo, kommse du am beste in die Mittagszeit. Da habe ich meine Stand mit die beste Baguettes von die ganze Umgebung. Und die erste Bestellung geht naturlich auf ... wie sagt ihr hier... auf die Haus.“

„Abgemacht. Und da du dich scheinbar nicht entscheiden kannst bei den Cocktails mache ich dir einfach mal einen Klassiker.“

„Gute Idee, Amigo.“ strahlt Enrique.

Ach du grüne Neune. Wenn Bastian von einem Klassiker spricht, dürfte das was jetzt gleich kommen wird, hinsichtlich der körperlichen Durchschlagskraft irgendwo zwischen Tequila Sunrise und Zombie liegen. Ich hoffe allerdings inständig auf Ersteren, denn ein von Bastian gemixter Zombie führt bei manchen Menschen schon mal zu einem kurzfristigen Verlust der Muttersprache. Im Fall von Enrique führt es aber ja vielleicht dazu, dass er plötzlich Umlaute aussprechen kann. Und das wäre dann definitiv etwas für die Titelseite der nächsten Ausgabe von ‚Logopädie heute'. Oder wie Enrique sagen würde ‚Logopadie von die heute'.

„Ubrigens, was ich euch mal frage musse. Hat jemand von euch in die letzte Zeit die Alfonso gesehen?" fragt Enrique in unsere Runde.

Ich schaue Patrick an. Patrick schaut Marie an. Marie schaut mich an. Gerade so als wäre das hier ein virtuelles Stein-Schere-Papier. Und der Verlierer muss Enrique antworten. Bevor aber die beiden etwas sagen, was unseren guten Enrique irritieren könnte, antworte ich besser selber, denke ich.

„Ja, habe ich. Du erinnerst dich bestimmt, dass ich dich vor Kurzem mal gefragt hatte, ob du weißt, wo Alfons ist." sage ich mit angehaltener Luft, um mir nicht anmerken zu lassen, dass diese Frage mein Nervenkostüm für einen kurzen Moment in eine gefühlte 220-Volt-Spannung versetzt hat.

„Ah, si klaro, Rudiger. Hast du die Alfonso noch gefunden?"

„Ja, hab' ihn noch getroffen." atme ich leise und möglichst unauffällig aus, wodurch sich meine innere Spannung gerade auf erträglichere 110 Volt reduziert.

„Gehte gut die Alfonso?"

„Ja, alles bestens. Wieso fragst du?" versuche ich mir weiterhin nichts anmerken zu lassen.

„Ah. Isse nur so." winkt Enrique ab.

Ich kenne ihn gut genug, um zu wissen, dass hinter dieser Frage mehr steckt, als er zugeben will. Dass er unser Gespräch hier im *Aquarium* mitbekommen hat, ist auszuschließen. Und von meiner unheimlichen Begegnung der dritten Art auf dem Parkplatz mit Alfons und seinem Mantelinnentaschenfotografierenden iPhone dürfte er auch nichts mitbekommen haben. Was also weiß Enrique?

„So, und hier kommt der Aquarium-Klassiker für meinen Premierengast." unterbricht Bastian zum Glück meine Vermutungen und drückt Enrique ein riesiges Glas mit einer knallbunten Flüssigkeit in die Hand. Zudem ist es am oberen Rand mit einem wilden Obstgemisch dekoriert, aus deren Mitte ein blau-weiß gestreifter Strohhalm herausragt. Gerade so als wäre es ein Zeigefinger, der mahnend so etwas wie ‚zu Risiken und Nebenwirkungen fragen Sie Ihren Arzt oder besser gleich den Pathologen' sagen will.

„Hui, isse ja ganz bunte die Cocktail. Gracias, Amigo!" zwingt sich Enrique zu einem Lächeln.

„Und für euch drei neue Wasser." stellt er Marie, Patrick und mir drei neue Wodka auf den Tisch.

Herr Gerstner, ich entschuldige mich jetzt schon in aller Form für alles, was morgen im *Honäsch* passieren wird.

„Pst, Bastian." zupfe ich Bastian an seinem Ärmel, als der sich gerade auf den Weg zurück zur Bar machen will.

„Was gibt's?" grinst er so, als wisse er genau, was ich ihn gleich fragen will.

„Du weißt was ich dich fragen will, oder?" flüstere ich.

„Lass mich raten. Du möchtest wissen, welchen Klassiker ich eurem Spanier da gerade gemixt habe. Richtig?"

„100 Promille. Äh. 100 Punkte." merke ich, wie Väterchen Wodka so langsam Besitz vom Sprachzentrum meines Fliesenverkäufer-Körpers annimmt.

„Keine Sorge, der hat weniger Promille als es aussieht. Ein bisschen Tequila, ein bisschen Tonic. Und der Rest ist Farbstoff, den ich meistens für die Getränke bei den

Junggesellinnen-Abschieden hier verwende." zwinkert er mir zu.

„OK. Wenn er den Namen von dem Ding wissen will, schicke ich ihn aber zu dir."

„Si, claro, Senor Seifert."

„Isse großartig die Klassiker, Bastiano!" ruft in diesem Moment Enrique zu uns herüber und winkt dabei mit dem blau-weißen Strohhalm. An dem befindet sich allerdings noch ein dreieckiges Stück Ananas, welches sich nach dem dritten Winken vom Strohhalm verabschiedet und in hohem Bogen in Richtung des riesigen Aquariums fliegt, um dort mit einem dezenten ‚pflitsch' auf der Wasseroberfläche zu landen.

„Abendessen für die Gummifische?" rufe ich lachend in Richtung Enrique.

„Gummifische?" sieht er mich fragend an und steckt den Strohhalm zurück in Bastians Villa-Kunterbunt-Cocktail.

„Ja, Gummi. Die sind alle nicht echt."

„Du sollst doch nicht immer machen so Spaße mit die Enrique."

„Überzeug' dich selbst." zeige ich in Richtung Aquarium, in dem die Ananas-Ecke sich langsam sinkend dem Sandboden nähert, ohne dass einer der darin schwimmenden Fische in irgendeiner Art und Weise davon Notiz zu nehmen scheint.

„Isse echt keine echte Fische." sagt Enrique, nachdem er sich durch mehrfaches Klopfen an die Scheibe davon überzeugt hat, dass das einzige Lebewesen in diesem XXL-Bassin tatsächlich seine kleine Ananas-Ecke ist.

Die Kombination aus Bastians Cocktail und der Feststellung fehlenden Lebens im Aquarium dürfte Enrique hoffentlich genügend abgelenkt haben, sodass alles rund um die Thematik ‚Alfons' heute Abend bei ihm keine Rolle mehr spielen dürfte. Hinzukommt, dass sich das Aquarium in den letzten Minuten schlagartig gefüllt hat, weshalb die Aufmerksamkeit des guten Enrique gerade auf zwei ganz anderen Dingen zu liegen scheint: zum einen: sich zu fragen, warum er nicht schon viel früher hierhergekommen ist. Und zum anderen: sicherzustellen, sich mit dem Strohhalm nicht ins Auge zu pieksen, während er versucht, möglichst unauffällig ein Auge auf die weiblichen Gäste zu werfen.

„Rudiger, warum haste du mir nie davon erzahlt, was wir habe fur eine gute Bar in die Stadt?"

OK. Mit Annahme Nummer eins liege ich also schon mal richtig.

„Gute Frage. Ich konnte ja nicht wissen, dass es sich bei dir kulinarisch nicht nur um Baguettes dreht. Sonst hätte ich dir natürlich schon viel früher davon erzählt."

„Isse nicht nur wegen die gute Cocktails. Isse auch wegen die hubsche Frauen hier in die Aquariano." zwinkert er mir zu. Im gleichen Moment nimmt er einen Schluck seines Cocktails, dummerweise ohne dabei auf den Strohhalm zu achten. Und somit rammt er sich diesen punktgenau in seine rechte Augenhöhle.

Auf die Bestätigung meiner zweiten Annahme Enrique betreffend, hätte ich zugegebenermaßen liebend gerne verzichtet.

„Alles OK?" frage ich.

„Geht. Aber brennt ein bissele in die Auge." kneift er mehrmals hintereinander sein rechtes Auge auf und zu.

„Warte, ich hole dir kurz ein paar Eiswürfel."

„Gracias, Amigo Rudiger."

„Ich brauche mal ein paar Eiswürfel, bitte." rufe ich laut in Richtung Bastian. Der steht zwar nur einen Meter von mir entfernt hinter seiner Bar, aber der Geräuschpegel im

Aquarium ist mittlerweile so hoch, dass eine Verständigung in normaler Lautstärke praktisch nicht mehr möglich ist.

„Ist dein Wodka warm geworden?“ schreit mir Patrick von links ins Ohr.

„Is‘ für Enrique.“ schreie ich zurück. Angesichts der Lautstärke verzichte ich darauf, ihm die komplette Geschichte mit Enrique-schaut-nach-den-Frauen und der unfreiwilligen Zusammenkunft des Strohhalms mit seiner Augenhöhle zu erzählen.

„Meinst du, das reicht für ihn?“ scheint Bastian zu sagen, als er mir ein Glas mit mindestens einem halben Dutzend Eiswürfeln in die Hand drückt. Könnte aber auch etwas völlig anderes gewesen sein.

„Danke!“ sage ich daher nur kurz und hebe meinen Daumen.

„Scheint ihm ja ganz gut zu gefallen hier, unserem Enrique.“ schreit mir jetzt Patrick ins Ohr.

„Absolut!“ beschränke ich mich auch hier auf eine kurze und knappe Antwort. Wenn ich morgen außer Restalkohol auch noch eine Reibeisenstimme à la Joe Cocker mit zur Arbeit bringe, dürfte Gerstners Laune sich höchstwahrscheinlich und unmittelbar 1:1 der Temperatur der Eiswürfel anpassen, die hoffentlich gleich Enriques Auge wieder in seinen normalen Funktionszustand versetzen werden.

„Und. Wird's schon besser?“ frage ich Enrique, nachdem er sich den mittlerweile dritten Eiswürfel in seine Augenhöhle drückt.

„Si, si. Ich bin aber auch eine Idiote!“ quält er sich zu einem Lächeln.

„Besser die Augenhöhle als direkt ins Auge. Das brauchst du ja schließlich noch, um es auf die eine oder andere Frau hier zu werfen.“ versuche ich ihn etwas aufzuheitern.

„Was solle die Enrique werfe? Die Auge?“ zeigt er auf sein frisch gekühltes rechte Auge.

OK. Scheinbar scheint auch diese Redewendung nicht zum spanischen Wortschatz zu gehören, stelle ich fest.

„Das sagt man hier so. Wenn Jemandem eine Frau gefällt, dann wirft er ein Auge auf sie. Also im übertragenen Sinn.“

„Getranke auf die Haus. Auge auf die Frau. Ihr seid schon bissele komisch hier in eure deutsche Land.“ nimmt sich Enrique einen vierten Eiswürfel.

Ich habe keine Ahnung, wieviel Kühlung so eine handelsübliche Augenhöhle verträgt oder ob da die Gefahr besteht, dass irgendwann mal das Auge erfriert oder vielleicht sogar unwiderbringbar in den Hinterkopf fällt. Aber ich lasse ihn mal machen. Und wie ich beruhigt feststelle, lässt er mit dem linken Auge seinen Blick immer wieder über die Damenwelt des *Aquariums* schweifen.

„Und, schon was entdeckt für das Corazon?“

„Zón. Betonung liegt auf die zón!“ betont Enrique zweimal hintereinander korrigierend die letzte Silbe meines wohl zu deutsch ausgesprochenen ‚Corazon‘. Und durch sein gezischtes ‚z‘ wird diese Korrektur leider auch noch von etwas Sprühnebel von Bastians Multicolor-Cocktail begleitet.

„Ich arbeite daran, Enrique. Versprochen!“ reibe ich mir möglichst unauffällig sein gesprühtes ‚zón‘ von der Stirn.

„Eineverstanden. Und ich versuche, irgendwann in die Zukunft diese, wie sage ihr, diese Umlaute aussezuspreche, Rudiger.“ lacht er, wodurch sich der vierte Eiswürfel schwungvoll aus seiner Augenhöhle verabschiedet.

Ein Blick auf meine Uhr zeigt mir, dass es mittlerweile schon nach elf Uhr ist – also eigentlich längst Zeit für die ärztlich angeratenen acht Stunden Schlaf. Und das in erster Linie vor dem Hintergrund, dass ich morgen nicht erst kurz vor knapp im *Honäsch* sein sollte. Aber ein so gut gefülltes *Aquarium* in der Kombination mit einem gut gelaunten Spanier jetzt schon zu verlassen, erscheint mir nicht wirklich als sinnvolle Alternative. Zumal ich natürlich dabei sein möchte, wenn Enrique heute Abend sogar noch etwas ‚für die Corazón' finden sollte. Seine Augenhöhle ist durch das Eiswürfel-Inferno zwar etwas blau angelaufen, aber da wir sehr nahe am ebenfalls blau beleuchteten XXL-Aquarium stehen, fällt das kaum auf und dürfte kein wirklicher Hinderungsgrund für eine eventuelle Kontaktaufnahme sein.

„Na, so alleine hier, junger Mann?" höre ich plötzlich und spüre gleichzeitig, wie ich von hinten umarmt werde.

„Entschuldigung. Kennen wir uns?" drehe ich mich um und schaue Marie mit gespielter Überraschung entsetzt an.

„Huch, ich dachte Sie seien dieser gutaussehende Spanier, den ich schon den ganzen Abend im Auge habe." löst sie blitzartig ihre Umarmung.

„Kann schon mal passieren. Isse kein Problem. Soll ich Sie bekannte mache mit die Mann von die Espana?"

„Nur für den Fall, dass ich das noch nie erwähnt hatte: Du hast sie echt nicht mehr alle!"

„Hauptsache ich habe dich, oder?" sage ich gedankenschnell und gebe ihr einen Kuss.

„Ich habe morgen Frühdienst, das heißt, ich muss so langsam mal ins Bett, Herr Seifert." kehrt sie wieder zurück in den Umarmungs-Modus.

„Ich sollte mich auch so langsam mal auf den Weg machen." bin ich nicht ganz unfroh, dank Maries Frühdienst gerade eine Ausfahrt von der ‚Es-wird-wieder-mal-spät-im-Aquarium'-Autobahn gefunden zu haben.

„Können wir ihn denn alleine lassen an seinem ersten Tag?" zeigt sie in Enriques Richtung.

„Denke schon. Und ich werde mich morgen Mittag persönlich davon überzeugen, ob er pünktlich sein fahrbares Gourmet-Restaurant eröffnet hat."

Ein Blick in Richtung Enrique zeigt mir, dass er mittlerweile bei Patrick steht und offensichtlich auf einen obst- und strohhalmfreien Cocktail umgestiegen. Eine erneute Verletzungsgefahr oder fliegendes Obst sind also auszuschließen. Und wenn nicht Patrick, wer dann könnte für ihn der perfekte Partner sein bei seinen ersten Schritten in die Damenwelt des *Aquariums*?

„So, Frau Sandner und Herr Seifert haben fertig für heute." sage ich zu Patrick und Enrique. Da Bastian die Musik etwas runtergedreht hat, muss ich erfreulicherweise nicht schreien und Marie und ich können uns in normaler Lautstärke von den beiden verabschieden.

„Isse schon so spat?" schaut Enrique überrascht auf seine Uhr.

„Ich habe morgen Frühdienst." sagt Marie fast ein wenig entschuldigend.

„Ah, si, si. Verstehe. Aber die Patrick und ich bleibe noch bissle hier, oder?" schaut er fragend zu Patrick rüber.

„Klar. Man hat schließlich nur einmal den ersten Tag im Aquarium." grinst Patrick.

„Und das wirde auch nix die letzte mal sein." ergänzt Enrique grinsend. Und irgendwie erinnert mich sein Gesichtsausdruck in diesem Moment exakt an den freudigen Blick von kleinen Kindern, wenn sie zum ersten Mal mit vollem Anlauf bei IKEA ins Bällebad springen.

„Na dann, viel Spaß noch. Wir sehen uns morgen."

„Bastian. Machst du mir die Rechnung, bitte?" rufe ich kurz danach über den Tresen in seine Richtung.

„Kommt sofort." signalisiert er mit einem kurzen Nicken.

„Meine Getränke und die von dieser netten jungen Dame hier.“ zeige ich auf Marie.

„Gracias, Senor.“ lächelt sie mich an.

„Isse doch Sache von die Ehre.“

Hui, doch so viel, denke ich, als mir wenige Augenblicke später die abendliche Gesamtsumme auf Bastians Karten-Lesegerät entgegenleuchtet. Umgerechnet in Promille befürchte ich, dass die geplante Handvoll Tabletten aus der Hausapotheke möglicherweise doch nicht ganz ausreichen wird, mich bis morgen früh wieder in den Zustand eines kompetent wirkenden Fliesenverkäufers zu versetzen.

„Brauchst du den Beleg?“ fragt Bastian, nachdem sein Kartenlesegerät einen etwa dreißig Zentimeter langen Streifen Thermopapier ausgespuckt hat.

„Ja, nehm ich mal mit.“ sage ich und stecke ihn mir in die Hosentasche.

„Dann bis zum nächsten Mal ihr beiden!“

„Buenas noches, Senor Bastian.“ antworte ich mit einem mehr schlecht als recht imitiertem spanischen Akzent. Nur gut, dass Enrique außer Hörweite ist, denke ich. Ansonsten hätte der mich schlimmstenfalls selbst zu dieser späten Stunde vielleicht noch zu einem spontanen Spanisch-Kurs verdonnert.

NEUN

‚Take a look at my girldfriend.
She's the only one I got.'

Das ist das Erste, was ich heute Morgen akustisch, aber auch nur leicht schemenhaft wahrnehme. Allerdings kann ich daraus noch nicht zweifelsfrei ableiten, ob ich mich möglicherweise immer noch im *Aquarium* befinde, oder ob sich nur mein alter Sony-Radiowecker gerade ordnungsgemäß zum morgendlichen Dienst meldet. Zudem fühlt sich das Innenleben in meinem Kopf in diesem Moment dummerweise auch noch in etwa so an wie das große Finale eines Waschmaschinen-Schleudergangs der Kategorie Buntwäsche. Somit ist dieser Bereich zum jetzigen Zeitpunkt nicht annähernd dazu geeignet, mich in irgendeiner Weise bei der Abwägung der Wahrscheinlichkeitsgrade dieser beiden Möglichkeiten zu unterstützen. Aber vielleicht bringt ja ein Blick auf die Uhrzeit etwas Licht in dieses merkwürdige Dunkel.

07:21 leuchtet mir da in schönstem 80er-Jahre-Neontürkis entgegen.

Mit den Worten ‚Supertramp waren das mit ihrem Hit ‚Breakfast in America' aus dem Jahre 1979' betritt nur wenige Sekunden später einer dieser typischen ‚Hey-wir-sind-auch-um-diese-Uhrzeit-schon-so-richtig-gut-gelaunt'-Moderatoren meine Gedankenwelt. So richtig hilft mir das aber auch nicht wirklich bei den Orientierungsversuchen hinsichtlich meines Aufenthaltsortes. ‚Mittlerweile ist es sieben Uhr einundzwanzig und wir schalten jetzt noch mal zu Steffi in den

Tierpark. Sie ist seit heute Morgen um drei Uhr vor Ort um live von der Geburt eines Flusspferd-Babys zu berichten. Steffi, ist es denn schon so weit?'

Alles klar, Rüdiger Seifert. Du träumst zwar hin und wieder ziemlich gestörte Dinge, aber eine Live-Schalte in einen Tierpark zu einer Flusspferd-Niederkunft? Selbst ein noch so ausgedehnter *Aquarium*-Abend dürfte da mit Sicherheit zu anderen Traumszenarien führen als zu so etwas, denke ich mir und schalte sicherheitshalber die Lampe auf meinem Nachttisch an. Nachdem sich meine Augen an die Helligkeit gewöhnt haben, erkenne ich zu meiner großen Erleichterung die Konturen und Farben meines bekannten Schlafzimmer-Mobiliars und keine, umgeben von Unmengen Stroh auf der Seite liegende Flusspferd-Dame, die sich gerade abmüht, ihrem Nachwuchs das Leben zu schenken. Mit einem dezenten Klick auf den ‚Aus'-Knopf beende ich daher auch umgehend die Live-Übertragung, in der besagte Steffi gerade begonnen hat, mit aufgeregter Stimme ihre letzten vier Stunden zusammenzufassen und dabei mehrfach zu erwähnen, wie aufregend das denn alles sei und dass sie es kaum noch erwarten könne, bis es endlich so weit ist.

Parallel zu diesem bizarren Tierpark-Szenario hat mein Innenleben so langsam seine Hochlaufphase begonnen und somit entscheide ich mich erstmal für einen ersten, frühmorgendlichen ‚Rüdiger-Seifert-Zustandsbericht':

1) Ich bin wach und befinde mich zweifelsfrei in meinem eigenen Zuhause.
2) Es ist noch vor halb acht. Ich habe also nicht verschlafen.
3) Ich trage keine Jeans und kein Hemd, habe es also gestern noch geschafft, mich auszuziehen bevor ich ins Bett gegangen bin.

4) Ich habe Kopfschmerzen
5) Ich habe eindeutig zu starke Kopfschmerzen
6) Irgendetwas in meinem Unterbewusstsein sagt mir, dass heute ein besonderer Tag im *Honäsch* ist
7) …
8) Shit. Heute kommen die Mystery Shopper!

Etwa 0,3 Sekunden nach der Erkenntnis von Punkt acht springe ich aus dem Bett, was wiederum nicht allzu förderlich ist, um Punkt vier schon bald von der Liste streichen zu können. Und schon gar nicht Punkt fünf! Nichtsdestotrotz mache ich mich auf den Weg in Richtung Bad, verbunden mit der Hoffnung, dass mein optisches Erscheinungsbild in möglichst starkem Kontrast zu dem meines Innenlebens sein möge. Diese Hoffnung erlischt jedoch in dem Moment in dem ich das Licht in meinem Badezimmer anknipse. Als erstes stelle ich fest, dass ich mein T-Shirt verkehrtherum angezogen haben muss, denn mir strahlt, spiegelverkehrt, der knallbunte Rückenaufdruck „gnileeF naiiawaH“ entgegen. Meine Frisur gibt leider auch keinen Anlass zur Hoffnung, dass es zumindest hier etwas besser aussehen könnte. Scheinbar muss ich mich im Laufe der Nacht mehrmals in alle verfügbaren Himmelsrichtungen gedreht haben, denn genau in diese verfügbaren Himmelsrichtungen stehen meine Haare ab – alles in allem wirkt es ein wenig so, als hätte ich mir gerade einen explodierten Staubsaugerbeutel auf den Kopf gesetzt. Auf dem Rand des Waschbeckens liegen einige offene Tablettenschachteln, wodurch ich eine ungefähre Ahnung davon bekomme, was ich gestern Abend noch zu mir genommen habe. Und das höchstwahrscheinlich in der Hoffnung, heute Morgen etwas anderes im Spiegel zu sehen als das, was mir da gerade leicht derangiert entgegenblickt. Außer den obligatorischen Schachteln Aspirin und Paracetamol sehe ich noch eine Packung mit dem Aufdruck ‚wirkt im Handumdrehen gegen Heuschnupfen' sowie eine halbleere Flasche Klosterfrau Melissengeist. Um zu wissen, dass diese Viererkombi nicht im Entferntesten gegen einen Aquarium-Kater helfen dürfte, bedarf es allerdings weder der Fach-Expertise eines Arztes noch eines Apothekers. Und die Anzahl potentieller Wechsel- oder Nebenwirkungen dieses Chemie-Quartetts dürfte schlimmstenfalls sogar auch noch ein ernstzunehmender Anwärter für einen Eintrag im Guinness-Buch der Rekorde sein.

Um es also auf den Punkt zu bringen: Es gab schon Tage, die fingen deutlich besser an als der heutige!

Da Marie heute Frühdienst hat, wird sie in diesem Moment gerade eifrig Butterbrezeln und Croissants verkaufen – somit fällt sie leider aus als mögliche Beratungs-Alternative zu Arzt oder Apotheker bezüglich Tipps & Tricks, was man in einer solchen Situation am besten machen sollte. Immerhin habe ich noch eine knappe Stunde Zeit, wie mir der Blick auf die Uhr zeigt. Also egal, wie es nachher in mir drin aussehen wird, rein äußerlich wird die Düsseldorfer Reisegruppe nachher einen höchst-akkuraten Fliesenverkäufer mit hoher Fachkompetenz erleben. A propos Fachkompetenz. Ich muss mir auf jeden Fall nachher Gerstners Frage-Antwort-Liste noch ein paar Mal durchlesen. Gefühlt habe ich nämlich gerade so ziemlich alles vergessen, was er mir da aufgeschrieben hat für den reibungslosen Ablauf. Der Anblick des weißen Stücks Papier, das ein wenig aus der linken hinteren Hosentasche meiner Jeans herausblitzt, bestätigt mir aber zumindest, dass ich gestern nicht wohl so benebelt war, und schlimmstenfalls irgendwo unterwegs noch meine Hosentaschen geleert habe.

Na dann starten wir mal mit der Wiederherstellung meines äußeren Erscheinungsbildes, denke ich mir. Als erstes muss das Duschgel mal den Nachweis erbringen, dass die beiden aufgedruckten Hinweise ‚belebend' und ‚neue Frische für Haut und Haar' nicht nur leere Versprechen der Marketing-Abteilung sind. Und knapp zehn Minuten später stelle ich zu meiner Überraschung fest, dass das leuchtgrüne Gel tatsächlich das gehalten hat, was die Verpackung so vollmundig versprochen hat. Selbst meine Kopfschmerzen sind deutlich besser geworden. Kann natürlich auch Zufall sein. Bevor die EU ausgewählte Duschgels also auch als wirksames Mittel gegen Kopfschmerzen und Gin Tonic-Nachwirkungen europaweit zulässt, sollten da auf jeden Fall noch ein paar weitere umfangreiche Testreihen durchgeführt werden! Der nächste Schritt auf dem Weg vom *Aquarium*-Rüdiger zum *Honäsch*-Rüdiger sind jetzt ein starker Kaffee und feste Nahrung. Rollmöpsen oder zwei bis vierzehn rohen Eiern im Glas sagt man ja angebliche Wunderdinge nach, da ich aber weder das eine noch das andere im Haus habe, muss die Bestätigung derer möglicher Wunderwirkungen noch ein wenig warten. Der Blick in meinen Kühlschrank lässt mir heute lediglich die Wahl zwischen einem Knusper-Joghurt ‚Banane-Schokolade' und zwei Fläschchen Actimel in der Geschmacksrichtung ‚Erdbeere'.

„OK, dann also ein bisschen Obst zum Frühstück." rufe ich beschwingt in den Kühlschrank hinein, nehme das Joghurt und die beiden Erdbeer-Fläschchen heraus und schütte den Inhalt in eine kleine Glasschüssel. Mit den Worten ‚Und jetzt schön vertragen ihr drei!' rühre ich das Banane-Schoko-Erdbeer-Trio ineinander und bin überrascht, dass es nicht nur optisch einen essbaren Eindruck vermittelt, sondern auch noch so riecht, als wäre ich gerade erst vom Markt zurückgekehrt, um mir hier einen gesunden Frucht-Smoothie zuzubereiten – in den ich am Schluss klammheimlich noch ein paar Schoko-Flakes reingemogelt habe.

In der Zwischenzeit hat mir außerdem ein dezentes Piepsen signalisiert, dass mittlerweile mein Kaffee fertig ist. Zeit also für eine Aktualisierung meines ‚Rüdiger-Seifert-Zustandsberichtes':

1) Es ist kurz vor acht Uhr und ich bin mittlerweile zweifelsfrei hellwach und Herr meiner Sinne
2) Die Duschgel-Marketing-Abteilung hat nicht gelogen
3) Das Trio Actimel-Erdbeere, Banane, Schokoflakes versteht sich besser als gedacht
4) Ich habe immer noch Kopfschmerzen wenn auch nicht mehr ganz so schlimm

Glücklicherweise habe ich heute Nacht nicht alle Paracetamol-Tabletten genommen, wie mir ein Blick in die leicht plattgedrückte Schachtel zeigt. Allerdings weiß ich natürlich auch nicht wie viele es vorher noch waren und somit habe ich keine Ahnung, ob sich bei Ärzten oder Apothekern ernsthafte Schweißperlen auf der Stirn bilden würden, wenn ich mir da jetzt gleich nochmal eine ordentliche Ladung genehmige.

‚No risk, no fun!' rufe ich mir innerlich zu und werfe zwei neue Paracetamol ein. Sollte also eine der möglichen Nebenwirkungen von überhöhtem Konsum darin bestehen, dass im Laufe der nächsten Stunden verschiedene Formen der Hyperaktivität auftreten können, darf sich die Düsseldorfer Reisegruppe schonmal auf einen hibbeligen Duracell-Hasen mit ADHS freuen. Immer noch besser, als wenn dümmstenfalls das gesamte Gespräch in einer Art Zeitlupe stattfindet, rede ich mir ein und gönne mir spontan noch eine dritte

Tablette. Aller guten Dinge sind ja drei, sagt man. Auch wenn dieser Spruch ursprünglich bestimmt nicht als Pauschale für die korrekte Einnahme von Pharma-Produkten gemeint gewesen sein dürfte.

Meine äußere und innerliche Widerherstellung hake ich also mit einer gewissen Zufriedenheit ab. Also zumindest für den Moment. Denn ich gehe nicht davon aus, dass es zu keinerlei Spätfolgen aus dem erstmalig ausprobierten Erdbeer-Banane-Schoko-Kaffee-Paracetamol-Cocktail kommen wird. In den mir noch verbleibenden Minuten, bis ich losfahren muss, sollte ich mir jetzt also unbedingt noch einige Male Gerstners Fragen und Antworten durchlesen. Denn in den letzten Minuten beschleicht mich trotz – oder vielleicht auch wegen – der widergewonnenen Hoheit über den Zustand von Körper & Geist eine gewisse Nervosität bezüglich des heutigen Tages. Und diese führt schnurstracks zu dem mulmigen Gefühl, heute nicht nur für die ausgesuchten Spezialfragen den magischen Spickzettel zu benötigen, sondern möglicherweise sogar einfachste Fliesen-und-Kacheln-Fragen nur mit einem hilflosen Achselzucken beantworten zu können.

Ich greife also zu meiner Jeanshose und ziehe langsam das Stück Papier aus der Hosentasche. Ich wundere mich jedoch, dass es sich merkwürdig dünn anfühlt und auch, dass es ein längliches Stück Papier zu sein scheint; Gerstners Liste war ein mehrfach gefaltetes DIN A4-Blatt – daran kann ich mich noch zweifelsfrei erinnern. Ich fische es in seiner vollen Länge aus der Hosentasche und drehe es um. Und in diesem Moment spüre ich, wie sämtliches, mittels Duschgel, Kaffee, Erdbeeren, Bananen, Schokoflakes und drei Paracetamol gerade erst wieder in mich zurückgekehrtes Leben offensichtlich gerade wieder abreist. Denn bei diesem Stück Papier handelt es sich definitiv nicht um die heiligen Fragen und Antworten für den heutigen Mystery-Shopping-Tag und den damit höchstwahrscheinlich verbundenen Ritterschlag von und für Herrn Gerstner.

Das was ich gerade in meiner Hand halte ist der Getränke-Beleg vom gestrigen Abend im *Aquarium*!

Nach etwa zehn Sekunden lässt meine Schockstarre langsam nach und ich lege den Streifen Thermopapier wie in Zeitlupe auf meinen Küchentisch. Eine erneute Aktualisierung meines ‚Rüdiger-Seifert-Zustandsberichtes' dürfte sich erübrigen, denn dieser würde jetzt nur noch aus einem einzigen Punkt bestehen:

1) Ich bin geliefert!

Da es mittlerweile schon 8:25 Uhr ist, bleibt mir jetzt leider auch keine Zeit mehr nach möglichen Alternativen oder Ausreden zu suchen, um dem drohenden Desaster noch in irgendeiner Weise entkommen zu können. Vielleicht sind in der Düsseldorfer Zentrale aber gestern ja auch die Windpocken ausgebrochen oder Mystery Shopping wurde heute Morgen per Eilantrag vom Europäischen Gerichtshof mit sofortiger Wirkung verboten, bastle ich mir zwei mögliche Auswege zusammen. Aber eher bekomme ich jetzt selber noch spontan die Windpocken, als dass eine dieser beiden Möglichkeiten auch nur in die Nähe eines realistischen Rüdiger-Seifert-Exit-Szenarios kommt. Bleibt jetzt also nur noch eine Möglichkeit: Beten. Und auf ein Wunder hoffen. Egal woraus auch immer dieses Wunder dann bestehen wird. Da bin ich jetzt natürlich nicht mehr allzu wählerisch.

Knapp fünfundzwanzig Minuten später erreiche in den Angestellten-Parkplatz des *Honäsch.* Mittels einer Mischung aus kaltem Fahrtwind durch die beiden geöffneten Seitenfenster und einigen, deutlich über Zimmerlautstärke abgespielten Songs der CD ‚Greatest Hits' von Van Halen habe ich mich während der Fahrt in eine Art neutrale Zwischenwelt geflüchtet. Der Aufenthalt in dieser Zwischenwelt hält allerdings nur solange, bis ich den Motor ausstelle und die beiden Seitenscheiben mit einem nicht zu überhörenden Quietschen nach oben fahren. Ein Blick auf die anderen Fahrzeuge auf dem Parkplatz zeigt mir, dass sowohl Herr Gerstner als auch Frau Voss schon da sind. Ein Fahrzeug mit Düsseldorfer Kennzeichen sehe ich zwar nicht, aber so doof sind die natürlich auch nicht, dass sie sich ausgerechnet auf den Angestellten-Parkplatz stellen. 8:51 Uhr zeigt mir ein Blick auf den Sperrbildschirm meines Telefons. Maximal zwei Minuten brauche ich, um mich kurz umzuziehen, dann noch eine Minute bis ich in meinem Gang des Grauens ankomme. Heißt also: um spätestens 8:55 Uhr werde ich gleich ordnungsgemäß an Ort und Stelle stehen – bereit für den großen Tag. Oder zumindest das, was man aufgrund meines Gesamtzustandes großzügig betrachtet jetzt noch als ‚bereit' bezeichnen kann.

Eine Minute später betrete ich durch die beiden großen Eingangstüren den *Honäsch,* irgendwie erscheinen mir diese heute aber gefühlt doppelt so groß wie sonst; darüber hinaus scheinen sie mir heute auch noch ‚Komm nur rein, Rüdiger. Heute wird ein schöner Tag.' sagen zu wollen. Beides schreibe ich in diesem Moment allerdings meinem stark überhöhten Paracetamol-Konsum zu. Und hoffe inständig, dass dies auch bereits das Maximum an bewusstseinserweiternden Nebenwirkungen darstellen möge. Denn außer völliger Ahnungslosigkeit möchte ich nachher nicht auch noch dadurch auffallen, dass ich der Düsseldorfer Reisegruppe irgendwelche bunten Schmetterlinge, die nur ich sehe, virtuell von deren Schultern wegschnippse.

Exakt um 8:55 Uhr stehe ich schließlich an meinem nach wie vor noch akkurat aufgeräumten Schreibtisch. Aus dem Mülleimer schauen mich die traurigen Reste meiner AC/DC-Tasse an und erinnern mich damit nochmal an die gestrige Begegnung mit Gerstner und dem magischen Frage-Antwort-Zettel, welcher über Nacht unglücklicherweise eine Metamorphose in einen Getränke-Beleg vom *Aquarium* vollzogen hat. In diesem Moment vibriert mein Telefon.

1 Nachricht von Marie. Ich drücke sofort auf Öffnen.

08:56 Uhr: Hast du wieder dein Hörgerät vergessen, Schatz? Die Musik hat man bis in die Bäckerei gehört! Kuss

Noch in der gleichen Minute schreibe ich ihr zurück:

08:56 Uhr: Ich kann dich nicht verstehen. Du musst bitte lauter schreiben. Kuss zurück.

Mit einem Schmunzeln lege ich das Telefon auf meinen Tisch. Aus irgendwelchen Gründen hat Marie einen telepathischen siebten Sinn dafür, wann ich eine Aufmunterung am dringendsten gebrauchen kann. Natürlich wird mir das heute nicht im Entferntesten helfen, aber es zeigt mir mal wieder, dass Fliesen, Kacheln oder Umsatzstatistiken in der persönlichen Prioritäten-Liste definitiv nicht die vordersten Plätze belegen sollten. Dieses wohlige Gefühl hält noch für einige Augenblicke an, endet aber genau in dem Moment, in dem die Uhrzeit meines Telefons auf 9:00 Uhr umspringt und die tägliche Einlull-Musik aus unseren Hallen-Lautsprechern einsetzt. Ich atme ein paar Mal tief ein, rücke mein Namensschild in die waagerechte Position und trete mit leicht wackeligen Knien hinter meinem Schreibtisch hervor in den Gang. Düsseldorf, ich bin bereit für euch, denke ich. Wobei das natürlich nicht annähernd dem entspricht, wie es in Wirklichkeit in mir aussieht.

Zum Glück habe ich gestern Abend noch das Foto der beiden Mystery-Shopper aus Gerstners Mail mit meinem Handy abfotografiert. Es reicht schließlich, dass ich schon den Fragen-Zettel verschlampt habe. Da würde jetzt ein ‚Bild konnte leider nicht geladen werden'-Hinweis von meinem sowieso meistens zickigen Outlook-Programm gerade noch fehlen zu meinem Glück. Denn auch meine Erinnerung an die beiden Personen auf dem Bild scheint größtenteils gestern Abend im *Aquarium* geblieben zu sein. Ich tippe auf ‚öffnen' in meiner Galerie: Das Bild zeigt zwei Personen, die an einem Tisch sitzen, welcher exakt so aussieht wie der kleine Besprechungstisch in Gerstners Büro. Es dürfte sich dabei also wahrscheinlich um ein Exemplar der honäsch'schen Büro-Ausstattung handeln; und mit der etwa gleichgroßen Wahrscheinlichkeit dürfte Gerstners Spion Jonas P. das Foto in einem unbemerkten Augenblick in der Düsseldorfer Zentrale gemacht haben. Die Frau auf dem Bild sieht ein bisschen aus wie eine jüngere Ausgabe von Gerstners Vorzimmerperle Sabine Voss. Im Gegensatz zu unserer Frau Voss orientiert sich deren Kleiderwahl jedoch nicht an dem Durchschnitts-Outfit, welches man in erster Linie in Seniorenheimen Floridas zu Gesicht bekommen dürfte, sondern, vor allem farblich, eher an den knallbunten Kostümen, wie ich sie zuletzt mal bei einer Retro-Show anlässlich irgendeines Jubiläums des DDR-Fernsehballets gesehen hatte. Sollte die also heute hier in genau so einem Outfit aufkreuzen, ist eine mögliche Verwechslungsgefahr schon mal zu 100% ausgeschlossen. Der etwas älter als sie wirkende Mann auf dem Bild neben ihr hat im Gegensatz dazu offensichtlich eine untrügliche Vorliebe für Grautöne. Zu einem hellgrauen Hemd trägt er ein mittelgraues Sakko, dazu astrein passend eine schwarzweißgrau-gemusterte Krawatte. In krassem Kontrast dazu leuchtet in seinem Gesicht eine knallrote Hornbrille, die so dominant und auffällig ist, dass sie möglicherweise sogar unter der Rubrik ‚unveränderliche Kennzeichen' in seinem Personalausweis eingetragen ist. Alles, klar. Euch werde ich also zweifelsfrei erkennen, denke ich mir und schließe das Bild auf meinem Telefon. Etwas anderes bereitet mir dagegen ein wenig mehr Kopfzerbrechen. Denn bezüglich Gerstners Spezial-Spezi, der mir hier nachher eine Tüte voll Fragen stellen wird, auf die ich bis gestern Abend noch sämtliche Antworten wie aus der Pistole geschossen parat gehabt hätte, weiß ich nämlich bisher immer noch nichts. Null. Niente. Nada. Warum mir Gerstner dazu keinerlei Informationen gegeben hat, weiß ich zwar nicht. Sollte der Plan also schief gehen, könnte mir das zu meiner Verteidigung vielleicht noch ein kleines Hintertürchen für ein paar erfundene ‚Also, wenn ich das vorher gewusst hätte'-Ausreden offenlassen.

„Sie möchten Ihrer Terrasse eine Frischzellenkur gönnen? Dann schauen Sie heute doch mal bei unseren Fliesen und Kacheln vorbei. Wir beraten Sie gerne!"

Was bitteschön war das denn? Da ich hellwach bin, handelt es sich hier definitiv nicht um irgendwelche Halluzinationen. Soviel ist klar. Im *Honäsch* gibt es zwar zu allem und jedem Durchsagen, aber ich kann mich nicht erinnern, dass es jemals eine Durchsage zu Fliesen und Kacheln gegeben hat. Und ich kann mir natürlich auch nicht vorstellen, dass es sich bei der Premiere dieser Fliesen-Kacheln-Durchsage nur um einen Zufall handelt. Möglicherweise ist es aber auch der Code, der mir und was-weiß-ich-noch-wem sagen soll, dass gerade ein Fahrzeug mit Düsseldorfer Kennzeichen auf unserem Kundenparkplatz angekommen ist. Ich bin mir aber zu 100% sicher, dass mir Gerstner gestern Abend nur das Bild der beiden Düsseldorfer per Mail zugeschickt hat. Ohne weiteren Text oder Erläuterungen. Und schon gar keinen Hinweis à la ‚Wenn Sie die Durchsage bla bla bla hören, bedeutet das: Sie sind da. Es geht los'. Glücklicherweise haben mein Rechner und sein Outlook heute einen guten Tag, sodass ich mich davon überzeugen kann, dass a) wirklich kein Text in der Bild-Mail dabei war und b) auch nicht über Nacht oder heute Morgen noch etwas kam, was mir diese Durchsage etwas näher erklären könnte. Auch der Akku meines Dienst-Telefons ist randvoll, wie mir der schwarze, vollständig gefüllte Status-Balken zweifelsfrei anzeigt. Also *Honäsch,* also Herr Gerstner, wenn ihr mir irgendetwas sagen wollt. Schreibt eine Mail oder ruft an. Ich bin da. Und ich bin online.

9:42 Uhr zeigt der Sperrbildschirm meines Telefons zwischenzeitlich schon an. Sollte die Durchsage vorhin tatsächlich nichts mit dem heutigen Tag zu tun haben und stattdessen ganz banal dafür gedacht gewesen sein, irgendwelche Kunden dazu anzuregen ihrer Terrasse eine Frischzellenkur zu gönnen, so muss ich leider feststellen, dass der bisherige Effekt genau null komma null beträgt. Denn genau so viele Kunden waren bis jetzt bei mir: null komma null. Die nächsten knapp dreißig Minuten nutze ich daher dazu, mir auf unserer Homepage von möglichst vielen Fliesen und Kacheln die Inhalte der Kategorie ‚weiterführende Produktinformationen' durchzulesen. Und dabei muss ich erschreckenderweise feststellen, von einem Großteil der dort enthaltenen Fachbegriffe bis heute nicht den Hauch einer Ahnung gehabt zu haben. Und einiges von diesem kruden Spezialwissen dürfte mit Sicherheit auch Bestandteil von Gerstners Frage-Antwort-Spiel gewesen sein. Dank dieser letzten dreißig Minuten habe ich jetzt aber immerhin ein zumindest etwas besseres Gefühl, im Laufe des heutigen Tages vielleicht dann doch nicht komplett zu versagen.

„Sie möchten Ihrer Terrasse eine Frischzellenkur gönnen? Dann schauen Sie heute doch mal bei unseren Fliesen und Kacheln vorbei. Wir beraten Sie gerne!"

Aha, der zweite Versuch. Mal schauen, ob der mehr bringt als vorhin. Ein Blick nach links und rechts in meinem Gang zeigt mir jedoch, dass eine Schließung wegen Überfüllung auch in den nächsten Minuten nicht anstehen dürfte.

„Seifert!" höre ich plötzlich neben mir und zucke zusammen.

„Herr Gerstner. Sie haben mich jetzt aber mal so richtig erschreckt."

„Tut mir leid. Aber wir haben einen Notfall." flüstert Gerstner.

„Was ist passiert?" frage ich im Flüsterton zurück.

„Mein Bekannter hat mich gerade angerufen. Er liegt krank im Bett."

„Im Ernst?"

„Natürlich im Ernst. Oder glauben Sie, mir wäre bei sowas nach Späßen zumute?"

OK, eine ehrliche Antwort wäre zwar jetzt, ihn darauf hinzuweisen, dass es ihm nie nach Späßen zumute ist. Aber in seinem aktuellen Aggregatszustand verzichte ich nachvollziehbarerweise auf diese Antwort und belasse es bei einem kurzen Kopfschütteln.

„Wir müssen improvisieren. Die Düsseldorfer kommen wohl erst am Nachmittag, also haben wir noch etwas Zeit."

„Sehr gut. Was kann ich tun?" tue ich so, als könnte ich hier tatsächlich in irgendeiner Art und Weise behilflich sein.

„Wir brauchen jemanden, der seinen Part übernimmt! Haben Sie eine Idee?"

Soll ich ihm jetzt vielleicht doch Alfons Schaumreiter vorschlagen? Da ich heute höchstwahrscheinlich sowieso komplett versagen werde, hätte dadurch zumindest ich mal so richtig Spaß gehabt.

„So spontan leider nicht! Ich habe ja auch mit niemandem über das Thema gesprochen, der jetzt dann schon mit ein bisschen Hintergrundwissen einspringen könnte." wähle ich stattdessen aber doch die seriöse Antwort-Alternative.

„Ich befürchte, wir müssen jemanden hier aus dem Markt nehmen." atmet er tief ein, wahrscheinlich auch um damit zu unterstreichen, wie sehr ihm diese, wenn auch einzige, Idee missfällt.

„Denke ich auch. Ist nur die Frage wer." spiele ich den Ball elegant wieder zu ihm zurück.

„Es gibt nur eine Person, der ich das zutrauen würde."

„Nämlich?"

„Julia Nowak. Die Neue hat sich hier innerhalb kürzester Zeit perfekt eingearbeitet. Wenn es also jemand schafft, hier spontan einzuspringen, dann sie!"

Das ist mal wieder einer der Momente, in denen mir klar wird, warum Menschen wie Gerstner Chef sind und ich lediglich ein Verkäufer, für den Arbeiten im Baumarkt meistens nur dem Motto der Olympischen Spiele entspricht, nämlich: Dabei sein ist alles. Denn zum einen wäre ich nie auf diese Idee gekommen, zum anderen hat er völlig recht. Wenn jetzt noch jemand helfen kann, dann sie!

„Sie kommen in zehn Minuten zu mir ins Büro. Ich rufe Frau Nowak an, sie wird auch da sein. Alles weitere dann später bei mir im Büro."

Mit diesen Worten verschwindet Gerstner so schnell wie er gekommen ist.

„Geht klar. Bin in zehn Minuten bei Ihnen im Büro." sage ich mehr oder weniger proforma, denn so schnell wie er verschwunden ist, dürfte er noch nicht mal mehr mein ‚Geht klar' gehört haben.

ZEHN

„Guten Morgen, Frau Voss." betrete ich exakt zehn Minuten später Gerstners Vorzimmer.

„Herr Seifert. Ebenfalls einen schönen guten Morgen. Ist irgendwas passiert? Herr Gerstner scheint ein wenig durcheinander zu sein heute Morgen." wedelt sie mit ihrem Kaffeelöffel zwischen mir und der Tür von Gerstners Büro hin und her.

„Nichts was man nicht klären könnte." sage ich und verzichte auf einen ironischen Zusatz der Kategorie ‚Diese Filiale hier wird nächsten Mittwoch geschlossen, aber wir bekommen alle einen neuen Job bei einer 24h-Service-Hotline irgendwo im rumänischen Hinterland'.

„Na, da bin ich ja beruhigt." legt sie langsam ihren Kaffeelöffel zurück auf die Untertasse.

„Ist Julia, also Frau Nowak auch schon da?" frage ich.

„Frau Nowak ist bereits bei Herrn Gerstner im Büro." sagt sie mit leicht zusammengepressten Lippen und deutet ein kurzes Nicken an.

OK, es herrscht also immer noch Eiszeit zwischen den beiden. Inwieweit Frau Voss irgendetwas von Patricks Dauer-Annäherungsversuchen bei Julia Nowak weiß, entzieht sich zwar meiner Kenntnis, sollte aber einer davon irgendwann mal von Erfolg gekrönt werden, dürfte sie eine der ersten sein, die es mitbekommen wird. Und spätestens dann wird sie sich leider endgültig von ihrer romantischen ‚vielleicht wird aus mir ja irgendwann einmal Frau Sabine Voss-Weber'-Wunschvorstellung verabschieden müssen.

„Alles klar. Ich gehe direkt rein, OK?"

„Klar. Herr Gerstner weiß ja, dass Sie kommen." nickt sie.

„Herein!“ höre ich dumpf durch die Tür, nachdem ich zweimal kurz hintereinander geklopft habe, und trete ein.

„Da bin ich, Herr Gerstner. Guten Morgen Julia.“

„Hallo Rüdiger. Schön dich zu sehen.“ schenkt sie mir ein kurzes Lächeln, für das Patrick höchstwahrscheinlich eine Niere spenden würde, sollte sie ihn dafür jeden Tag genauso anlächeln. Naja, vielleicht eine halbe Niere, falls so etwas medizinisch machbar wäre.

„Setzen Sie sich, Seifert.“ zeigt Gerstner auf den freien Platz neben Julia.

Glücklicherweise handelt es sich hierbei um einen Stuhl, der eindeutig frei von irgendwelchen Hebeln, Tasten und Schaltern ist. Somit besteht keine Gefahr, gleich nochmal so eine Achterbahnfahrt unfreiwilliger rhythmischer Sportgymnastik zu machen wie noch vor ein paar Tagen.

„Danke.“ setze ich mich dennoch mit einer gewissen Vorsicht. Man weiß ja nie.

„Dann sind wir ja vollzählig. Also, Frau Nowak, es geht um Folgendes.“ rutscht er mit seinem Sessel ganz nah heran an seine Schreibtischkante und beugt sich nach vorne.

„Ich bin ganz Ohr.“

Gerstner benötigt nur knapp eine Minute, um ihr alles Wissenswerte rund um seinen Plan zu erläutern. Und somit ist jetzt also auch Julia Nowak Bestandteil des großen gerstner'schen Mystery-Shopping-Plans. Meinen Part in dieser knappen Minute habe ich auf ein hin und wieder kurzes Kopfnicken beschränkt – gerade so als wolle ich den beiden vermitteln, dass diese kleine Planänderung mich vor keine größeren Herausforderungen stellt und somit der Erfolg auch in keinster Weise gefährdet sei.

„Bekommen wir hin, Herr Gerstner. Fliesen und Kacheln sind zwar nicht mein Spezialgebiet, aber dank Ihrer Fragen werden die Düsseldorfer höchstwahrscheinlich denken, ich hätte zu diesem Thema vor kurzem erst meine Doktorarbeit verfasst. Und für die Antworten haben Sie ja Ihren Spezialisten.“ legt sie bei den letzten Worten ihre Hand auf meinen Arm.

„Ich habe Ihnen hier alles aufgeschrieben. Da können Sie sich gleich einlesen in die Thematik. Welche Fragen Sie dann letztendlich verwenden, überlasse ich Ihnen.“ reicht er ihr ein DINA4-Blatt über den Schreibtisch.

Wie in Zeitlupe verfolge ich den Weg des Blattes von Gerstners Hand in die von Julia. Jetzt muss ich mir bloß noch etwas einfallen lassen, warum ich davon unbedingt eine Kopie benötige.

„Danke.“ überfliegt sie es kurz und nickt ein, zwei Mal, gerade so als wäre es ein handelsüblicher Einkaufszettel für den kleinen Wochenendeinkauf an irgendeinem x-beliebigen Samstagmorgen.

„Seifert, Sie haben Ihre Liste ja – richtig?“ wendet er sich in meine Richtung.

„Ja, liegt unten am Platz. Ich hole sie kurz.“ sage ich wie aus der Pistole geschossen und hoffe, dass sich meine Gesichtsfarbe aufgrund dieser Spontan-Lüge jetzt möglichst nicht in ein leuchtendes Peperoni-Rot verwandeln möge.

„Bleiben Sie da. Das dauert zu lange. Ich drucke sie Ihnen schnell noch einmal aus.“ dreht er sich in Richtung seines Bildschirms und klickt zweimal schnell hintereinander mit seiner Maus. Und nur wenige Augenblicke später spuckt der kleine Drucker neben seinem Schreibtisch mit einem gedämpften Rauschen jenes Blatt aus, von dem ich nicht wirklich erwartet habe, es irgendwann nochmal zu Gesicht zu bekommen.

Rüdiger Seifert – du hast wirklich mehr Glück als Verstand!

„Hier. Gehen Sie die Sachen nochmal mit kurz mit Frau Nowak durch. Aber wie schon mal erwähnt: nicht auswendig lernen. Ich will nicht, dass die Düsseldorfer nachher denken, das wäre die Generalprobe fürs Krippenspiel der nächsten Weihnachtsfeier, OK?"

„Geht klar, Herr Gerstner. Sie können sich auf das Duo Nowak-Seifert verlassen."

Besser hätte ich es nicht formulieren können, denke ich. Und aus ihrem Mund klingt das darüber hinaus auch noch um einiges überzeugender, als wenn ich es gesagt hätte.

„Danke Ihnen nochmal, dass Sie hier spontan einspringen, Frau Nowak." schüttelt er ihre Hand, als er seine Bürotür öffnet, um uns zu verabschieden.

„Seifert." wendet er sich danach mir zu und legt seine Hand auf meine Schulter. Ich weiß nicht warum, aber diese Geste vermittelt mir gerade das ungute Gefühl, er wolle mir in Wahrheit eigentlich ‚Also, wenn es schief geht, kann es nur an Ihnen gelegen haben' sagen wollen. Bis vor einer knappen Stunde hätte ich diese Vermutung auch noch blind unterschrieben. Aber jetzt verlasse ich Gerstners Büro dank den Erkenntnissen aus einer dreißigminütiger Online-Recherche auf unserer Website plus eines druckfrischen Ausdrucks in der Tasche mit einer Souveränität, von der ich heute Morgen nicht annähernd zu träumen gewagt hätte!

„Konnten Sie denn alles klären, Herr Seifert?" fragt mich Frau Voss, als wir Gerstners Bürotür hinter uns geschlossen haben.

„Ist alles geklärt, Frau Voss." hebe ich kurz den Daumen.

„Das freut mich zu hören. Dann Ihnen noch einen schönen Tag." lächelt sie etwas bemüht in meine Richtung.

„Dankeschön. Ihnen auch." flötet Julia.

„Auch wenn der schöne Tag vor allem dir gegolten haben dürfte.“ flüstert sie mir wenige Augenblicke später zu, als wir im Gang stehen.

„Wie kommst du denn darauf?“ stelle ich mich absichtlich etwas begriffsstutzig.

„Rüdiger! Da müsste man schon ziemlich blind sein, um nicht zu merken, dass ich bei unserer lieben Frau Voss kein Bestandteil des allabendlichen Abendgebetes sein dürfte. Oder bist du da etwa anderer Meinung?“ schaut sie mich mit gespielter Unschuldsmine an.

„Äh. Keine Ahnung. Was soll denn der Grund dafür sein?“ umgehe ich eine Antwort mittels einer Gegenfrage.

„Keine Ahnung. Sag du's mir. Du kennst sie schon länger.“ kontert sie.

„Also meine Begegnungen mit ihr kann man wahrscheinlich an einer Hand abzählen. So gut kenne ich sie also auch nicht.“ zucke ich mit den Schultern.

„Warum habe ich das Gefühl, dass du mehr weißt, als du mir sagen willst? Wir sind seit fünf Minuten Verbündete im großen Mystery-Game gegen die Düsseldorfer Zentrale, schon vergessen? Da gibt es keine Geheimnisse mehr, Herr Kollege.“ lacht sie.

Patrick Weber, so langsam verstehe ich, warum du möchtest, dass diese Frau die Mutter deiner Kinder werden soll, denke ich mir. Hätte ich nicht meine Marie, würde ich wahrscheinlich früher oder später auch Gefahr laufen, diesem Mixtur-Quartett aus Charme, Witz, Schlagfertigkeit und blendender Optik zu erliegen.

„Stimmt. Mystery. Gutes Stichwort. Da war noch was. Lass' uns gleich mal zusammen die Liste durchgehen.“

Versuch Nummer drei, Julia vom Thema Frau Voss abzulenken, wird hoffentlich erfolgreich sein.

„OK, OK. Einverstanden. Dann schauen wir uns also mal genauer an, was Herr Gerstner da so alles für uns zusammengeschrieben hat."

Sehr gut, die Kuh ist vom Eis, denke ich.

„Aber zu dem anderen Thema sprechen wir noch!"

Na toll. So schnell ist die Kuh wieder zurück auf dem Eis.

„Machen wir. Aber jetzt üben wir erstmal für's Krippenspiel. In ein paar Monaten ist schließlich schon Weihnachten, da bleibt also nicht mehr so viel Zeit!" hebe ich drohend meinen Zeigefinger.

Aufgrund des Termins bei Gerstner hatte ich meinen Fliesen-und-Kacheln-Gang die letzten fünfzehn Minuten zwar sich selber überlassen müssen, aber ich gehe nicht wirklich davon aus, dass sich in dieser Zeit größere, unkontrollierbare Menschenmassen dorthin aufgemacht haben dürften, oder sich dort gerade tumultartige Szenen abspielen dürften. Außer natürlich, die beiden Marktdurchsagen haben, zeitverzögert, ausgerechnet in diesen fünfzehn Minuten ihre volle Wirkung entfaltet und mein vorhin noch so schön aufgeräumter Schreibtisch sieht jetzt schlimmstenfalls so aus wie das Finale eines All-you-can-eat-Buffets in einem 2-Sterne-Hotel am Ballermann. Und als könne jemand meine Gedanken lesen, höre ich in diesem Moment die Worte, die ich spätestens heute Abend auswendig aufsagen können dürfte. Höchstwahrscheinlich sogar rückwärts.

„Sie möchten Ihrer Terrasse eine Frischzellenkur gönnen? Dann schauen Sie heute doch mal bei unseren Fliesen und Kacheln vorbei. Wir beraten Sie gerne!"

„Hast du gehört? Frischzellenkur für die Terrasse. Klingt gut, oder? Ich glaube, da sollte ich gleich mal vorbeischauen." grinst Julia.

„Mach das. Der Verkäufer dort soll ja ein absoluter Profi sein, habe ich gehört."

„Soso. Und ich hätte da auch schon ein paar Ideen, was man den mal so fragen könnte." wedelt sie mit Gerstners Liste vor meinem Gesicht herum.

„Kein Problem. Ich bin vorbereitet." wedele ich mit meinem Exemplar zurück. „Lass mich nur kurz schauen, wie es bei mir im Gang aussieht, dann gehen wir das zusammen durch."

Wenige Augenblicke später stelle ich fest, dass mein ‚nur kurz schauen, wie es bei mir im Gang aussieht' eventuell etwas länger dauern dürfte. Denn hinsichtlich meiner Vermutung zur Wirkungslosigkeit unserer Marktdurchsagen habe ich mich dann doch scheinbar stark getäuscht. Und zwar so richtig! Vor den verschiedenen Regalen stehen etwa zehn Personen, darunter maximal drei Pärchen. Das bedeutet, es kommen nochmal mindestens vier Einzelkunden dazu. Macht zusammen schlimmstenfalls also sieben Beratungsgespräche zum Thema Frischzellenkur oder sonst irgendwas zum Thema Neuverfliesung oder Neuverkachelung. Und wenn ich für irgendwas gerade überhaupt keine Zeit oder keinen Nerv habe, dann genau dafür!

„Der Super-Gau!" sage ich leise zu Julia, als ich zurück im Nachbargang bin, wo sie auf mich gewartet hat.

„Sind die etwa schon da? Ich dachte, die kommen erst am Nachmittag!"

„Schlimmer! Da stehen echte Kunden!"

„Also damit konnte ja jetzt keiner wirklich rechnen." bemerkt sie süffisant und kann sich ein Lachen nur schwer verkneifen.

„Sehr witzig."

„Wie viele sind es denn? Und bist du sicher, dass es nicht doch schon die Düsseldorfer sind?"

„Drei Pärchen. Plus vier Einzelpatienten. Und ja: keiner von denen sieht so aus, wie die beiden von dem Foto. Außer die Zentrale beschäftigt undercover einen Maskenbilder, auf den sogar Hollywood neidisch wäre."

„Das ist in der Tat recht sportlich. Aber sieh es doch einfach als Training für später. Und wenn du nur zwei, drei von denen ein paar schöne Dekofliesen verkaufst, dann strahlt dein Umsatz heute Abend umso heller. Und Gerstner auch!"

Stimmt eigentlich. Wo sie recht hat, hat sie recht.

„Und die Liste für nachher?"

„Das lass mal mein Problem sein. Gerstner will zwar, dass das nachher nicht irgendwie einstudiert rüberkommt, aber mir wird da bestimmt noch was einfallen."

Ich habe absolut keine Ahnung, was ihr da noch einfallen wird, aber: wenn ich in diesem Moment jemandem quasi blind vertraue, dann der zukünftigen Mutter von Patrick Webers Kindern!

„Danke."

„Nix zu danken. Und jetzt auf ins Getümmel. Ich erwarte eine Top-Beratung von dir." lacht sie und schiebt mich in Richtung des Nachbarganges.

„Einen schönen guten Tag. Bitte entschuldigen Sie, dass Sie warten mussten."

Mit diesen Worten betrete ich schwungvoll, vorbei an einer randvollen Palette ‚Pu-der-Bär'-Motivtapeten zum Sonderpreis, meinen Heimatplaneten ‚Fliesen und Kacheln'. Fast zeitgleich drehen sich fünf Köpfe in meine Richtung. OK, entweder habe ich gerade eben noch alles doppelt gesehen, oder die Hälfte hat sich spontan dann doch gegen die eben noch so vollmundig angepriesene Frischzellenkur entschieden. Neu dabei ist lediglich ein etwa achtjähriger Junge, der sich dabei filmt, wie sich in seinem rechten Nasenloch gerade ganz langsam aber stetig eine Rotzblase bildet. Höchstwahrscheinlich handelt es sich hierbei um irgendeine, wie meistens völlig sinnbefreite Instagram-Challenge – daher schließe ich den kleinen König Nasenwind gleich mal aus dem Kreis potentieller Fliesenkäufer aus.

„Wem kann ich denn als erstes helfen?“ frage ich in die Runde, da ich keine Ahnung habe, wer hier schon am längsten steht.

„Wir suchen was Frisches für unseren Wintergarten.“ sagt ein älterer Herr mit einem großen Schreibblock und einem vollständig ausgeklappten Zollstock in der einen und einem Taschenrechner in der anderen Hand. Und so alt wie dieser Taschenrechner aussieht, frage ich mich gerade, ob der vielleicht noch mit Benzin oder möglicherweise sogar mit Uran betrieben wird.

„Ah, die Frischzellenkur, richtig?“ frage ich möglichst freundlich, und versuche gleichzeitig, mir nicht anmerken zu lassen, was ich in Wahrheit von unserer Marktdurchsage halte.

„So ist es.“ ergänzt seine Begleitung, deren optische Alters-Spannweite so groß ist, dass ich nicht eindeutig sagen könnte, ob es sich dabei um seine Mutter, Ehefrau oder Tochter handelt. Das nicht einfach zu erratende Alter könnte auch mit dem Muster ihres Kleides zusammenhängen, denn dieses besteht ausschließlich aus Blumen in allen möglichen Formen und Farben, gerade so als wäre vor wenigen Sekunden direkt neben ihr eine XXL-Blumenhandlung explodiert.

„Haben Sie denn schon etwas passendes gefunden?“ frage ich und deute in Richtung der verschiedenen Prospekte und Datenblätter, die seine Begleitung in der Hand hält.

„Habe ich." beginnt sie zu blättern und zieht einen Prospekt aus dem Stapel, von dem ich sofort erkenne, dass es sich dabei um einen Hersteller von Fliesen des oberen Preissegments handelt.

Bingo! Rüdiger Seifert, spätestens in diesem Moment hat dein Tag endgültig die Wendung um 180 Grad gemacht. Jetzt also bitte genau so bleiben, und heute keine weitere 180-Grad-Wende mehr, schicke ich ein kleines virtuelles Gebet in höhere Gefilde.

„Haben Sie diese hier vorrätig?" schlägt sie den Prospekt auf und deutet auf ein Motiv, das ihrem Kleid hinsichtlich der Farbenvielfalt in nichts nachsteht.

„Moment, darf ich gerade mal?" nehme ich ihr den Prospekt ab. „Ich schaue mal nach. Wie viele Quadratmeter benötigen Sie denn?"

„Hubert? Kannst du dem Herrn bitte mal deine Zahlen geben?"

„Natürlich. Kein Problem." fährt dieser etwas zu schnell herum und ersticht dadurch beinahe einen der anderen Kunden mit seinem Zollstock.

„Immer schön langsam, Hubert." drücke ich die Spitze seines Zollstocks ein wenig nach unten, bevor er aufgrund weiterer unkontrollierter Bewegungen am Ende tatsächlich noch jemand verletzt. Mich jetzt schlimmstenfalls noch mit einem ausgestochenen Auge oder etwas Vergleichbarem herumärgern zu müssen, kann ich natürlich überhaupt nicht brauchen.

„Entschuldigen Sie bitte, Herr ... äh. Seifert." versucht er erfolg- und ergebnislos seinen Zollstock zusammenzufalten.

„Gib mir das mal." nimmt sie ihm den Block und den vermeintlich atombetriebenen Taschenrechner ab.

„Danke. Drei Dinge sind für zwei Hände dann doch wohl etwas zuviel." lächelt er leicht gequält und schafft es letztendlich dann doch, seinen Zollstock in die übliche Ausgangsposition zurückzufalten.

„Sie müssen meinen Bruder entschuldigen. Zwei linke Hände. Sie verstehen?“ schaut sie erst mich und dann ihn mit nach oben gerollten Augen an.

OK, damit wäre also auch das Verwandtschaftsverhältnis geklärt. Hubsi ist also der Bruder von Miss Fleurop 2000. Und eine Nachfrage, wer da in der Kindheit beim Kaufladenspielen die Hosen anhatte, dürfte auch hinfällig sein.

„Kein Problem. Wir bieten nicht nur Fliesen an, sondern haben natürlich auch jede Menge Profis, die die bei Ihnen auf Wunsch verlegen.“

„Sie haben nicht wirklich geglaubt, dass er die tatsächlich selber verlegen will, oder?“ rollt sie erneut ihre Augen vielsagend nach oben.

„Lassen Sie mich mal schauen, ob wir die benötigte Menge für Sie vorrätig haben.“ umgehe ich geschickt ihre Frage nach meiner Meinung zu den handwerklichen Fähigkeiten von Bruder Hubert.

„Natürlich. Hier schauen Sie. Oben ist ein Foto der Terrasse und unten stehen die genauen Abmessungen.“ reicht sie mir den Notizblock.

„Schöner Garten.“ sage ich beim Blick auf das Foto. Einen Kommentar zu den aktuell dort verlegten Fliesen schenke ich mir allerdings. Denn egal, für was die Geschwister sich hier hoffentlich gleich entscheiden, es kann nur besser werden. Irgendwann muss das mal eine Art hellgrau oder beige gewesen sein. In der Zwischenzeit hat sich aber Mutter Natur die Oberhoheit sowohl über die Fugen als auch die Oberflächen zurückgeholt. Darüber hinaus steht auf dem Eroberungsplan der Natur auch ein kleiner, vermutlich mal hellbraun gewesener, Terrassentisch inklusive der beiden dazugehörenden Stühle. Bei allen Dreien ranken sich schon erste Pflanzen nach oben, und das eindeutig nicht erst seit gestern. Wäre im Hintergrund des Gartens nicht noch eine typisch deutsche Verkehrsampel zu erkennen, würde kaum jemand abstreiten, dass dieses Bild nicht auch irgendwo im Großraum Tschernobyl aufgenommen sein könnte!

„Dankeschön. Aber Sie sehen ja, der Zustand der Terrasse steht in leichtem Kontrast zum Rest des Gartens.“

Also wenn Sie mir das jetzt nicht gesagt hätte, ich wäre nicht von selbst draufgekommen.

„Deswegen sind Sie ja hier. Und das von Ihnen ausgewählte florale Muster ‚Madeira‘ wird Ihrem Garten im Handumdrehen eine ganz neue Frische verleihen.“

„Also, wenn Sie das auch sagen. Hubert, hast du gehört? Der freundliche Verkäufer ist auch der Meinung, dass das Muster eine perfekte Wahl ist.“

Naja, von perfekt war jetzt nicht wirklich die Rede, aber ich lasse sie mal in dem Glauben. Nicht zuletzt auch, weil es sich hierbei um eine der teuersten Marken handelt, die wir im Programm haben. Und seit ich die Fläche kenne, die der Tschernobyl-Terrasse des Grauens neues Leben einhauchen soll, weiß ich auch, welcher Umsatz damit verbunden sein wird. Also Hubert, auch wenn das jetzt nicht dein Top-Favorit ist auf der nach oben offenen Geschmacks-Skala … da musst du jetzt durch.

„Finden Sie wirklich?“ versucht er zaghaft ein paar Zweifel in die Motiv-Auswahl seiner Schwester hineinzustreuen.

„Absolut.“ lüge ich und sehe aus dem Augenwinkel wie sich im Gesicht seiner floralen Schwester ein sehr zufriedenes Grinsen breitmacht.

„Sind sie denn vorrätig?“ erinnert sie mich daran, was ich eigentlich schon seit einer Minute machen wollte.

„Stimmt, das wollte ich ja prüfen.“ tippe ich mir zweimal an die Stirn. „Bin gleich wieder zurück.“

Auf dem Weg zu meinem Schreibtisch sende ich noch schnell ein zweites virtuelles Gebet ab mit dem eindringlichen Wunsch, dieser möge doch bitte möglichst wenig Ähnlichkeit mit dem vorhin von mir befürchteten ballermann'schen All-you-can-eat-Buffets haben. Und nach wenigen Augenblicken habe ich die beruhigende Gewissheit, dass es tatsächlich exakt so aussieht wie noch vor etwa dreißig Minuten. Hinzukommt, dass ich die notwendigen Infos in unserem Logistik-System gefühlt auch noch nie so schnell wie heute gefunden habe. Läuft also!

„So, da bin ich wieder. Und ich habe gute Nachrichten." kehre ich den Gang zurück, in dem sich außer meinen beiden Floral-Freunden mittlerweile nur noch ein weiterer Kunde befindet. Haben wohl alle keine Geduld mehr, denke ich mir. Aber egal – Hauptsache die beiden entscheiden sich jetzt nicht um und beschließen spontan, anstatt die Terrassenfläche neu zu verfliesen, dort doch lieber fünfundzwanzig Quadratmeter Billig-Rollrasen zu verlegen.

„Das heißt, Sie haben sie vorrätig?" klatscht die bunte Blumenfee zweimal begeistert in die Hände.

„Aber sowas von vorrätig." sage ich leicht übermütig. Denn diese Reaktion bestätigt mir natürlich gleichzeitig, dass die Rollrasen-Alternative nirgendwo anders als lediglich in meiner eigenen Phantasie bestanden haben dürfte.

„Sie wissen ja gar nicht, wie erleichtert ich bin. Mein Bruder hat sich in den letzten Jahren wirklich kein bisschen um seinen Garten in Düsseldorf gekümmert. Und das konnte und wollte ich mir wirklich nicht mehr länger mit anschauen."

Hat sie etwa gerade ‚in Düsseldorf' gesagt, zucke ich innerlich zusammen und habe ein Gefühl in der Magengegend, als würde sich mein Banane-Erdbeer-Paracetamol-Gemisch dort gerade auf eine spontane Wanderschaft quer durch verschiedene Organe machen, in denen es nicht wirklich etwas zu suchen hat.

„Oh. Schön. Sie kommen aus Düsseldorf? Da sitzt auch unsere Zentrale. Zufälle gibt's!" sage ich und achte genau darauf, ob sich bei ihr irgendetwas rührt, was darauf schließen könnte, dass sie und Zollstock-Hubsi möglicherweise vielleicht doch schon die Mystery-Shopper sind. Und dass damit alle Infos, welche Gerstner in den letzten Tagen bekommen hat, ungefähr genauso viel wert sind wie der Getränke-Beleg meines gestrigen Aquarium-Besuchs. Nämlich rein gar nichts.

„Nein, nein, wir wohnen in Oberursel. Kennen Sie Oberursel? Das Haus in Düsseldorf hatte unseren Eltern gehört, und Hubert, also mein Bruder hat versprochen, sich darum zu kümmern. Und, naja, Sie sehen ja, was kümmern bei ihm bedeutet." zeigt sie mit zwei nach links gerollten Augen in Richtung ihres Bruders, der gerade dabei ist, aus mir nicht ersichtlichen Gründen erneut seinen Zollstock auseinanderzufalten.

Ich beachte ihn ein wenig dabei, wie er mit Meterstab und Taschenrechner irgendwelche völlig sinnlosen Vermessungen macht, Zahlen eintippt und dann immer wieder den Kopf schüttelt. Was immer er da auch macht und warum, es bringt mich dann doch zu der Überzeugung, dass dieser Auftritt eher passend für ‚Verstehen Sie Spaß' sein könnte, aber definitiv nicht für ein seriöses Verkaufsgespräch, geschweige denn für einen Test dafür.

„Benötigen Sie denn noch mehr Fliesen?" kehre ich wieder zurück ins Hier und Jetzt und zeige in Richtung ihres Bruders, der sich weiterhin mit seinem mittlerweile wieder auf volle Länge auseinandergefalteten Zollstock durch verschiedene Paletten hindurchmisst.

„Nein, nein, keine Sorge. Wissen Sie, er war vor seiner Pensionierung fast 35 Jahre in der Landesvermessung tätig. Wenn der nicht mindestens einmal pro Tag irgendwas vermessen kann, fehlt ihm irgendwas."

„Und der Taschenrechner?" ziehe ich fragend die Augenbrauen nach oben.

„Sieht ein bisschen so aus, als wäre der schon bei den alten Ägyptern beim Bau der Pyramiden zum Einsatz gekommen, oder?"

Besser hätte sie es nicht formulieren können!

„Absolut. Und vom TÜV Rheinland würde der bestimmt auch nicht mehr so ohne weiteres einen Daumen nach oben bekommen." ergänze ich grinsend und zucke mit den Schultern.

„Höchstens vielleicht noch vom TÜV Kairo!" atmet sie deutlich hörbar aus.

„Kann ich denn noch etwas für Sie tun?" frage ich. Und dass nicht mal in der Hoffnung auf einen komfortablen Zusatz-Umsatz, sondern weil das Verhältnis zwischen meiner lustigen Blumenfee und ihrem Zollstock-Hubsi bestimmt nicht immer einfach sein dürfte, wie mir ihre letzten Aussagen gezeigt haben.

„Alles bestens, danke. Wir brauchen dann nur noch die Adressen von ein paar Fliesenlegern. Nicht dass Hubert doch noch auf die Idee kommt, das vielleicht doch spontan selber machen zu wollen."

„Klar, drucke ich Ihnen gleich noch aus."

„Danke."

„Gerne. Die Fliesen stehen in wenigen Minuten für Sie an unserer Rampe bereit."

Weniger als zwei Minuten später habe ich den ganzen Papierkram ausgedruckt. In dieser Zeit muss sie ihrem Bruder irgendwie klargemacht haben, dass es jetzt nichts mehr auszumessen gibt bei uns. Denn beide stehen jetzt vor mir und aus ihrer Handtasche ragen zweifelsfrei sowohl der zusammengeklappte Zollstock als auch der prähistorische Taschenrechner hervor.

„Viel Freude mit den Fliesen. Schon in Kürze werden Sie Ihren Garten nicht mehr wiedererkennen." Mit diesen Worten übergebe ich Ihnen die Rechnung, einen Abholschein mit zwei Durchschlägen und eine Liste mit Adressen der besten Fliesenleger im Umkreis von 50 Kilometern rund um Oberursel. Ich bin fast ein wenig traurig, dass die beiden nicht die Delegation aus der Zentrale waren. Denn eine bessere und ehrliche Meinung zu meinen Qualitäten als Fliesenfachmann dürfte nicht mal der gefakte Termin hervorbringen, der mir heute Nachmittag noch bevorsteht. Wobei ich ehrlicherweise zugeben muss, dass Kunden, die schon so genau wissen, was sie wollen, wie die beiden gerade, auch nur sehr bedingt als Gradmesser für meine Verkaufs- und Beratungskompetenz geeignet sind.

Ein Blick in den Gang zeigt mir, dass auch der vorhin noch vorhandene letzte Rest-Kunde in der Zwischenzeit das Weite gesucht hat. Damit habe ich jetzt also ein wenig Zeit, mich nochmal in Gerstners Fragen einzulesen. An das eine oder andere kann ich mich tatsächlich sogar wieder erinnern, stelle ich überrascht fest. Bei einigen anderen Themen merke ich aber erneut, dass bei mir im Segment „berufliches Fachwissen" die berühmte Luft nach oben in ordentlicher Hülle und Fülle vorhanden ist.

Mal schauen, wie Julia das sieht, denke ich mir und wähle ihre Nummer

„Hallo Julia?" sage ich, nachdem sie nach dem siebten Klingeln endlich rangeht.

„Rüdiger? Is' schlecht gerade. Ich habe Kundschaft und die benötigen irgendwie eine Rundum-Sorglos-Beratung." flüstert sie.

„Hast du die Fragen durchgelesen?"

„Hab' ich. Alles unkritisch, würde ich sagen."

Alles unkritisch. Aha. Ich frage mich, ob ich ihr vielleicht sagen soll, dass ich diesbezüglich doch eine eher etwas differenzierte Meinung habe.

„Sehe ich genauso." lüge ich stattdessen.

„Perfekt. Dann kann ja nichts schiefgehen. Ich muss wieder. Wenn noch was ist, melde dich. Dann müssen wir schauen, ob wir uns nochmal kurz austauschen."

„Klar, mache ich. Wird aber wahrscheinlich nicht nötig sein." schiebe ich noch eine zweite Lüge hinterher und drücke die Taste mit dem roten Telefonhörer.

ELF

Nach zehn Minuten falte ich Gerstners Liste mit einer gewissen Zufriedenheit zusammen und stecke sie ein. Auch wenn ich morgen vielleicht schon wieder die Hälfte davon vergessen haben dürfte, so wird es definitiv bis heute Nachmittag reichen. Nach dem unerwartet erfolgreich verlaufenen Vormittag mit Hubert und seiner Flowerpower-Schwester, steht einem ähnlich erfreulichen Verlauf des Resttages inkl. dem Düsseldorfer Duo also hoffentlich nichts im Weg. Daher beschließe ich spontan, meine heutige Mittagspause mal wieder in Enriques Gourmet-Tempel und seinen Baguettes zu verbringen. Mal schauen, ob Marie vielleicht auch Zeit hat.

11:57 Uhr: Lust auf eine Mittagspause mit dem tollsten Mann aus dem Honäsch? schreibe ich ihr per WhatsApp.

Es dauert nicht allzu lange, bis die beiden grauen Häkchen auf hellblau wechseln.

11:59 Uhr: Mit Patrick? Gerne. Sag ihm, ich bin in drei Minuten da.

Noch in der gleichen Minute schickt sie mir etwa fünfundzwanzig Mal das Emoji, bei dem links und rechts die Lachtränen rausschießen.

12:00: Wie kommst du auf Patrick? Ich meinte unseren charmanten Filialleiter Manfred Gerstner. Er freut sich auf dich, soll ich dir ausrichten.

12:01: Oha. Dann schlüpf' ich schnell ins kleine Schwarze. Werden also fünf Minuten. Und falls es länger geht, warte heute Abend nicht auf mich. Kuss.

12:02: Kein Problem. Heute ist Champions League-Halbfinale. Lass dir also ruhig Zeit.

Damit das Klischee auch richtig bedient wird, hänge ich an diese Nachricht noch überproportional oft das Fußball- und Bier-Emoji dran und drücke schwungvoll auf senden.

12:04: Das sage ich deiner Mutter!

Ich muss schallend lachen, weshalb ein älteres Ehepaar, das gerade im Hauptgang einen eindeutig zu hoch beladenen Einkaufswagen schiebt, mit diesem vor Schreck beinahe in die Palette mit den ‚Pu-der-Bär'-Motivtapeten reindonnert.

„Alles OK bei Ihnen?" rufe ich zu ihnen herüber.

„Ja, alles OK." ruft die Frau, während ihr Mann versucht, die Statik der auf dem Einkaufswagen gestapelten Kartons wiederherzustellen. Und auch wenn sein Blick mir etwas wie ‚Hauptsache Sie haben Spaß hier, was?' zu sagen scheint, quält er sich mit einer Hand zu einem kurzen Daumen-hoch.

In der Zwischenzeit sind zwei weitere Nachrichten von Marie eingegangen.

12:06: So, jetzt mal kurz seriös, Schatz. Wir müssen gerade einer anderen Filiale aushelfen. Denen ist heute Morgen einer ihrer Backöfen beinahe in die Luft geflogen. Mittagspause schaffe ich heute leider nicht. Kuss!

12:07: DICKER Kuss!

Schade – aber hätte Marie jetzt tatsächlich Zeit gehabt, wäre möglicherweise mein heutiges Glückspilz-Kontingent in diesem Moment schon maximal ausgeschöpft gewesen. Und da ich davon heute Nachmittag definitiv noch die eine oder andere Handvoll benötigen werde, möchte ich das natürlich auch nicht überstrapazieren.

12:08: Da wird Gerstner bestimmt traurig sein. Ich bringe es ihm aber schonend bei. Versprochen.

12:09: Blödmann!

12:10: Ich liebe dich auch. Bis später. Kuss zurück (auch dick).

So. Jetzt aber Mittagspause!

Enrique, ich hoffe, der Ofen ist heiß. Dein Stammkunde hat Hunger.

Schon aus einiger Entfernung kann ich erkennen, dass bei Enrique heute ordentlich Betrieb herrscht. Denn die Schlange vor seinem kleinen Baguette-Wagen reicht sogar bis zum Eingang von Ouzo-Udos Getränke-Laden, weshalb sich die dortigen, bewegungsmeldergesteuerten Glastüren quasi im Sekundentakt öffnen und schließen. Da dürfte Senor Baguette heute wahrscheinlich ganz schön ins Schwitzen kommen, denke ich mir. Und genau so ist es auch, denn wie ich jetzt sehen kann, hüpft der gute Enrique in seinem kleinen Wagen gerade wie ein fabrikneuer Flummi zwischen seinem Backofen und der Kasse hin und her. Das allerdings mit einer solchen Eleganz, als handle es sich hier nicht um einen handelsüblichen, mittäglichen Baguette-Verkauf, sondern eher um die dritte Runde eines Castings für die ‚Holiday on Ice'-Tournee des nächsten Winters.

In der Hoffnung, dass die Schlange in ein paar Minuten nicht mehr ganz so lang ist, gehe ich erst mal zu Udo in den Getränkemarkt. Eine seiner neuesten Marketing-Aktionen ist das Getränke-Abo ‚Zwölf für zehn' für alle Mitarbeiter des *Honäsch*. Am Anfang umfasste die Aktion, bei der man nach dem Kauf von zehn Getränken innerhalb eines Monats zwei kostenlos on top bekommt, sogar noch die ganze Spirituosen-Palette seines Getränkemarktes. Das hatte Gerstner allerdings dazu veranlasst, dem geschäftigen Ouzo-Udo kurz nach Aktions-Start äußerst deutlich und unmissverständlich klarzumachen, dass er diese Aktion nur so mittelgut finde. Und das in erster Linie aus dem Grund, dass seine Mitarbeiter gefühlt jeden zweiten Tag leicht promilleumnebelt aus der Mittagspause zurückkehren und er absolut keine Lust auf eine außerplanmäßige Kontrolle durch die Berufsgenossenschaft habe. Seit dieser kleinen aber feinen Ansage beschränkt sich das Angebot jetzt also nur noch auf das jugendfreie Sortiment. Und in der Abteilung ‚Holzzuschnitt' bei uns im *Honäsch* hat sich seitdem erfreulicherweise die Beschwerdequote bezüglich schräg, schief oder kurvig geschnittener Holzbretter auch wieder auf nahezu null reduziert.

„Hallo Herr Seifert. Das ist ja ein netter Zufall." höre ich, kurz nachdem ich Ouzo-Udos Getränkeparadies betrete, eine bekannte Frauenstimme hinter mir. Diese kann ich wegen des hohen Geräuschpegels in diesem Moment aber noch nicht eindeutig ihrer Eigentümerin zuordnen.

Als ich mich umdrehe sehe ich in die beiden etwas zu weit aufgerissenen Augen von Frau Voss.

„Frau Voss. Schön Sie zu sehen. Auch zwölf für zehn?"

„Zwölf für zehn? Sie meinen bestimmt zwölf Uhr zehn." schaut sie erst mich fragend an und dann auf ihre Uhr.

Ich verkneife mir ein Lachen, denn erst jetzt bemerke ich die nicht von der Hand zu weisende, akustische Ähnlichkeit zwischen Udos ‚zwölf für zehn'-Aktion und der aktuellen Uhrzeit ‚zwölf Uhr zehn'.

„Ich meine nicht die Uhrzeit, Frau Voss. Ich meinte die Rabattaktion hier im Getränkemarkt."

„Ach so. Wissen Sie, ich bin das erste Mal hier. Ich kenne daher keine Rabattaktionen die irgendwas mit zehn oder zwölf zu tun haben." sagt sie und zieht bei fast jedem dritten Wort die Schultern nach oben.

„Sie waren noch nie hier?"

„Naja, meistens verbringe ich die Pause immer im Büro. Am Schreibtisch." zuckt sie, fast schon entschuldigend, erneut mit den Schultern

Ohje, die Arme. Ich kann mir schon denken, woran das liegt. Glück für Gerstner, dass wir keinen Betriebsrat bei uns im *Honäsch* haben. Die würden ihm ansonsten bestimmt sehr deutlich zu verstehen gegeben, wie sie das finden.

„Und was führt Sie heute hierher?"

„Nächste Woche kommen zwei Mitglieder der Geschäftsführung aus Düsseldorf zu uns. Dafür soll ich ein paar angemessene Getränke besorgen."

„Angemessene Getränke?"

„Ja, so hat es zumindest Herr Gerstner formuliert."

„Wie wäre es mit zwei Familienpackungen Capri-Sonne? Einmal Orange, einmal Kirsche. Damit macht man in der Regel nichts verkehrt."

„Capri-Sonne?" schaut sie mich verständlicherweise leicht irritiert an.

„Kleiner Scherz, Frau Voss." sage ich nach zwei Sekunden.

„Herr Seifert, ich habe Ihnen das gerade wirklich abgenommen." atmet sie hörbar einmal kräftig durch.

„Jetzt mal im Ernst, Frau Voss. Ich glaube, Sie brauchen da jetzt einen Fachmann. Sie brauchen Udo Scharnitzky."

„Wen?"

„Udo Scharnitzky. Er ist der Geschäftsführer hier und Experte für alle Lebens- und Getränkelagen!"

„Ach gut, dass ich Sie getroffen habe, Herr Seifert. Ich hätte sonst mit Sicherheit das Falsche mitgebracht." macht sich ein großes Maß Erleichterung auf ihrem Gesicht breit.

„Gut möglich. Und das hätte durchaus unangenehm enden können. Denn Capri-Sonne mit Zitronengeschmack mag Herr Gerstner überhaupt nicht."

„Herr Seifert!“ verpasst sie mir virtuell einen Schlag mit ihrer Hand auf meinen Arm und grinst über beide Backen.

„Ich schaue mal, wo Udo, also wo Herr Scharnitzky ist.“

Nach knapp einer Minute entdecke ich Ouzo-Udo im Gang mit den Energy-Drinks. Früher standen die bei ihm immer direkt am Eingang, damit Kunden, die nur mal schnell ein bisschen Taurin-Auffrischung benötigten, nicht noch eine kleine Rundreise durch den halben Getränkemarkt machen müssen. Bis er eines Tages die simple aber geniale Idee hatte, diesem Klientel bestimmt auch noch ein paar andere Erfrischungsgetränke verkaufen zu können. Und so stehen jetzt Red Bull und seine Geschwister gefühlt am entferntesten Ende des Marktes, direkt neben diversen Paletten mit günstigem Sekt und anderem Billigfusel. Und dank dieser kleinen räumlichen Veränderung hat sich nicht nur sein Sekt-Umsatz, sondern kurioserweise auch der Absatz der Energy-Drinks um fast ein Viertel gesteigert.

„Hallo Udo. Na, stimmen die Bestände?“ deute ich mit dem Zeigefinger auf einen großen Stapel Papier auf seinem Klemmbrett, der ziemlich wirr und durcheinander zu allen Seiten herausschaut.

„Ah, hallo Rüdiger. Du kommst genau richtig. Ich brauche unbedingt jemand, der mir hier bei der Inventur hilft. Wollte eigentlich schon vorgestern fertig sein, aber man kommt ja zu nix.“ klopft er mit seinem knallgrünen Kugelschreiber hörbar auf den Papierstapel seines Klemmbretts.

„Äh, also, is‘ ein bisschen schlecht, ich hab‘ heute noch …“ versuche ich mich schnell in eine einigermaßen glaubwürdige Ausrede zu retten.

„Kleiner Scherz.“ tippt er sich lachend mit dem Kuli an den Rand seiner Lesebrille.

OK, sollte es irgendwo eine höhere Macht mit dem Aufgabengebiet ‚Retourkutschen für Späße auf Kosten anderer' geben, dann war das hier wohl der Ausgleich für meinen Capri-Sonne-Witz gerade eben bei Frau Voss.

Neuer Spielstand also 1:1.

„Was kann ich denn für dich tun?" legt er seinen ungeordneten Papierfriedhof auf eine der Paletten.

„Kennst du Frau Voss?" frage ich. Wohlwissend, dass die Antwort in etwa die selbe wäre, als wenn ich ihn jetzt fragen würde, ob er schon mal in Mittelerde war oder zufällig wisse, wo das Bernsteinzimmer versteckt ist.

„Nein. Sollte ich?" zieht er die Augenbrauen nach oben.

„Sie ist seit noch nicht allzu langer Zeit die neue Sekretärin von Herrn Gerstner."

„Ach je. Die arme."

„Das kannst du laut sagen. Spaß machen da wahrscheinlich nur die Wochenenden oder wenn Gerstner mal nicht da ist."

„OK. Und wie kann ich da helfen?"

„Sie hat von Gerstner den Auftrag bekommen, für irgendeine wichtige Besprechung mit Vertretern aus der Zentrale die richtigen Getränke zu besorgen. Oder, wie Gerstner es formuliert hat, angemessene Getränke."

„Was sind denn bitteschön abgemessene Getränke?" schüttelt er den Kopf.

„Nicht abgemessen. Angemessen." lache ich.

Sollte es tatsächlich so etwas wie abgemessene Getränke geben, dürfte da mit ziemlicher Sicherheit Zollstock-Hubsi der ideale Ansprechpartner sein. Wenn der also irgendwann nochmal bei mir vorbeikommt, schicke ich den danach auch noch bei Udo vorbei.

„Wie auch immer, das ist kein Problem. Schick sie gerne mal vorbei. Das dürfte einfach zu lösen sein." nimmt Udo sein

Klemmbrett wieder in die Hand und blättert in sein Papier-Mischmasch hinein.

„Sie ist schon da." sage ich, gerade so als wären wir hier nicht in einem Getränkemarkt, sondern mittendrin in einer SAT1-Überraschungs-Show.

„Noch besser. Ich habe nämlich gerade nicht wirklich Lust auf diesen ganzen Papierkram hier." grinst er und wirft sein Klemmbrett etwas zu schwungvoll in die Richtung einer benachbarten Dosen-Palette, sodass es ungebremst darüber hinausschießt und hörbar dahinter auf dem Boden zum Liegen kommt.

„Oops."

„Egal. Darum kümmere ich mich später. Leidtragende von Gerstner gehen immer vor." klopft er mir zweimal kurz hintereinander mit der Hand auf die Schulter.

„Sie steht am Eingang. Und sie war noch nie hier." sage ich. Auf Hinweise bezüglich des etwas eigenwilligen Kleidungsstils der lieben Frau Voss verzichte ich in diesem Moment zunächst erstmal.

„Na dann kommt sie ja in den Genuss unseres ‚ich-bin-heute-zum-ersten-Mal-hier'-Rabattes."

„Sowas habt ihr hier?"

„Haben wir! 15 Prozent."

„Heb' dir den vielleicht besser für den Tag auf, wenn sie hier zum ersten Mal privat herkommt. Ansonsten freut sich da nur das Controlling-Herz von Gerstner, wenn da vor der Endsumme noch ein Feld mit dem Wort ‚Rabatt' auftaucht."

„Da hast du natürlich völlig recht. Danke für den Hinweis."

Als wir zurück im Eingangsbereich sind, steht Frau Voss gerade vor dem Regal mit der Überschrift ‚Weine aus aller Welt' und beschäftigt sich sehr intensiv mit der Unterkategorie Rosé-Weine.

„So, Frau Voss. Da bin ich wieder. Darf ich Ihnen Herrn Scharnitzky vorstellen?“ unterbreche ich ihr Wein-Studium.

„Udo Scharnitzky, Ihr Helfer in der Not. Freut mich, Frau Voss.“ strahlt Udo sie an und streckt ihr seine Hand entgegen.

„Voss. Sabine Voss. Freut mich auch. Danke, dass Sie sich Zeit für mich nehmen.“ schüttelt sie seine Hand.

„Sehr gerne.“ hört Udo gar nicht mehr auf, ihre Hand zu schütteln. Und auch Frau Voss scheint keine Anstalten machen zu wollen, diesen Moment früher als nötig beenden zu wollen. Wäre das hier jetzt gerade nicht einfach nur ein stinknormaler Getränkemarkt, könnte man fast das Gefühl haben, dieser Handschlag würde in seiner Bedeutung sogar noch den der Vertragsunterzeichnung zur Wiedervereinigung Deutschlands im Jahr 1990 toppen.

„Frau Voss ist auf der Suche nach angemessenen Getränken für wichtigen Besuch aus Düsseldorf.“ unterbreche ich mit Blick zu Udo dezent das Handgemenge der beiden.

„Wie? Ach so, ja. Stimmt. Die Getränke.“ schaut mich Frau Voss an. Und ihre deutlich erröteten Wangen zeigen mir, dass sich bei ihr gerade einiges auf mehr als nur der üblichen Betriebstemperatur zu befinden scheint.

„Rüdiger, mach dir keine Sorgen, deine nette Kollegin ist bei mir in den besten Händen.“ wirkt Udo im Gegensatz zu Frau Voss noch ziemlich locker.

„Daran habe ich keinen Zweifel. Dann kann ich jetzt ja beruhigt in meine Mittagspause gehen.“ zwinkere ich Udo zu und deute ich in Richtung Außenbereich. Und dort hat sich inzwischen erfreulicherweise die Schlange bei Enriques Imbiss-wagen auch deutlich reduziert, wie mir ein kurzer Blick auf den Eingangsbereich zeigt.

„Danke für Ihre Hilfe, Herr Seifert.“ lächelt Frau Voss, deren Gesicht mittlerweile nahezu komplett den Farbton eines etwas zu dunkel geratenen Rosé-Weins angenommen hat.

„Rüdiger. Wir sehen uns." klopft mir Udo zweimal kurz auf den Oberarm. Übersetzt dürfte das wahrscheinlich so viel bedeuten wie ‚Danke dir, aber jetzt mach dich vom Acker.'

Wenige Sekunden später höre ich, wie sich hinter mir die beiden heute so leidgeplagten Getränkemarkt-Türen mit einem dezenten Quietschen schließen. Was bitteschön ist das heute für ein Tag? Und dabei ist es gerade erst mal kurz vor halb eins! Normalerweise passieren mir Ereignisse wie die des heutigen Vormittags in einem Zeitraum von etwa drei Wochen. Minimum. Wahrscheinlich sogar eher in drei Monaten. Höchste Zeit also für ein mittägliches Update meines inneren ‚Rüdiger-Seifert-Zustandsberichtes':

1) So cool wie Julia Nowak ist, muss sie definitiv die Mutter von Patricks Kindern werden
2) Die Wirksamkeit von Marktdurchsagen habe ich bisher offenbar unterschätzt
3) Es gibt Menschen, welche die 1:1-Kopie eines Gartens aus Tschernobyl besitzen
4) Enriques Baguettes werden ihn in spätestens fünfzig Jahren zum Millionär gemacht haben
5) Lange bevor Enrique Baguette-Millionär geworden ist, wird Sabine Voss Sabine Voss-Scharnitzky heißen!

Speziell um Punkt vier der Liste werde ich mich jetzt gleich mal etwas intensiver kümmern. Ich bin gespannt, aus welchem Grund die Schlange heute so lange ist bei ihm. Und schon wenige Augenblicke später entdecke ich auch schon den Grund. Denn neben seiner regulären Speisekarte hat er ein zweites, nicht zu übersehendes, Schild mit folgender Aufschrift aufgestellt:

Heute neu:
Baguettes mit leckeren Meeresfrüchten.
Zwei zu die Preis von eine!

OK, Umlaute kann er also, wenn schon nicht aussprechen, zumindest schreiben. Und bezüglich der dritten Zeile könnte ich ihm jetzt zwar sagen, wie das richtig geschrieben wird, aber, wenn ich ehrlich bin, klingt es so einfach viel sympathischer. Und eben auch zu 100% nach Enrique!

„Ah, de Rudiger. Hast du auch schon gesehe, dass ich eine neue Lecker-Sorte in die Programm habe?“ begrüßt mich Enrique und deutet mit seiner Grillzange auf das Schild mit dem Hinweis auf den neuen Star in seinem kleinen Baguette-Universum.

„Habe ich. Fünfzig Prozent mehr Auswahl und damit gleich fünfzig Prozent mehr Kundschaft, oder?“

„Funfzig was?“

„Na, so lange war die Schlange noch nie bei dir, oder?“

„Ah, de Kunden meinst du. Isse richtig. Stande sogar bis zu die Udo in die Getranke-Markt!“

Bei diesem Stichwort fällt mir ein, dass ich ja eigentlich bei Udo war, um mir da etwas zu trinken zu holen. Aber durch die Geschehnisse rund um ihn und Frau Voss habe ich das komplett vergessen. Egal, Enriques kleiner Kühlschrank bietet noch genügend Auswahl, sodass ich nicht nochmal zurück zu Udo muss. Außerdem möchte ich die beiden erstmal ganz alleine ihr neues Glück genießen lassen.

„Und wie ich sehe, waren alle auch ziemlich großzügig.“ deute ich auf seinen ziemlich gut gefüllten Trinkgeld-Teller.

„Isse richtig. Kann ich heute Abend die Alfonso ein bissele was abgeben.“ strahlt er.

„Gute Idee. Und sag ihm einen schönen Gruß von mir, OK?“

Enrique dürfte unserem guten Alfons Schaumreiter für dessen Tipp, ins Aktiengeschäft einzusteigen, bis an sein Lebensende dankbar sein. Auch wenn wir alle bis heute nicht dahintergekommen sind, wie er es damals geschafft hat, Enrique davon zu überzeugen, quasi alle seine Ersparnisse auf einmal und in eine einzige Firma zu investieren. Und dass daraus innerhalb kürzester Zeit eine Verzehnfachung von Enriques Einsatzes resultieren würde, hätte wahrscheinlich noch nicht mal unser Alfons selbst geglaubt. Ausgerechnet der Mann, der es innerhalb kurzer Zeit geschafft hat, sein komplettes Vermögen an der bolivianischen Börse auf Nimmerwiedersehen durch verschiedene südamerikanische Schornsteine zu feuern. Ich mag mir gar nicht ausdenken was passiert, wenn er jetzt tatsächlich das ganze Areal wieder zurückbekommen sollte. In jedem Fall müssen wir dann über die bolivianische Botschaft sicherstellen, dass der Name Alfons Schaumreiter umgehend auf die Liste der Personen mit lebenslänglichem Einreiseverbot kommt. Nicht dass er auf die Idee kommt, dort einen zweiten Investitionsversuch zu wagen. So nach dem Motto ‚Dieses Mal klappt es bestimmt. Da bin ich mir ganz sicher‘.

„Wie geht's denn unserem Aquarium-Casanova heute? Haben dich etwa gestern Abend die Fische zu deiner neuen Sorte inspiriert?“ beende ich meine Zukunftsvision rund um Alfons und seinen möglichweise anstehenden Geldsegen und wechsle zurück in die spanische Gegenwart.

„Du meinste aber jetzt nicht mich mit die Aquarium-Casanova, oder Rudiger?“ schnippt er mit seiner Chromzange ein paar Mal kurz hintereinander in meine Richtung und fegt dabei beinahe seinen randvollen Trinkgeld-Teller vom Tresen herunter.

„Also ich hatte den Eindruck, dass es dir gestern nicht nur die Getränke und das große Aquarium angetan haben." schiebe ich den Teller wieder zurück in die Mitte.

„I weiße nix wovon du sprichst, Amigo." dreht sich Enrique mit gespielter Entrüstung um und schiebt zwei Baguettes in seinen Ofen.

„Sind die für mich? Ich hab' doch noch gar nichts bestellt?" frage ich Enriques Rücken.

„Heute musse du die Baguettes di Mare nehme." schließt er betont langsam den Ofen und dreht sich wieder um.

„Muss ich?"

„Du musse. Außerdem sinde die andere beide Sorten seit funfe Minute ausseverkauft."

Gäbe es Menschen wie Enrique nicht, man müsste sie umgehend erfinden!

Etwa zwei Minuten später reicht mir Enrique einen wackeligen Pappteller mit zwei Exemplaren seiner neuesten Geschmacksrichtung und eine gut gekühlte Cola über den Tresen.

„Lasse dir gut smecke. Und wenn isse nix gut, musse du mir naturlich auch sage!"

„Klar, mache ich." füttere ich seinen Trinkgeld-Teller noch ein wenig und verabschiede mich in Richtung der Stehtische neben Enriques Imbisswagen. Auf die Frage ob er auch gegen Magenverstimmungen oder Lebensmittelvergiftungen versichert sei, verzichte ich erstmal. Ich vertraue einfach darauf, dass die Chemikalien-Mixtur eines halben Liters Cola die notwendige, ausgleichende Wirkung haben, falls bei den

Meeresfrüchten die berühmte Kühlkette nicht lückenlos eingehalten wurde.

„Guten Appetit, Herr Seifert." höre ich plötzlich, nachdem ich mich gerade an das zweite der beiden Baguettes herangewagt habe.

„Frau Voss. Zufall Nummer zwei heute. Oder verfolgen Sie mich etwa?" lache ich, wodurch sich beinahe ein paar der kleinen, ehemaligen Meeresbewohner vom Baguette in Richtung Frau Voss verabschieden.

„Keine Sorge, Stalking betreibe ich nur nebenberuflich. Und wenn, dann auch nur an den Wochenenden." antwortet sie mit einem so seriösen Tonfall, dass ich dir das für einen Moment sogar abnehme. Soviel Spontaneität und Humor kenne ich gar nicht bei ihr. Und ich kann mir mehr als gut vorstellen, dass der Grund dafür ihre heutige Begegnung mit dem lieben Ouzo-Udo sein dürfte.

„Dann bin ich ja beruhigt." greife ich mir theatralisch mit der rechten Hand an meine linke Brustseite.

„Und vielen Dank nochmal für Ihre Hilfe vorhin. Ich glaube, ich habe jetzt das Richtige gefunden." deutet sie auf zwei großen Tüten, aus denen jeweils drei grünliche Flaschen herausragen.

„Das freut mich sehr. Udo, also Herr Scharnitzky, ist absoluter Profi." unterdrücke ich meinen Reflex, sie zu fragen, ob sie heute Mittag möglicherweise nicht nur *das* Richtige, sondern vielleicht auch *den* Richtigen gefunden hat. Zudem bekomme ich gerade ein wenig den Eindruck, dass Udos Getränkeempfehlungen nicht nur verbaler Art waren, sondern dass er der lieben Frau Voss auch noch das eine oder andere Probierschlückchen verabreicht hat. Denn außer einem leichten Eau de Meeresfrucht wabert hier irgendwie auch ein leicht alkoholhaltiges Tiefdruckgebiet durch die Luft.

„Kennen Sie Herrn Scharnitzky denn schon lange?“ fragt sie etwas verlegen.

„Das kann man so sagen. Ich kenne ihn schon seit meiner Kindheit.“ spüle ich einen weiteren Bissen mit einem großen Schluck Cola nach.

„Wirklich?“ scheint sie mir diese Aussage nicht so recht glauben zu wollen.

„Wirklich! Er war früher mal mein Erdkunde- und Musiklehrer. Und in diesen beiden Fächern gab es reichlich Verbesserungspotenzial.“ sage ich. Und nach einer kleinen Kunstpause ergänze ich noch: „Also Verbesserungspotenzial bei mir.“

„Erdkunde und Musik waren die Lieblingsfächer meiner Schulzeit.“ errötet Frau Voss heute nicht zum ersten Mal.

„Ich hatte es irgendwie mehr mit Sport und den großen Pausen.“ zucke ich mit den Schultern.

„Hihi. Sie sind ja lustig. Aber wieso hat er denn jetzt einen Getränkemarkt?“ legt der Rot-Ton ihres Gesichts noch eine Nuance zu.

„Das war quasi der zweite Bildungsweg.“ sage ich und gebe ihr einen Kurzabriss über Udos Lehrerleben, seine Vorliebe für griechische Inseln und deren ausuferndes Getränke-Angebot sowie dem spontanen Entschluss, seine pädagogische Laufbahn recht abrupt und überdeutlich vor seinem Eintritt ins Pensionsalter zu beenden. Und natürlich auch, dass Letzteres gleichbedeutend mit seinem Ehe-Aus war.

„Ach herrje. Der arme.“ seufzt sie hörbar. Allerdings scheint in diesem Seufzer auch eine gewisse Erleichterung über Udos Familienstand mitzuschwingen.

„Keine Sorge. Ich glaube, so gut wie ihm sein neues Leben gefällt, besteht da keine Gefahr einer Rückkehr in sein altes Leben. Weder beruflich noch privat.“ zwinkere ich ihr vielsagend zu.

„Wenn Sie meinen, Herr Seifert. Aber ich glaube, ich muss dann mal wieder." beugt sie sich zu ihren beiden Tüten herunter.

„Soll ich Ihnen behilflich sein?" frage ich.

„Sehr nett. Vielen Dank. Aber essen Sie erstmal in Ruhe fertig. Sieht ja gut aus. Muss ich auch mal probieren." zeigt sie auf das noch übrige, halbe Baguette auf meinem Pappteller.

Ich würde besser erstmal abwarten, ob da im Laufe des Nachmittags nicht noch eine größere Anzahl Krankenwagen vor dem *Honäsch* vorfährt, denke ich mir.

„Musse Sie probiere. Isse die neue Kreation von die spanische Baguette-Mann." verzichte ich auf den medizinischen Ratschlag und imitiere stattdessen mehr schlecht als Recht Enriques spanisch-deutsches Verbalkauderwelsch. Im selben Moment fällt mir ein, dass sich die beiden aber bisher ja noch nie getroffen haben. Und somit hat sie keine Ahnung von seiner hin und wieder recht originellen Interpretation deutscher Grammatik. Dementsprechend irritiert schaut sie abwechselnd ein paarmal mich und das halbe Meeresfrüchte-Baguette an.

„Erkläre ich Ihnen ein anderes Mal." winke ich schnell ab, bevor sie mich fragt, ob alles OK bei mir sei. Nicht zuletzt auch, weil mir ein Blick auf mein Telefon die Uhrzeit 12:56 anzeigt. Höchste Zeit also, so langsam mal den virtuellen roten Teppich für die Düsseldorfer auszurollen. Außer der Uhrzeit sehe ich auch noch den Hinweis, dass zwei Nachrichten von Bastian eingegangen ist. Ich wusste gar nicht, dass ich ihm mal meine Telefonnummer gegeben habe. Geschweige denn warum.

„Alles klar. Dann wünsche ich Ihnen einen schönen Nachmittag." schaut Frau Voss immer noch ein wenig irritiert und greift sich ihre beiden Tüten.

„Danke, den wünsche ich Ihnen auch, Frau Voss."

Ich sehe ihr noch kurz nach auf ihrem Weg zurück ins Büro, und habe dabei irgendwie den Eindruck, dass ihr Gang heute etwas beschwingter ist als sonst. Kann aber auch an Enriques kleinen überbackenen Meeresbewohnern liegen. Sollte dem tatsächlich so sein, muss ‚verzerrte Sinneswahrnehmungen' in der Liste möglicher Risiken und Nebenwirkungen auf jeden Fall dann ganz oben stehen!

Auf dem Weg zurück in den *Honäsch* schaue ich noch schnell, was mir Bastian geschrieben hat; bei einer der Nachrichten handelt es sich um ein Foto. Da ich aber, als ich gestern Abend das *Aquarium* verlassen habe, im Großen und Ganzen noch Herr meiner Sinne war, kann es eigentlich nichts mit mir zu tun haben. Ich hoffe nur, Premieren-Enrique und *Aquarium*-Profi Patrick haben sich gestern nicht noch so danebenbenommen, dass es sich hier dümmstenfalls um ein offizielles Hausverbot handelt. Und ich solle es den beiden jetzt auch noch irgendwie schonend beibringen.

Ich drücke auf ‚öffnen'. Als erstes öffne ich seine Nachricht

12:42 Uhr: Hi Rüdiger. Das hast du gestern hier liegen lassen. Brauchst du das noch oder kann ich das wegschmeißen?

OK, jetzt bin ich gespannt auf das Bild und tippe auf ‚öffnen'.

12:43 Uhr: Foto

Ich brauche weniger als eine Sekunde um zu erkennen, was ich da sehe. Das Foto zeigt Bastians Tresen. Und auf dem liegt, zwar leicht zerknittert und auch nicht mehr ganz taufrisch, aber dennoch eindeutig zu erkennen, Gerstners Frage-und-Antwort-Zettel für die Mystery Shopper.

ZWÖLF

Punkt 12:59 Uhr bin ich zurück bei den Fliesen und Kacheln. Und weit und breit ist kein Kunde in Sicht. Auch gut, denke ich mir, dann kann ich vielleicht doch noch mal kurz bei Julia anrufen. Und hoffentlich kommt nicht nochmal diese alberne Marktdurchsage! Aber gerade so als könne jemand meine Gedanken lesen, ertönt in diesem Moment die mir mittlerweile bestens vertraute Stimme von oben:

„Sie möchten Ihrer Terrasse eine Frischzellenkur gönnen? Dann schauen Sie heute doch mal bei unseren Fliesen und Kacheln vorbei. Wir beraten Sie gerne!"

Na toll. Aber selbst wenn sich dadurch dann doch nochmal diverse Pilgergruppen auf den Weg zu mir machen, wird mich das jetzt nicht mehr vor ernsthafte Probleme stellen, sage ich mir. Schließlich habe ich in den letzten Stunden mehr Fachwissen zu mir genommen als Arnold Schwarzenegger in seinen besten Jahren in Form von Anabolika & Co. Und wenn Enrique hoffentlich weiß, was eine lückenlose Kühlkette für verderbliche Ware ist, dürfte mir das heutige Mittagessen da nicht auch noch spontan einen Strich durch die Rechnung machen.

In diesem Moment klingelt mein Dienst-Telefon. Ohne auf das Display zu schauen, gehe ich ran.

„Seifert."

„Seifert? Gerstner hier. Sind Sie in Position?"

Er fragt mich jetzt nicht wirklich, ob ich in Position sei. Wir sind hier in einem Baumarkt und nicht bei der GSG9, die in wenigen Augenblicken eine entführte Passagiermaschine der Lufthansa stürmen soll.

„Klar. Bin bei den Fliesen."

„Sehr gut. Und Frau Nowak?"

„Äh, keine Ahnung." antworte ich wahrheitsgemäß und in Ermangelung einer in solchen Fällen hin und wieder hilfreichen Kristallkugel.

„Ich erreiche sie nicht. Dachte vielleicht, dass sie sich schon bei Ihnen in Position gebracht hat."

„Nein. Hier ist niemand. Ist unser Besuch denn schon da?" frage ich möglichst neutral, um Gerstners spürbar erhöhten Puls nicht noch weiter zu beschleunigen.

„Gerade eingetroffen."

OK. Diese zwei Worte sorgen jetzt dann doch dafür, dass mein Puls ein wenig an Drehzahl zulegt.

„Frau Nowak hatte heute Morgen am späten Vormittag, wie soll ich sagen, etwas schwierige Kundschaft. Vielleicht hat die sie ja immer noch in Beschlag genommen." sage ich.

„Das kann natürlich sein. Ich komme gleich runter und suche sie. Und Sie bewegen sich keinen Millimeter, Seifert. Wenn die Düsseldorfer in Ihren Gang kommen, lassen Sie sich irgendetwas einfallen und bloß nicht ein Gespräch verwickeln. Verstanden?"

„Verstanden." sage ich, obwohl ich natürlich keine Ahnung habe, wie ich das anstellen soll.

„Gut." höre ich Gerstner noch sagen, bevor mir ein lautes Klicken zu verstehen gibt, dass dieses Gespräch jetzt auch ohne den Austausch weiterer Höflichkeitsfloskeln beendet ist.

Glücklicherweise bleibt es in den nächsten Minuten bei mir im Gang erstmal komplett leer. Ich hoffe inständig, dass Gerstner Julia mittlerweile erfolgreich aus den Fängen ihrer Kundschaft befreien konnte. Denn eine Idee, wie ich die Düsseldorfer davon abhalten soll, mir irgendwelche mysteriöse Fragen zu stellen, ist mir bisher nicht eingefallen.

Wenn letztendlich dann gar nix mehr hilft, müsste ich schlimmstenfalls doch auf die Meeresfrüchte-Lebensmittelvergiftung zurückgreifen. Enrique, das ist nicht persönlich gemeint, entschuldige ich mich bereits virtuell im Vorfeld bei ihm.

Das erneute Klingeln meines Telefons lässt mich zusammenzucken. Dieses Mal schaue ich aber auf das Display, bevor ich rangehe. Und wenig überraschend sehe ich dort den Namen von Herrn Gerstner.

„Hallo Herr Gerstner." verzichte ich darauf, mich mit Namen zu melden.

„Seifert? Sind Sie das?"

Natürlich bin ich das. Wer denn sonst?

„Ja, bin dran." sage ich und verzichte auf die Zusatz-Information, dass mein Butler, der sonst immer meine Anrufe annimmt, heute bedauernswerterweise einen Gleittag genommen hat.

„Also. Gute Nachrichten. Ich habe Frau Nowak gefunden und ihre Kundschaft übernommen. Sie kommt also jetzt gleich zu Ihnen. Sind die Beiden aus der Zentrale denn schon bei Ihnen?"

„Niemand zu sehen." sage ich, schaue aber zur Sicherheit nochmal in beide Richtungen meines Ganges. Und das genau zum richtigen Zeitpunkt. Denn in exakt diesem Moment biegt das Pärchen von Gerstners Foto bei mir in den Gang hinein. Und das Erstaunlichste ist, dass die beiden tatsächlich 1:1 das gleiche Outfit tragen, welches sie auch auf dem Bild anhaben, das damals irgendwo in der Düsseldorfer Zentrale aufgenommen wurde:

1 x Frau, knallbunt.

1 x Mann, grau.

„Gut. Dann bleibt ja noch ein bisschen Zeit.“ atmet Gerstner spürbar erleichtert ins Telefon.

„Jetzt leider nicht mehr. Herr Düssel und Frau Dorf schlendern gerade bei mir in den Gang herein.“ muss ich seine Erleichterung sofort wieder eindämmen.

„Sind Sie sicher?“

„Ganz sicher.“

„Und wo ist Frau Nowak?“

„Keine Ahnung. Aber hoffentlich bald da!“ merke ich, wie meine Nervosität reichlich Fahrt aufnimmt. Glücklicherweise biegt Julia aber genau in diesem Moment aus der anderen Richtung in meinen Gang ein.

„Frau Nowak kommt. Ich lege auf.“

„OK. Viel Erfolg Seifert. Ich …“

Den letzten Satz höre ich nicht mehr, irgendwelche Zusätze wie ‚Ich verlasse mich auf Sie‘ oder ‚Ich hoffe, sie verbocken es nicht‘ kann ich jetzt sowieso nicht gebrauchen. Wichtig ist jetzt nur eins: dass Julia mindestens den einen berühmten Schritt schneller bei mir ist, als die Beiden aus der Zentrale.

„Guten Tag, ich habe gerade die Durchsage gehört. Und da dachte ich mir, ich schaue doch spontan einfach mal bei den Fliesen vorbei. Bin ich da bei Ihnen richtig?“

Halleluja, atme ich durch. Sie war den berühmten Schritt schneller! Denn quasi zeitgleich steht das Düsseldorfer Pärchen jetzt nur noch wenige Meter neben mir und blättert in einem unserer Musterbücher.

„Da sind Sie bei mir genau richtig.“ zeige ich auf mein Namensschild. Auch wenn da natürlich nirgendwo etwas in der Art von ‚Staatlich geprüfter Experte für Fliesen und Kacheln‘ oder etwas Vergleichbares draufsteht.

„Sehr schön. Ich überlege nämlich schon länger, in meinem Flur den Boden mal neu zu machen.“

„Egal, was verfliest werden soll, hier finden Sie ganz bestimmt das Richtige." sage ich mit leicht erhöhter Lautstärke, um sicherzugehen, dass es die Düsseldorfer auch ganz bestimmt mitbekommen.

„Haben Sie denn schon eine Vorstellung hinsichtlich Farbe und Muster?"

„Mir gefallen ja diese, ach wie heißen die doch gleich, diese Muster von früher, wissen Sie was ich meine?"

Gerstner hatte vorgeschlagen, dass sich das Verkaufsgespräch um unsere Vintage-Fliesen drehen sollte. Seiner Meinung nach sei das Gefahrenpotential einer möglichen Falschberatung da am geringsten, weil hier die Kaufentscheidung zu neunundneunzig Prozent sowieso nur aufgrund des Dekors getroffen wird. Und um diese Dinger ja nicht falsch auszusprechen, hatte ich mir zusätzlich noch eine spezielle Eselsbrücke gebaut. Denn lautmalerisch klingt Vintage in etwa so wie Bully Herbigs ‚Winnetatsch' aus dem Film ‚Der Schuh des Manitu'.

„Sie meinen bestimmt unsere Winnetatsch-Fliesen." sage ich zu Julia.

„Genau die." unterdrückt Julia ein Lachen. Und auch das Pärchen aus der Zentrale schaut leicht amüsiert in unsere Richtung.

OK, meine Auswahl vermeintlich genialer Eselsbrücken sollte ich wohl noch mal überdenken.

„Sehr gut. Da haben wir eine große Auswahl. Kommen Sie einfach mit. Ich zeige Ihnen mal ein paar Muster" schiebe ich Julia mit einer virtuell angedeuteten Handbewegung in Richtung der Paletten mit unseren Vintage-Fliesen.

„Sie kommen klar?" frage ich noch schnell in Richtung der beiden Düsseldorfer, die immer noch alibimäßig in den verschiedenen Musterbüchern blättern.

„Jaja, alles gut, danke. Wir haben Zeit." nickt sie freundlich lächelnd, wohingegen bei ihm keinerlei mimische Veränderungen zu sehen sind. Ihr wollt jetzt aber hoffentlich nicht Good Cop, Bad Cop spielen, denke ich mir. Aber falls doch: kein Problem, ich bin dabei!

Glücklicherweise stehen die Vintage-Paletten nicht weit entfernt, sodass Julia und ich unser Gespräch in Zimmerlautstärke fortsetzen können, ohne Gefahr zu laufen, dass die beiden nichts mehr davon mitbekommen.

„Genau sowas habe ich gesucht." zeigt Julia mit gespielter Verzückung auf ein Design mit dem kryptischen Namen ‚Charcoal Lacour Terpentino.'

Frag mich jetzt bitte nicht, wie man das ausspricht versuche ihr mittels eines leicht verzerrten Gesichtsausdrucks telepathisch zu übermitteln.

„Oder die hier. Die ist ja toll." zeigt sie nur wenige Augenblicke später auf eine andere Palette.

Sehr gut, offensichtlich wurde ihr meine virtuelle Bitte hinsichtlich der Aussprache-Problematik korrekt übermittelt.

„Ah, Barcelona Solar. Perfekt für den Flur geeignet. Und ein sehr beliebtes Motiv bei uns." sage ich. Und das, obwohl ich keine Ahnung habe, ob wir von dem Zeug in den letzten Monaten auch nur ein einziges Stück verkauft haben oder möglicherweise solche Unmengen, dass man damit problemlos größere Teile des New Yorker Central Parks zufliesen könnte.

„Ich hab' da ja gar keine Ahnung. Warum sind die perfekt für den Flur geeignet?" zwinkert sie mir zu. Dieses Zwinkern interpretiere ich als Startsignal, jetzt möglichst souverän all die ganzen Produkteigenschaften herunterzurattern, die uns Gerstner feinsäuberlich aufgeschrieben hat – und um damit der kleinen Düsseldorfer Reisegruppe unmissverständlich klarmachen, dass es sich bei mir zweifelsfrei um den größten Fliesenkenner des ganzen *Honäsch*-Imperiums handelt.

„Schauen Sie. Diese Fliesen werden mit sehr hohem Druck gepresst und sind somit nahezu unkaputtbar und wasserdicht. Und das Beste ist, sie sind sogar frostbeständig. Wenn Sie also im Winter mal aus Versehen ein paar Tage lang die Haustür zu lange offenstehen lassen ... kein Problem. Die Barcelona Solar wird Ihnen das nicht übelnehmen."

„Äh, ah ja. Hm. Gut zu wissen."

OK, mit meiner spontanen Improvisation bezüglich einer im Winter versehentlich offengelassenen Haustüre habe ich sie offensichtlich leicht aus dem Konzept gebracht.

„Außerdem hat diese Fliese Rutschsicherheitsgruppe R9, was bedeutet, dass sie trittsicher für Neigungswinkel von bis zu 10 Grad ist. Und dank Abriebgruppe 4 verzeiht sie Ihnen nahezu jede noch so starke Beanspruchung." kehre ich zurück zu Gerstners Gesprächsleitfaden. Und das zu Julias großer Erleichterung, wie mir ihr Gesichtsausdruck in diesem Moment zu bestätigen scheint.

„Rutschsicherheitsgruppe, Abriebgruppe. Was es da alles gibt." spielt Julia nach wie vor die ahnungslose, aber vom Fachwissen des Verkäufers beeindruckte, Kundin.

„Soll ich Ihnen denn noch ein paar andere Designs zeigen oder geht die Reise nach Barcelona?" biege ich inhaltlich auf die Zielgerade des Gesprächs ein.

„Wohin?"

„Nach Barcelona. Barcelona Solar." tippe ich zweimal kurz hintereinander auf das Produktblatt an der Stirnseite der Palette.

„Ach so." schüttelt Julia kurz mit dem Kopf. „Ja, doch, ich denke, das ist genau, was ich gesucht habe."

„Schön. Dann schauen wir mal, wieviel sie benötigen, und ob wir alles vorrätig haben. Dann können Sie vielleicht schon am Wochenende loslegen."

„Das wäre natürlich toll. Vielen Dank."

„Kein Problem. Dafür sind wir ja da." sage ich und drehe mich etwas zu ruckartig in Richtung meines Computers um. Im letzten Moment sehe ich zwar noch, dass Mister Mystery gerade genau hinter mir steht, kann aber nicht mehr verhindern, ihm zwar unbeabsichtigt, aber doch recht schwungvoll das Musterbuch aus der Hand zu schlagen. Dieses fliegt im hohen Bogen auf die andere Seite des Ganges und kommt dort mit einem satten Knall direkt vor einer Palette himmelblauer Küchen-Kacheln zum Erliegen.

„Ach du heilige .... das tut mir leid, ich habe Sie völlig übersehen. Ist Ihnen was passiert?" überzeuge ich mich als erstes, ob ihm der Muster-Ordner bei seinem spontanen Abflug nicht versehentlich ein Ohr abgerissen hat. Oder ob es aufgrund meines Überschwanges nicht noch zu sonstigen, möglicherweise haftpflichtversicherungsrelevanten Begleiterscheinungen gekommen ist.

„Alles OK. Nichts passiert." verzieht er keine Mine und hebt lediglich beschwichtigend beide Hände.

„Na Gott sei Dank. Dieses Ding steht zwar nicht auf der Liste gefährlicher Güter, aber in manchen Ländern könnte sowas vielleicht schon unter die Kategorie ‚unerlaubter Waffenbesitz' fallen." versuche ich die Situation mit einem lockeren Spruch ein wenig zu entkrampfen.

„Aber wahrscheinlich nur, wenn da auch ein paar Original-Fliesen mit drin wären." lacht seine Begleitung, die erfreulicherweise über deutlich mehr Humor zu verfügen scheint als Professor Graues Hemd.

„Original-Produkte sind bei uns lediglich in den Muster-Büchern für Duschkabinen und Badewannen enthalten. Die sind dadurch allerdings etwas sperrig. Vor allem, weil sich die Badewannen immer so schlecht lochen lassen." lege ich noch einen drauf und bücke mich, um den Ordner aufzuheben. Dabei sehe ich mit einem kurzen Blick zu Julia, dass sie mir, mittels leicht nach oben gerollten Augen, wohl irgendwie übermitteln möchte, vielleicht doch besser wieder in den Modus ‚seriöser Verkäufer' zurückzukehren.

„So, das hätten wir." lege ich den Muster-Ordner auf meinen Schreibtisch. „Ich mache gerade noch die Bestellung für meine Kundin fertig und bin dann sofort bei Ihnen."

Bei den Worten ‚für meine Kundin' schaue ich kurz zu Julia herüber. In ihrem Gesichtsausdruck glaube ich so etwas wie ‚Danke. Und jetzt bitte keinen Blödsinn mehr' lesen zu können.

„Keine Eile. Wir schauen uns noch ein wenig um." sagt der Mann und zeigt in Richtung des anderen Endes des Ganges.

„Genau. Kümmern Sie sich erstmal um Frau Nowak und ihre Vintage-Fliesen." ergänzt seine Begleitung und macht sich ebenfalls auf in die gleiche Richtung.

„Vielen Dank für Ihr Verständnis." sage ich erleichtert.

Diese Erleichterung hält ziemlich genau eine Sekunde an.

Hat sie gerade wirklich ‚Kümmern Sie sich erstmal um Frau Nowak und ihre Vintage-Fliesen' gesagt? Als ich mich zu Julia umdrehe, erkenne ich, dass sie sich in diesem Moment exakt die selbe Frage stellt!

„Woher … also wieso weiß die denn bitte …?" stottert Julia.

„… dass du Frau Nowak bist?" beende ich ihre Frage.

„Ich habe keine Ahnung!"

„Ich auch nicht. Ich weiß nur eins."

„Und das wäre?"

„Dass sich Gerstners ach so toller Plan hier wohl gerade feinsäuberlich pulverisiert haben dürfte."

„Das befürchte ich auch."

„Kennst du die beiden denn?"

„Nein, noch nie gesehen. Ich war ja auch noch nie in der Düsseldorfer Zentrale." zuckt Julia ahnungslos mit den Schultern.

„Kannst du sehen, was sie gerade machen?" frage ich, da ich mich nicht getraue, mich zu den beiden umzudrehen.

„Die stehen vor irgendeinem Regal und unterhalten sich. Und das bei scheinbar guter Laune, wenn ich das richtig erkennen kann."

„Na, toll. Wahrscheinlich übermitteln die gerade das Ergebnis nach Düsseldorf."

„Setzen sechs, sitzengeblieben, tippe ich." muss Julia jetzt doch kurz schmunzeln.

„Und ich weiß schon, wer da nicht sitzenbleiben wird, wenn demnächst eine Mail mit dem Betreff ‚Wir waren da neulich mal bei Ihnen zum Überraschungsbesuch' eintrudelt. Da wird jemand definitiv mit überhöhter Geschwindigkeit aus seinem High-Tech-Bürosessel hochschießen."

„Tja, Herr Gerstner, an uns lag's nicht, kann ich da nur sagen." macht Julia eine entschuldigende Geste in die grobe Richtung von Gerstners Büro.

„Das wird er wahrscheinlich ein wenig anders beurteilen, befürchte ich."

„Mit ziemlicher Sicherheit. Aber das ist definitiv nicht unsere Schuld. Sorry, Manfred Gerstner: zero Points from the Düsseldorfer Jury."

„Ich wusste gar nicht, dass du auch nicht gut auf ihn zu sprechen bist. Wie kommt's?" frage ich.

„Andere Geschichte. Unsere beiden Freunde kommen zurück." deutet sie mit ihren Augen in deren Richtung.

„So, Frau Nowak, Herr Seifert. Wir sind Ihnen da wahrscheinlich eine Erklärung schuldig. Wir dürfen uns erstmal vorstellen. Das ist Herr Döbler, ich bin Frau Hellmann. Wir sind von der Zentrale in Düsseldorf."

„Angenehm." antworte ich höflicherweise, obwohl diese Situation für mich gerade in etwa so weit von ‚angenehm' entfernt ist wie Enrique von einem möglichen Michelin-Stern für seine Tiefkühl-Baguettes.

„Frau Hellmann, Herr Döbler." nickt Julia kurz.

„Sie fragen sich sicher, was wir hier machen, richtig?" fragt Herr Döbler mit leicht süffisantem Unterton.

„Sie werden es uns bestimmt gleich sagen." antworte ich möglichst neutral, obwohl jedem klar sein dürfte, dass wir alles was jetzt kommen wird, sowieso schon wissen dürften.

„Sagt Ihnen der Begriff ‚Mystery Shopping' etwas?"

„Klar. Kennen wir."

Ich hätte jetzt wahrscheinlich so getan, als hätte ich noch nie etwas davon gehört. Daher ich bin froh, dass Julia mir da antworttechnisch zuvorgekommen ist.

„Dann muss ich dazu ja nicht mehr viel sagen. Und Sie machen das übrigens sehr gut, Herr Seifert." nickt Frau Hellmann in meine Richtung.

„Äh, ich verstehe nicht ganz." schaue ich sie verwirrt an.

„Ihre Qualitäten als Verkäufer und Berater."

„Ich verstehe nur Bahnhof."

„Franz, willst du die beiden mal aufklären?"

Ja, bitte klär uns mal auf Franz Döbler, denke ich. Gefühlt fahren in meinem Körper gerade mehrere Paletten Vintage-Fliesen die dritte Runde Wildwasser-Achterbahn. Und wenn die früher oder später auf mein heutiges Frühstücks-Quartett oder Enriques neue Baguette-Kreationen treffen sollten, garantiere ich hier für nichts mehr bezüglich möglicher körperlich-unkontrollierbarer Reaktionen.

„Wir wissen, dass unsere Überraschungsbesuche gerne mal, wie soll ich sagen, doch nicht immer so geheim bleiben, wie wir das gerne hätten. Und dass dementsprechend gewisse Vorbereitungen getroffen werden."

OK, das heißt übersetzt wohl, dass Gerstners Spion Jonas Palfrader doch nicht ganz so schlau ist, wie er denkt. Dann erzähl ruhig mal weiter, Franz Döbler.

„Hatten Sie heute Morgen vielleicht schon etwas ungewöhnliche Kunden?" grinst er mich an.

Ach du Scheiße. Er meint jetzt aber hoffentlich nicht Miss Fleurop und ihren Bruder Zollstock-Hubsi.

„Tja, wie soll ich sagen. Es gab da tatsächlich ein etwas eigenwilliges Geschwister-Pärchen." sage ich.

„Das waren meine Frau und ihr Bruder." sagt er so staubtrocken wie sich mein Mund gerade anfühlt.

Und mein Magen teilt dazu sein Unwohlsein noch mittels eines akustisch nicht überhörbaren Glucksens seiner und meiner Umwelt mit.

„Und sie waren sehr zufrieden." beruhigt mich umgehend Frau Hellmann, der meine körperliche Reaktion demnach nicht entgangen ist.

„Freut mich. Danke." sage ich. Und auch wenn ich noch keine Ahnung habe, was in diesem Moment hier gerade vor sich geht, entspannt mich die letzte Aussage von Frau Hellmann zumindest deutlich spürbar.

„Und woher kennen Sie mich?"

Richtig, Julia, das ist hier in der Tat die Eine-Million-Preisfrage. Aber in wenigen Augenblicken dürfte auch das geklärt sein, da die Antwort auf Julias Frage scheinbar auf Frau Hellmanns Telefon zu finden ist

„Hiervon." hält sie Julia mit einem leichten Schmunzeln ihr Telefon entgegen.

„Das Logistikprogramm." seufzt Julia leise und schließt für einen Augenblick die Augen.

„Ich verstehe nicht ganz." schaue ich die beiden abwechselnd an.

„Ich hatte dir doch erzählt, dass ich vor nicht allzu langer Zeit an der Entwicklung des neuen Logistikprogramms beteiligt war."

„Hattest du. Aber was hat das hiermit zu tun?"

„Darf ich?" fragt Julia, nimmt Frau Hellmann deren Telefon ab und reicht es mir.

Auf dem Display sehe ich einen Artikel unseres Intranets mit der Überschrift ‚Das neue Logistikprogramm ist live!'. Und direkt unterhalb der Überschrift sehe ich ein Bild mit drei Personen. In der Mitte: eine strahlende Julia Nowak.

„Ich habe Sie sofort erkannt." zuckt Frau Hellmann mit den Schultern.

„Und damit war dann auch schnell klar, dass hier irgendetwas nicht mit rechten Dingen zugehen dürfte." ergänzt der graue Döbler-Franz.

Julia und ich schauen uns wortlos an, gerade so als würden wir virtuell Schnick-Schnack-Schuck spielen und der Verlierer muss nachher bei Herrn Gerstner die große Beichte ablegen.

„Tja, wir sind dann mal weg, würde ich sagen. Oder hast du noch was?" steckt Frau Hellmann ihr Telefon wieder in ihre Tasche und schaut dabei zu ihrem Kollegen.

„Von meiner Seite nicht." schüttelt er kurz mit dem Kopf.

„Dann Ihnen noch einen schönen Tag. Und, Frau Nowak, Barcelona Solar wäre eine gute Wahl gewesen. Damit habe ich vor ein paar Monaten meinen Flur neu verfliest. Oder wie heißt das hier? Meinem Flur eine Frischzellenkur gegönnt." zeigt sie lachend in Richtung unsere Deckenlautsprecher.

„Danke. Ich denk' mal drüber nach." lächelt Julia etwas gequält zurück.

Nach etwa zehn Sekunden, die sich allerdings eher wie eine halbe Stunde anfühlen, biegen die beiden in den Hauptgang ab. Zum Glück ist in den letzten Minuten keine neue Kundschaft gekommen, denn so wie wir beide gerade hier stehen, dürfte das auf Außenstehende in etwa so wirken, als wären wir hier gerade beim Ladendiebstahl erwischt worden und würden jetzt darauf warten, von unseren Eltern abgeholt zu werden.

„Kommt das nur mir so vor, oder sehen die beiden das deutlich lockerer als wir beide?“ löst sich Julia als erstes von uns beiden aus ihrer mentalen Schockstarre.

„Definitiv. Wahrscheinlich haben die schon so viel erlebt, dass unser kleines Theaterstück bei denen sogar noch als ‚originelle Idee‘ durchgehen könnte.“

„Nur Gerstner dürfte das wahrscheinlich nicht wirklich beruhigen, wenn demnächst dann der Bericht bei ihm reinschneit.“

„Hauptsache die schreiben rein, dass ich nur wenige Stunden davor quasi unbewusst hier meine Meisterprüfung abgelegt habe. So wie sich die beiden von heute Morgen hier verhalten haben, hätte ich mir zwar vorstellen können, dass die nur wenige Stunden zuvor aus der Geschlossenen ausgebrochen sind, aber dass die hier das Back-up für die Zentrale sind? Niemals!“ lache ich.

„Also so wie ich diese Frau Hellmann verstanden habe, werden die das definitiv in ihren Bericht schreiben. Und vielleicht wirst du ja damit sogar der nächste Mitarbeiter des Monats!“

„Bloß nicht. Das würde Gerstner nicht überleben.“

„Ich hoffe, er hat zumindest die Kundschaft überlebt, die er mir vorhin abgenommen hat. Die hatten mir gefühlt mehr

Fragen gestellt, als Günther Jauch in allen bisher gesendeten Folgen von ‚Wer wird Millionär' zusammen. Unglaublich."

„Dann lass' ihn doch noch ein bisschen Verkäufer spielen. So ein bisschen Arbeit an der Front tut ihm auch mal gut."

„Herr Seifert, wo Sie recht haben, haben Sie recht."

Ein paar Minuten später macht sich Julia dann doch auf den Weg zurück in ihre Abteilung. Wir haben beschlossen, uns gegenüber Gerstner erstmal bedeckt zu halten und so zu tun, als wenn alles geklappt hätte. Sollten die Düsseldorfer ihren Bericht also vielleicht sogar auf die Ereignisse des Vormittags begrenzen, wären wir fein raus. Und ich stehe möglicherweise sogar tatsächlich auf der Shortlist zum ‚Mitarbeiter des Monats'. Falls unser nachmittägliches missglücktes Theaterstück dann doch erwähnt wird, haben wir bis dahin zumindest genug Zeit, eine möglichst überzeugende ‚erstauntes Gesicht'-Mimik einzuüben.

Ich hoffe, dass zumindest heute nichts mehr passiert, wofür in irgendeiner Form Bedarf an körperlicher oder mentaler Aktivität besteht. Denn innerlich fühle ich mich in etwa so, als hätte ich gerade einmal den kompletten Ärmelkanal von der französischen bis zur englischen Küste durchschwommen. Bei starkem Seegang. Mit Gegenwind. Und einem großen Karton Vintage-Fliesen auf dem Rücken. Oder, um es anders zu formulieren, es ist höchste Zeit für ein finales Update meines inneren ‚Rüdiger-Seifert-Zustandsberichtes':

1) So platt wie ich gerade bin, wäre selbst die platteste Flunder neidisch auf mich.
2) Mir ist nicht schlecht, was bedeuten dürfte, dass Enrique bei seinen Meeresfrüchten die Kühlkette korrekt eingehalten hat.

3) Das Wort ‚Winnetatsch' ist nur bedingt als Eselsbrücke geeignet, um das Wort ‚Vintage' korrekt auszusprechen.
4) Die Tage von Gerstners kleinem Spion in der Düsseldorfer Zentrale dürften schon bald gezählt sein.
5) Barcelona Solar ist meine neue Lieblingsfliese.
6) Der Titel ‚Mitarbeiter des Monats' war für mich noch nie so nah wie heute.

DREIZEHN

Um Punkt 17:30:00 und keine Milli-Sekunde später drücke ich auf ‚Herunterfahren' an meinem Rechner. Nach dem heutigen Tag müsste das eigentlich mit einem episch-orchestralen Sound unterlegt sein, finde ich und denke mir diesen daher einfach selber dazu. Nach knapp einer Minute erlischt der Bildschirm des Laptops und wenige Sekunden später endet auch sein dezentes Brummen. Höchste Zeit also zu schauen, was sich bei WhatsApp so getan hat in den letzten knapp zwei Stunden.

„8 Nachrichten aus drei Chats" teilt mir mein Sperrbildschirm mit.

Neben den Namen ‚Marie' und ‚Patrick' leuchtet jeweils die Zahl drei, dazu kommt noch eine, mir unbekannte Nummer, von der ich zwei Nachrichten bekommen habe. Als erstes schaue ich natürlich, was Marie mir geschrieben hat:

13:10: Wer war denn dieser bunte Paradiesvogel?

Ich zucke kurz zusammen. War Marie etwa vorhin bei mir im Gang, als uns die beiden Düsseldorfer entlarvt haben. Denn mit ‚bunter Paradiesvogel' kann sie eigentlich nur Frau Hellmann meinen.

13:12: Hat ja richtig rote Bäckchen bekommen, die Gute. Konkurrenz für mich? Sollte ich mir in irgendeiner Form Gedanken machen?

Erst jetzt schaue ich auf die Uhrzeit der beiden letzten Nachrichten und stelle erleichtert fest, dass mit dem ‚bunten Paradiesvogel mit den roten Bäckchen' nur Frau Voss gemeint sein kann.

13:13: Und sie scheint ja eine große Weinliebhaberin zu sein. Du hättest ihr ruhig mit den Taschen helfen können!

Bevor ich die anderen Nachrichten lese, schreibe ich Marie kurz zurück.

17:35: Dir war ja der beinahe explodierte Backofen wichtiger, da hab' ich mir dann halt was Buntes gesucht für die Mittagspause.

17:36: Und wegen der Taschen … Alfons hat ihr die Taschen getragen. Weinliebhaber hilft Weinliebhaberin. Da wollte ich mich natürlich nicht vordrängen. Hahaha.

So, dann mal schauen, was Patrick geschrieben hat. Ich gehe schwer davon aus, dass ihm die nachmittäglichen Ereignisse nicht komplett entgangen sein dürften. Und dass dadurch einige XXL-Fragezeichen bei ihm entstanden sind.

15:35: Was bitteschön macht Gerstner hier bei unseren Tapeten und Wandfarben???

15:36: Foto

Ich öffne das Foto und grinse. Es zeigt einen von mehreren Personen umringten Herrn Gerstner, wie er versucht, ein riesiges, aufgeschlagenes Farb-Musterbuch gleichzeitig an drei farblich unterschiedliche Tapeten dranzuhalten. Tja, Manfred Gerstner, herzlich Willkommen an der Basis, denke ich mir und schließe schmunzelnd das Foto wieder.

Die dritte Nachricht hat er über eine Stunde später geschrieben:

16:41: Hab' Julia gerade das gleiche gefragt. Sie meinte nur, ich solle mal besser dich fragen. Also, Rüdiger Seifert, was geht hier gerade ab? Muss ich irgendetwas wissen?

Na toll. Marie dachte, ich hätte was mit Rotbäckchen Voss. Und Patrick denkt, dass seine Julia und ich was zu verbergen haben. Und das ist dann auch noch so wichtig, dass Gerstner mal eben spontan als Verkäufer bei Tapeten und Wandfarben aushilft. Auch wenn mir Marie nicht abnehmen wird, dass unser Kleingeldmann Alfons auch als Taschenträger eine gute Figur abgeben würde, so weiß sie zumindest schon mal, dass unsere Leucht-Aprikose Sabine Voss definitiv keine Konkurrenz für sie darstellt. Bei meinem schwer verliebten Patrick dürften da allerdings keine zwei oder drei Nachrichten ausreichen, um seine virtuellen Fragezeichen zu beseitigen. Bevor ich mir darüber aber noch mehr Gedanken mache, kümmere ich mich noch um die beiden letzten Nachrichten. Ich habe keine Ahnung, von wem die kommen könnten. Denn die angezeigte Nummer sagt mir so rein gar nichts. Und wenn ich das Profilbild richtig erkennen kann, handelt es sich dabei um die griechische Nationalflagge. Was mir jetzt aber auch nicht wirklich dabei hilft, Licht ins Dunkle zu bringen.

Ich drücke auf öffnen.

13:42: Hallo Rüdiger, Udo hier. Melde dich mal. Geht um Sabine. Danke.

Ouzo-Udo! Klar, deswegen auch die griechische Flagge als Profilbild. Aber woher hat der bitteschön meine Nummer?

13:43: Hab' deine Nummer von Enrique.

OK, manche Fragen sind offensichtlich schon beantwortet, noch bevor ich sie mir überhaupt stelle. Und da ich mich bei ihm nicht wegen ‚Frau Voss' mal melden soll, sondern wegen ‚Sabine', dürfte bei den Beiden in den wenigen Minuten des heutigen Zusammentreffens auch schon in irgendeiner Form Brüderschaft getrunken worden sein. Ob mit oder ohne Küsschen möchte ich mir allerdings nicht wirklich ausmalen. Manche Bilder bekommt man ja trotz intensivster Anstrengungen oft erst Monate später wieder aus dem Kopf.

Ich melde mich morgen Udo, denke ich mir und schließe seine Nachrichten. Und dann werde ich ihm auch gratulieren, denn er hat tatsächlich allen anderen im *Honäsch* etwas voraus. Er ist der Erste, der per du ist mit Sabine Voss. Respekt, Udo Scharnitzky! Darauf einen doppelten Ouzo. Yamas!

Auf dem Weg zum Auto schreibe ich schnell eine Nachricht an Patrick. Nicht dass ihm schlimmstenfalls noch spontan irgendwelche Verschwörungstheorien in den Sinn kommen, nur weil ich mich noch nicht bei ihm gemeldet habe.

17:45: Wir mussten nur mal kurz die Welt retten. Details erzähle ich dir morgen.

Nach einem solchen Tag darf man gerne auch mal ein bisschen übertreiben, finde ich. Und mit diesem erhabenen Gefühl stecke ich mein Telefon ein, lasse mich auf den Fahrersitz fallen und mache mich mit einem entspannt-guten Gefühl auf den Heimweg.

VIERZEHN

Nach den gestrigen Ereignissen fühlt sich der heutige Morgen ein wenig an wie ‚Tag eins' einer neuen Zeitrechnung. Dies scheint aber nur mir so zu gehen, denn sowohl unser Parkplatz als auch die Silhouette des *Honäsch* begrüßen mich auch heute mit der exakt gleichen unmotivierten Neutralität wie an nahezu jedem anderen Tag seit ich hier arbeite. Ich bin heute extra früh losgefahren, um vor Ladenöffnung noch etwas Zeit zu haben, Patrick bezüglich der wichtigsten Geschehnisse des gestrigen Tages auf den neuesten Stand zu bringen. In erster Linie natürlich über die Geschehnisse, die in irgendeiner Form mit Julia zu tun haben. Die Info, dass unsere Frau Voss sich in Ouzo-Udo verknallt hat, hebe ich mir dagegen noch ein wenig auf. Und natürlich auch, dass dieser Knall offensichtlich vollumfänglich auf Gegenseitigkeit beruht.

Um 8:45 Uhr öffne ich die Tür zu unserem Personalraum, der mich wie immer mit einem grenzwertigen Duftmix aus nicht mehr ganz frischem Kaffee und diversen Deodorants der unteren Preisklasse begrüßt. Optisch zusätzlich abgerundet wird dieses heimelige Begrüßungs-Komitee noch durch eine seit Monaten ziemlich nervös flackernde Neonröhre direkt hinter der Tür. Obwohl wir hier bei uns im *Honäsch* wahrscheinlich Hunderte Ersatzröhren rumliegen haben, gehe ich nicht davon aus, dass die in absehbarer Zeit mal ausgetauscht werden wird und somit wird sie hier noch monatelang für eine Art Disko-Atmosphäre sorgen.

Bereits weniger als eine Minute später bin ich umgezogen und will gerade meinen Spind abschließen, als plötzlich

Patrick neben mir steht. Ich erschrecke mich fast zu Tode, da ich ihn nicht kommen hören habe.

„Oha, der Retter der Welt ist eingetroffen. Ich wünsche einen guten Morgen!" sagt Patrick mit einem Gesichtsausdruck als hätte er gestern zwar sechs Richtige im Lotto gehabt, aber im gleichen Moment bemerkt, dass er vergessen hat, den dazugehörenden Schein abzugeben.

„Guten Morgen, Patrick. Sorry, dass ich gestern nur kurz geantwortet hatte, aber das war ein Tag, also ich kann dir sagen."

„Ja, hab' ich gemerkt." ändert sich seine ‚ich-Trottel-hab-den-Lottozettel-vergessen'-Mimik nicht um einen einzigen Millimeter.

„Nur gut, dass ich dich noch vor neun Uhr treffe. Also wenn ich dir erzähle, was gestern hier los war … das glaubst du mir nie!"

„Ja. War bestimmt echt toll."

Oh, oh. Da scheint jemand aber wirklich nicht gut drauf zu sein, denke ich mir. Infolgedessen spüre ich, wie sich unter meinen Achseln und auf meiner Stirn gerade unterschiedlich große Schweißperlen zur Abreise bereit machen.

In diesem Moment lacht Patrick so laut, dass sogar die Neonröhre für einen kurzen Moment vergisst, in ihrem wilden ADHS-Rhythmus zu flackern.

„Äh. Hab' ich was verpasst?" schaue ich ihn fragend an, nachdem er sich wieder gefangen hat. In erster Linie bin ich aber natürlich froh, dass die Existenz von Lottozettel-Vergesser-Patrick wohl nur eine vorübergehende Erscheinung gewesen sein dürfte.

„Nein, nein. Alles gut." gluckst er diese vier Worte mehr heraus, als dass er sie ausspricht.

„Hast du heute schon Einen mit unserem Kleingeldmann genippt? Oder zwei? Genauer gefragt: zwei Große?"

„Herr Wachtmeister. Sie haben mich erwischt!" reißt er die Augen weit auf und presst die Lippen fest zusammen, höchstwahrscheinlich um einen weiteren Lachanfall zu verhindern.

„Ich geb' dir gleich Wachtmeister!" deute ich virtuell einen Tritt gegen sein Schienbein an.

„Entschuldige, Rüdiger, aber nach dem, was ich da alles über dich erfahren habe, musste das einfach sein. Auch wenn ich es gerne noch ein bisschen länger durchgezogen hätte." grinst er.

„OK. Ich habe keine Ahnung, was du alles über mich erfahren hast. Aber wenn es mit dem gestrigen Tag zu tun hat, da bin ich dir tatsächlich eine Erklärung schuldig."

„Es hat." zieht Patrick die Augenbrauen in Zeitlupe nach oben.

„Und verrätst du mir, bevor ich dir alles erzähle, von wem du es erfahren hast? Oder erst danach?"

„Dreimal darfst du raten!"

„Alles klar. So blöd wie du grinst, kann ich es mir schon vorstellen. Und dass es dazu anscheinend auch noch eine aus deiner Sicht erfreuliche Nebengeschichte gibt."

„Herr Wachtmeister. Sie haben mich schon wieder erwischt!"

„Du hast echt nicht mehr alle Tapeten an der Wand. Aber das wird dir dein Betreuer in der Geschlossenen bestimmt schon häufiger gesagt haben, nehme ich an."

„Keine Ahnung, was du meinst. Aber jetzt erzähl' mal. Geht ja hier schließlich nicht um mich, nicht wahr?"

In den nächsten knapp fünf Minuten gebe ich ihm eine komplette Wissens-Druckbetankung mit sämtlichen, zeitlich korrekt sortierten Ereignissen des hollywoodreifen Vortages.

Begonnen mit meinem vergessenen Spickzettel, über Julias Spontan-Inthronisierung zur neuen Hauptperson in Gerstners Plan, den Tschernobyl-Geschwistern und schließlich unserem peinlichen Auftritt vor den Beiden aus der Düsseldorfer Zentrale. Und beinahe hätte ich in meinem chronologischen Redefluss sogar doch noch den Part von Ouzo-Udo und Gerstners Vorzimmer-Aprikose eingebaut; aber damit möchte ich ja noch so lange warten, bis mir Udo gesagt hat, warum ich mich bei ihm melden soll. Nicht, dass die gute Frau Voss einfach nur vergessen hat, zu bezahlen. Und ich hätte daraus kurzerhand ‚Romeo & Julia 2.0' gemacht.

„Tja. Das war's dann auch schon. Also eigentlich ein Tag wie jeder andere, oder?" zucke ich mit den Schultern.

„Stimmt. Nix besonderes." stimmt mir Patrick mimisch zu und versucht, ein möglichst gelangweiltes Gesicht zu machen.

„Also mal im Ernst. Nochmal so ein Tag und schule um auf Kleingeldmann junior und verbringe die Tage lieber mit Alfons auf dem Parkplatz." schüttele ich mit dem Kopf.

„Apropos Alfons. Gibt's da eigentlich schon was Neues?"

„Nicht, dass ich wüsste. Aber wegen diesem ganzen Mystery-Scheiß hatte ich auch noch keine Gelegenheit, mich mit ihm mal etwas ausführlicher zu unterhalten. Und wenn Gerstner jetzt noch das Protokoll der Düsseldorfer bekommt, dürfte seine sowieso schon überschaubare Laune noch ein paar Stufen weiter in den Keller umziehen. Das bedeutet: Mittagspausen mit dem potentiellen neuen Großgrundbesitzer Alfons S. sollten wir erstmal vermeiden."

„Stimmt natürlich auch wieder."

„Es ist übrigens schon kurz nach neun. Heißt: Verlängerte Aufenthalte hier im Spa-Bereich sollten wir auch vermeiden." zeige ich mit einer Handbewegung auf das Chaos im hinteren Bereich unseres Aufenthaltsraums.

„Genau. Spa-Bereich. Ich frage mich nur, wann hier das letzte Mal nass durchgewischt wurde? Ich tippe mal auf den Tag des Mauerfalls." zieht Patrick angeekelt die beiden Nasenflügel demonstrativ nach oben.

„Und dabei hatte ich mich schon so auf den nächsten Fichtennadel-Aufguss gefreut."

„Vorfreude ist ja die schönste Freude. Und wann und warum dir Julia von gestern erzählt hat, das darfst du mir gerne heute Mittag ausführlichst erzählen." grinse ich und öffne die Tür.

„Woher ... äh ... ich hab' doch noch gar nicht erzählt, dass ich das alles von Julia weiß."

„Herr Weber. Ich bin zwar nicht der hellste Fliesen- und Kachelverkäufer des 21. Jahrhunderts, aber dass das irgendwie mit Julia zu tun, das war jetzt wirklich nicht so schwer zu erraten."

„OK. Alles weitere dann heute Mittag."

„Bis heute Mittag. Und wir gehen zu Enrique. Seit gestern hat der Meeresfrüchte im Sortiment. Und er weiß auch was eine Kühlkette ist. Oder wie er sagen würde: eine Kette von die Kuhlung." rufe ich ihm noch schnell hinterher.

Den restlichen Vormittag verbringe ich in der Hoffnung, dass auf dem Display meines Telefons bei einem eventuellen Klingeln ja nicht der Name Gerstner stehen möge. Und mit jeder Minute, in der sich die Mittagspause nähert, scheint sich diese Hoffnung erfreulicherweise auch zu bewahrheiten. Zudem gehe ich davon aus, dass Gerstner heute Morgen, anstatt mit dem Durchschnittsverkäufer namens Rüdiger S., als erstes mit Julia gesprochen haben dürfte, um sich erzählen zu lassen, wie der gestrige Tag denn so verlaufen ist. Und sie wird ihm da mit ihrem unwiderstehlichen Charme bestimmt eine hübsche, blumige Geschichte serviert haben, bei der sie hier und da das eine oder andere Detail entweder weggelassen oder leicht abgewandelt eingebaut hat. Was aus meiner Sicht auch völlig OK ist. Alternative Fakten gibt es schließlich nicht nur in den USA bei Donald Trump! Und während ich mir all diese Gedanken mache, signalisieren mir mehrere kurze Vibrationen in meiner Hosentasche den Eingang einiger Nachrichten.

4 Nachrichten von Patrick.

10:32: Hat Gerstner sich schon gemeldet?

10:50: Oh, oh. Sitzt ihr schon bei Gerstner und er hat euch beiden gerade den Auflösungsvertrag vorgelegt? Wahrscheinlich ohne Abfindung!

11:05: Hallo? Weber an Seifert. Bitte melden. Sonst ruf ich in 10 Minuten bei SAT1 an, dass es einen neuen Fall für ‚Bitte melde dich' gibt.

11:14: Noch eine Minute, dann rufe ich da an!

Zum Glück sind bei der letzten Nachricht noch diverse Emojis angehängt, so kann ich sichergehen, dass hier in Kürze nicht wirklich ein großer Übertragungswagen mit einer aufgedruckten regenbogenbunten Kugel auf der Seite und einer ausfahrbaren Satellitenschüssel auf dem Dach vorfährt. Darüber hinaus fällt mir erst jetzt auf, dass zwischen der ersten und letzten Nachricht fast eine Dreiviertelstunde vergangen ist. Das dürfte bedeuten, dass unser WLAN sich geschwindigkeitsmäßig auch heute mal wieder irgendwo zwischen den Messgrößen ‚Weinbergschnecke' und ‚Landschildkröte' bewegt. Da es mittlerweile schon fast halb zwölf ist, schreibe ich ihm nur kurz zurück, dass er den Fernsehtrupp wieder abbestellen kann, außer vielleicht die könnten mit ihrem Übertragungswagen einen Hotspot erstellen, der hier bis in den letzten Winkel ein Fünf-Balken-Signal sicherstellen kann. Und dass wir alles in der Mittagspause besprechen. Erfreulicherweise werden die beiden blauen Häkchen schon kurz darauf hellblau. Deswegen schicke ich noch schnell eine weitere Nachricht hinterher:

11:26: Julia hat die Abfindung angenommen. Ich nicht, ich werde nochmal nachverhandeln.

Scheinbar ist mir das WLAN gerade wohlgesonnen, denn auch hier werden die Häkchen nach wenigen Sekunden hellblau. Leider kann ich jetzt Patricks Gesicht nicht sehen, aber zumindest kann ich mir bildlich sehr gut vorstellen, wie ihn bei der zweiten Nachricht spontan sämtliche Gesichtsfarbe verlassen haben dürfte.

„Nicht dein Ernst, oder?“ begrüßt mich Patrick um kurz nach zwölf vor dem Haupteingang.

„Auch hallo. Klar. Die Summe war mir einfach zu niedrig. Hunger?“ versuche ich ernst zu bleiben.

„Wie kannst du jetzt bitte an Essen denken? Mein bester Freund und die Mutter meiner Kinder verlassen zeitgleich diesen Laden hier!“ zeigt er mit ausgestreckten Armen und Händen auf die beiden Türen, die sich in diesem Moment mit ihrem bekannten, dumpfen Zischen schließen.

„Wenn das Angebot nicht besser wird, bleibe ich ja noch.“ lege ich ihm beruhigend die Hand auf die Schulter.

„Toller Trost.“ sagt er, wobei das nicht danach klingt, als betrachte er das als eine realistische Option.

„Hast du denn noch nicht mit Julia gesprochen?“

„Nein. Ich hab‘ sie heute noch nicht gesehen. Und auf meine Nachrichten hat sie noch nicht reagiert.“

„Auf deine Nachrichten? Schreibst du ihr kleine Zettel oder schickst du alle zwei Stunden eine dressierte Brieftaube in ihre Abteilung?“ lege ich den Kopf leicht schräg.

„Natürlich nicht." holt Patrick sein privates Telefon aus der Tasche und tippt mit dem Finger auf das Display.

„Oha. Hat da der Buchstabe ‚J' eine neue Mitbewohnerin?"

„Hat er. Aber das bringt mir im Moment leider auch nix." scheint sich Patrick tatsächlich Sorgen zu machen.

„Also, pass auf. Ich habe sie heute auch noch nicht gesehen. Und Gerstner auch nicht. Also habe ich keine Ahnung, ob sich die Düsseldorfer schon gemeldet haben und ob Gerstner möglichweise gerade mit Bluthochdruck in der Notaufnahme eines benachbarten Krankenhauses eingeliefert wurde."

„Aber der Auflösungsvertrag. Und die Abfindung?"

„Welcher Auflösungsvertrag? Und welche Abfindung?" schaue ich ihn mit einem ahnungslos-überraschten Gesichtsausdruck an.

„Du hast mich verarscht!" sagt Patrick, ein paar Sekunden zeitverzögert.

„Man kann es vielleicht ein wenig eleganter formulieren, aber in der Grundaussage gebe ich Ihnen recht, Herr Weber."

„Ich glaube, ich habe mich selten mehr darüber gefreut, verar… äh, auf den Arm genommen worden zu sein, wie heute."

„Sehr schön. Und damit sind wir dann nach deiner, zugegebenermaßen ziemlich guten ‚Beleidigte-Leberwurst-Nummer' von heute Morgen jetzt quitt, würde ich sagen." lache ich.

„Kein Widerspruch! Und jetzt sollten wir mal bei Enrique vorbeischauen. Du warst nämlich nicht der erste, der mir davon erzählt hat, dass er jetzt einen auf mediterran macht."

„Nicht der erste. Aha." grinse ich süffisant

„Nein. Es war nicht Julia, falls du das meinst."

„Julia? … Julia? Wo habe ich diesen Namen schon mal gehört?" tippe ich mir mit nach oben gerollten Augen mit dem rechten Zeigefinger ans Kinn.

„Ich kann gerne mit ein paar Schlägen auf den Hinterkopf nachhelfen."

„Danke. Ich komm bestimmt später noch von selber drauf." winke ich ab.

„Später ist ein gutes Stichwort, scheint mir" zeigt Patrick in Richtung von Enriques Imbisswagen, an dem sich auch heute wieder eine Schlange gebildet hat, die man sonst nur von den Sonderangebotstagen bei Aldi, Lidl & Co. kennt.

„Egal. Dann dauert die Mittagspause heute halt notfalls bis halb drei. Wenn Gerstner schon Post aus Düsseldorf bekommen hat, dürfte es nicht mehr groß ins Gewicht fallen, dass ich die Mittagspause spontan ein wenig verlängert habe."

Es dauert tatsächlich fast eine halbe Stunde, bis wir endlich in Hör- und Riechweite von Enriques Gourmet-Wagen kommen. Da wir nicht wissen, wer hier außer uns vielleicht noch in der Schlange steht, beschränken wir unser Gespräch auf überschaubare Themen wie Wetter, Fußball oder die Sinnhaftigkeit von Nährwerttabellen tiefgekühlter Meeresfrüchte. Denn bei Unterhaltungen, in denen Begriffe wie Gerstner, Umsatz oder Düsseldorf vorkommen, sollte man vorher sichergestellt haben, dass in keinem Fall noch andere Beschäftigte aus dem *Honäsch* in Hörweite sind; und das lässt sich bei einer solchen Schlange natürlich nicht zu einhundert Prozent ausschließen.

„Unser Spanier scheint ja komplett in seinem Element zu sein. Aber wehe, die Dinger mit Frutti di Mare sind aus!" zeigt Patrick in Richtung Enrique, der wieder unnachahmlich mit Grillzange, Baguettes, Papptellern und Servietten jongliert.

„Wird nicht der Fall sein. Ich habe vier Stück vorbestellt." antworte ich, um ihn zu beruhigen.

Ist aber natürlich komplett gelogen.

„Sehr gut. Mit jeder neuen Duftwolke, die hier rüber weht habe ich nämlich mehr Hunger. Und das ist bei Enrique nicht immer der Fall, wie wir beide ja wissen."

„Wasse ist die Falle bei die Enrique? Isse alles in die Ordnung, also nix Falle, Companeros!"

OK, außer seiner Grillzangen-Baguettes-Pappteller-Servietten-Jonglage scheint der gute Enrique auch noch in der Lage zu sein, bruchstückhaft Gespräche aus der Warteschlange mitzubekommen.

„Alles gut, Enrique. Es ging nicht um Fallen." hebe ich abwehrend die Hand und verzichte auf eine grammatikalische Klarstellung des Sachverhalts.

„Fallen? Isse mir irgendetewas runtergefalle?" schaut er hektisch um sich.

„Enrique. Fall, Falle, Fallen. Drei Sachen, die drei völlig unterschiedliche Dinge bedeuten."

„Warum nur seide ihr Deutsche immer so complicado mit die Sprache?" schnippt er mit seiner Grillzange, der man deutlich ansieht, dass sie heute schon eine größere Anzahl Baguettes aus dem Ofen gefischt haben dürfte.

„Da müsstest du mal an anderer Stelle nachfragen. Wir sind nur zwei hungrige Baumarkt-Verkäufer und bekommen bitte viermal Meeresfrüchte."

„Ah. Habe dir gestern gute gesmeckt die Meeresfruchte?" grinst er und hat in diesem Moment offenbar auch die Problematik deutscher Grammatik genauso schnell wieder vergessen, wie sie gekommen ist.

„Absolut. Und ich hoffe, Patrick sieht das in wenigen Minuten genauso." zeige ich mit einer knappen Kopfbewegung in seine Richtung.

„Absolute. Aber warum hast du nix die hubsche Frau mitegebracht, Patrick?" zwinkert Enrique in dessen Richtung.

Na, das nenne ich mal eine interessante Frage!

Ich schaue erwartungsfroh in Richtung des angezwinkerten Patrick, ob er etwas dazu zu sagen möchte, warum er nix die hubsche Frau mitegebracht hat, aber: keine Reaktion. Da Enrique jetzt mich fragend ansieht, signalisiere ich ihm jedoch durch ein kurzes Schulterzucken, dass ich in diesem Fall leider nicht wirklich weiterhelfen könne.

„Ich weiß nicht, wen du meinst." sagt Patrick, und dies mit einer Unschuldsmine, die selbst die süßesten Hundewelpen aus Martin Rütters Hundesendungen nicht besser hinbekommen würden.

„Ah, isse noch geheim. OK. Enrique hate nixe gesagt." verschließt er symbolisch seine Lippen mit Daumen und Zeigefinger seiner rechten Hand.

„Nur zur Info: Ich habe das Thema gerade spontan noch auf die Liste mit deinen zu beichtenden Themen gesetzt." bemerke ich beiläufig.

„Denke ich mir. Und die vier Baguettes gehen auf mich." lacht Patrick.

„Inklusive Getränke! Enrique ich nehme eine große Cola."

„Kommte in zwei Minute. Und die Baguette sinde in eine Minute heiß und kross, Amigos."

„Und? Hab' ich zuviel versprochen?" frage ich Patrick, nachdem er das erste seiner zwei Baguettes verputzt hat.

„Also Käpt'n Iglo muss sich warm anziehen, würde ich mal sagen. Ich habe keine Ahnung, was er da für Gewürze drauf gemacht hat, aber isse tatsächlich mucho delicioso."

„Genau das habe ich ihn letztes Mal auch schon gefragt, aber unser spanischer Steffen Henssler rückt nicht raus damit." zucke ich mit den Schultern.

„Hauptsache es schmeckt, sage ich immer. Und wenn ich den heutigen Nachmittag nicht spontan auf der Mitarbeiter-Toilette verbringen muss, dürfte auch sichergestellt sein, dass da nichts drin ist, weswegen der Wirtschaftskontrolldienst bei seinem nächsten Besuch plötzlich sehr hektisch Gummihandschuhe und Atemmaske anziehen muss."

Schöne Alternativ-Umschreibung für das Einhalten der berühmten Kühlkette. Besser hätte ich es auch nicht formulieren können, denke ich mir.

„Na dann erzähl mal über die neuesten Entwicklungen bei dir und der hubsche Frau, die du heute nix haste mitegebracht. Die Beichte ist eröffnet, würde ich sagen."

„Kann ich vielleicht vorher noch das zweite ...? Wird ja kalt sonst." zeigt er auf das zweite Baguette vor sich.

„OK, aber danach gibt's keine Ausreden mehr, Herr Weber."

Ein gleichzeitiger Blick auf meine Uhr zeigt mir, dass es mittlerweile schon nach ein Uhr ist. Wir sind also seit einigen Minuten mittendrin im kritischen ‚Eigenmächtiges und unerlaubtes Verlängern der Mittagspause'-Zeitfenster. Für einen kurzen Moment überlege ich daher, ob ich die Beichtstunde nicht vielleicht doch besser auf den Feierabend legen soll.

„Also, dann. Wo soll ich anfangen?" sagt Patrick aber noch bevor ich mir weitere Gedanken über eine mögliche Verschiebung machen kann.

„Den Teil mit der Entstehung der Welt, der Eiszeit und dem Bau der Pyramiden kannst du weglassen. Fang einfach damit an, warum du jetzt doch Julias Telefonnummer hast." grinse ich.

„Schade, gerade bei den Pyramiden hatte ich mich besonders gut in die Thematik eingelesen. Aber ok, lasse ich dann mal weg."

„Danke. Ich komme bei Gelegenheit darauf zurück."

„So spannend ist die Geschichte eigentlich gar nicht. Aber ich muss sagen, wenn du mir schon früher davon erzählt hättest, dass hier mal wieder die Düsseldorfer zu Gast sind, hätte ich die Nummer vielleicht doch nicht bekommen."

„Ich verstehe nicht ganz …"

„Ich hatte gestern, sagen wir mal, nicht wirklich viel zu tun. Und da dachte mir, ich schaue mal, was Julia so macht. Als ich sie gefunden habe, sehe ich als erstes, wie sie gerade von einer Kleinfamilie belagert wird, und alle ziemlich durcheinander auf sie einreden. Und noch bevor ich zu ihr rübergehen kann, um sie zu fragen, ob ich irgendwie behilflich sein kann, steht plötzlich Gerstner mit offensichtlich leicht erhöhtem Puls auf der Matte. Und nicht mal eine halbe Minute später verschwindet Julia in deine Richtung und Gerstner übernimmt ihre Kunden."

„Verstehe. DAS hätte mich auch mehr als irritiert." lache ich.

„Klar, deswegen habe ich das ja auch kurz danach noch fotografiert. Das hätte mir ja sonst niemand geglaubt."

„Das Bild ist unbezahlbar. Gerstner an der Verkaufsfront. Hatte kurz überlegt, es auszudrucken und mit Tesafilm unten an den ‚Mitarbeiter des Monats'-Bilderrahmen dranzukleben."

„Ich glaube, für Gerstner war dieses unfreiwillige Verkaufsgespräch irgendetwas zwischen der unheimlichen Begegnung der dritten Art und einer Nahtoderfahrung."

„Und eine Stunde später hast du Julia gefragt, ob sie jetzt die neue Chefin hier ist und ob sie als erste Amtshandlung Gerstner gleich mal auf die Mutter aller hyperaktiven Kunden losgelassen hat." geht mit mir offensichtlich gerade etwas die Phantasie durch.

„So ungefähr." lacht Patrick, dem diese Vorstellung wohl auch ganz gut zu gefallen scheint.

„Aber sie hat nix rausgelassen, wenn ich deine Nachricht von gestern richtig verstanden habe."

„Richtig. Und so wirklich gut gelaunt war sie auch nicht, als sie nach knapp einer Stunde zurückkam."

„Verständlich. Der Nachmittag verlief ja auch eher suboptimal."

„Wie man's nimmt." grinst Patrick.

„Wie man's nimmt?"

„Genau. Denn wenn die Stimmung mal nicht so gut ist, dann fragen Sie Ihren Arzt oder Apotheker. Oder ..."

„Oder Patrick Weber. Den staatlich geprüften Diplom-Frauentröster." schüttele ich mit dem Kopf.

„Korrekt."

„Du bist echt unglaublich, weißt du das?"

„Weiß ich."

„Sie wollte nicht so richtig raus mit der Sprache, was denn passiert sei. Deswegen habe ich ihr meine Handynummer gegeben, falls sie doch noch jemanden zum Reden braucht."

„Und. Hat sie?"

„Nicht wirklich. Aber sie hat mir abends kurz geschrieben und sich bedankt, dass ich so verständnisvoll war. Tja, und seitdem wohnt hier drin eine neue Telefonnummer." tippt er virtuell mit dem Zeigefinger auf sein Telefon.

„Halleluja. Das wurde ja auch langsam mal Zeit! Ich war schon fast so weit, dir ein Date mit Frau Voss zu arrangieren."

„Nicht dein Ernst! Gerstners Aprikose und ich?"

„Sie steht auf dich. Das wirst du ja nicht abstreiten wollen, oder?"

„Schon, aber ..." stottert Patrick.

„Keine Sorge. Dieses Thema hat sich seit gestern Mittag höchstwahrscheinlich erledigt."

„Oh. Wie kommt's?" atmet Patrick hörbar durch.

„Unsere bezaubernde Aprik-ose mutiert gerade zur Aprik-ouzo."

„Aprik-was? Ich bin mir nicht sicher, ob ich dir folgen kann." bildet sich in Patricks Gesicht ein mittelgroßes Fragezeichen.

„Gestern Mittag habe ich sie zufällig bei Ouzo-Udo getroffen. Sie musste irgendwelche Getränke für Gerstner kaufen. Und wer könnte sie da wohl besser beraten als …?"

„Ouzo-Udo!"

„Genau. Unser Ouzo-Udo. Und als sie zwanzig Minuten später wieder rauskam aus seinem kleinen Getränke-Paradies trug sie nicht nur zwei prall gefüllte Einkaufstüten, sondern auch einen Blick, den ich von ihr bisher immer nur dann mal gesehen hatte, wenn sich ein gewisser Patrick Weber in ihrer unmittelbaren Umgebung aufgehalten hat."

„Ernsthaft? Unser Udo und Frau Voss? Herrlich."

„Finde ich auch. Auch wenn du damit natürlich erstmal raus bist aus ihren Hochzeitsplänen."

„Ich weiß zwar nicht, wie ich das verkraften soll, aber ich werde versuchen, irgendwie damit klarzukommen." deutet Patrick ein zerknirschtes Gesicht an.

„Herr Weber, Sie schaffen das. Der ganze Honäsch steht an Ihrer Seite!" lege ich ihm lachend die Hand auf die Schulter.

„Bleibt jedoch noch eine Frage."

„Und die wäre?"

„Ob Udo das genauso sieht. Nur weil unsere Aprikose gerade auf Ouzo-Wolke Nummer sieben schwebt, muss das ja nicht unbedingt auf Gegenseitigkeit beruhen, oder?"

„Stimmt, muss es nicht zwingend. Aber ich bin mir ziemlich sicher, dass auch bei ihm gerade der griechische Frühling ausgebrochen ist. Er ist schon per ‚du' mit ihr und hat mir gestern geschrieben, dass ich mich bei ihm mal ‚wegen Sabine' melden soll."

„Woher hat der denn deine Nummer?“

„Hab‘ ich mich auch gefragt. Hat er wohl von Enrique.“

„Schön, dann steht es bezüglich neuer Telefonnummern zwischen uns jetzt 1:1. Aber irgendwie habe ich das Gefühl, dass ich mit meiner neuen Nummer ein kleines bisschen glücklicher bin als du.“

„Grins‘ nicht so! Vielleicht bekomme ich von Udo zum Dank ja zumindest für einen Monat mal eine kostenlose Getränke-Flatrate oder irgendsowas.“

„Bestimmt. A propos Getränke. Wenn Alfons mit seiner Klage durchkommt, wird der bestimmt als erstes Udos Getränkeladen leerkaufen und daraus seinen neuen Hobbyraum machen, könnte ich mir vorstellen.“

„Definitiv! Blöd nur, dass ich da noch keine neuen Infos habe. Und gesehen habe ich Alfons auch seit ein paar Tagen nicht mehr. Aber ich weiß, wen wir da fragen können.“

„Enrique?“

„Enrique!“

Auch wenn es bei Enrique seit ein paar Tagen in etwa so zugeht wie am ersten Tag der Sommerferien an irgendeinem innerdeutschen Groß-Flughafen, dürfte er dennoch immer mit einem halben Auge beobachten, was sich so alles auf dem Parkplatz tut.

Er ist gerade beim Einklappen seines ‚Heute neu: Baguettes mit leckeren Meeresfrüchten. Zwei zu die Preis von eine!‘-Werbeschildes, als wir bei seinem Wagen ankommen.

„Ah, die hungrige Amigos. Wenn ihr wollte noch eine Nachslag, isse leider schon … wie sage ihr hier in Deutschland … die Ofen aus?“

„Nein, nein, alles gut. War übrigens ziemlich lecker deine neue Kreation. Was nimmst du denn da so für Gewürze?“ fragt Patrick so beiläufig wie möglich.

„Gute Versuch, Patrico, aber da isse schon die Rudiger gescheitert mit die Versuch, an die geheime Resept von die Enrique zu kommen." lacht er.

„OK. Einen Versuch war es wert. Dann muss ich die Dinger halt doch mal vom Veterinäramt untersuchen lassen." zuckt Patrick entschuldigend mit den Schultern.

„Von die Veterinaramt? Isse deine Ernst?"

„Kleiner Scherz."

„Wie oft habe ich schon gesagt, ihr solle nicht immer mache solche Spaße mit die arme Enrique!"

„OK. Kommt nicht wieder vor." sage ich.

„Zumindest heute nicht mehr." ergänzt Patrick.

„Wir sind aber wegen etwas anderem hier. Es geht um Alfons."

„Alfonso? Isse doch was passiert?"

„Weißt du noch, wann du ihn zum letzten Mal gesehen hast? Und war er da irgendwie anders?

„Irgendwie anders? Du meinste, ob die Alfonso mal hate getrunken eine Apfelschorle anstatt eine von die gute Weißweine von die Ouzo-Udo?"

„Nein, das meine ich nicht." schüttele ich mit dem Kopf. Ich kann mir ja viel vorstellen, aber nicht, dass Alfons aus irgendeinem Grund mal abstinent werden sollte. Und schon dreimal nicht, wenn ihm möglicherweise das ganze Areal hier bald wieder gehören sollte.

„Sollen wir ihn einfach mal fragen, ob ihm Alfons vielleicht auch schon was erzählt hat von dieser ganzen Anwaltssache?" flüstert mir Patrick zu.

„Stimmt, warum nicht? Gute Idee."

„Gute Idee ist mein zweiter Vorname!"

„Sag mal Enrique, hat dir Alfons in letzter Zeit mal erzählt, dass es vielleicht bald eine größere Veränderung in seinem

Leben geben könnte?“ falle ich gegenüber Enrique gleich mit fast der kompletten Tür ins Haus.

„Eine großere Veranderung? Wie meinste du das, Rudiger?“ fragt Enrique und wirkt dabei irgendwie ein wenig ertappt, finde ich.

„Er weiß was!“ sagt Patrick.

„Sehe ich auch so.“ bestätige ich und schaue Enrique dabei tief in seine spanischen Augen.

„Enrique. Du weißt doch was. Also raus mit der Sprache!“

„Amigos. Ich bine nicht sicher, ob es die Alfonso so recht ist, wenn ich erzahle, wasse er mir gesagt hat in die Vertraue.“

„Verstehe. Aber ich denke, dass er nicht nur dich ins Vertrauen gezogen hat, sondern auch mich.“ versuche ich ihn zu beruhigen.

„Oh. Hate die Alfonso also mit dir auche gesproche?“

„Zumindest wenn es um das alles hier geht.“ sage ich und zeige mit der linken Hand halbkreisförmig einmal über das ganze Areal.

„Also auch um dein neues Meeresfrüchte-Paradies.“ lacht Patrick und schlägt mit der Hand zweimal deutlich hörbar auf Enriques Imbisswagen.

„Die Alfonso war vor einige Woche bei mir. An die Anfang hate die Enrique nix verstande, was habe die Alfonso gesagt. Aber er war ziemlich aufegeregt und …“ macht Enrique eine nachdenkliche Pause.

„… und er hat dir erzählt, dass er vielleicht das ganze Areal damals zu Unrecht verloren hat und es jetzt eventuell zurückbekommen kann?“

„Si, si. Das heißte also, du weißte auch schon Bescheid, Rudiger?“

„Er hat es mir auch erzählt, ja. Aber weißt du, was ich mir nicht erklären kann?“

„Wasse?“

„Alfons hat mir ein Schreiben eines Anwaltes gezeigt, dass dieser in seinem Namen an meinen Chef geschickt hat."

Schweigen.

„Enrique? Hast du damit etwas zu tun?"

„Hat er bestimmt." mischt sich Patrick mal wieder für einen kurzen Moment ein.

„Also Enrique?" schaue ich ihn erneut sehr intensiv an.

„Die Enrique war's."

„Die Enrique war was?" löse ich mich kurzzeitig vom korrekten Gebrauch der deutschen Grammatik.

„Die Enrique hat die Alfonso die Anwalt vermittelt."

Patrick und ich schauen uns sprachlos an.

„Du hast was?" fragen wir nahezu lippensynchron.

„Ich war die Alfonso doch bissele was schuldig."

Erneut schauen Patrick und ich uns sprachlos an.

„Inwiefern?"

„Du kannste dich doch noch erinnere an die Aktie, die mir die Alfonso damals empfohle hat."

„Oh ja. Der Tag, an dem Senor Enrique das erste Mal vor lauter Freude einen Umlaut ausgesprochen hat." lache ich.

„Si,si. Uber zwanzigtausend Euro Gewinn hate die gluckliche Enrique gemacht." strahlt er.

„Und was hat das mit dem Anwalt zu tun, der jetzt für Alfons arbeitet?"

„Nachdem ich die Gewinn von die Bank bekommen habe, wollte ich die Halfte abegebe an die Alfonso. Aber die Alfonso hate gesagt die nein."

„Das könnte mir nicht passieren!" nuschelt Patrick mit gespieltem Entsetzen.

„Danke für diesen Hinweis. Das hätten wir auch nicht anders erwartet, Herr Weber."

„Und dann?“ wende ich mich wieder Enrique zu.

„Als die Alfonso gesprochen hate von die Angelegenheit mit die Fehler bei die Verkauf damals, wusste die Enrique wie er kann die Alfonso eine Gefallen tun.“

„Ah, so langsam verstehe ich. Aber woher kanntest du den Anwalt?“

„Isse eine gute Kunde von die Ouzo-Udo. Isse sein Anwalt, wenn die Udo mal hat Probleme mit die Lieferanten. Und diese Anwalt hate damals dann fur die Udo auch gemachte die Vertrag mit mir wege die Imbisswagen. Und so isse die Anwalt von die Udo jetzt auch die Anwalt von die Alfonso. Comprende?“ zwinkert Enrique leicht verschwörerisch.

„Comprende, Senor. Und ich brauche wahrscheinlich nicht zu fragen, wer Alfons das iPhone gekauft hat, nehme ich an?“

„Isse eine Geschenk von die Frau von die Anwalt. Hate die iPhone gekauft fur die Tochter, aber war wohl nix die Modell, was die Tochter habe wollte.“

Unglaublich. Ich komme mir gerade vor als wäre ich hier nicht auf dem *Honäsch*-Areal, sondern auf Staatsbesuch im Geburtsland der Selbstlosigkeit. Sollte es also auch so stinknormalen Fliesen-Fachverkäufern wie mir erlaubt sein, Menschen für die Verleihung des Bundesverdienstkreuzes zu nominieren, werde ich Enrique da in Berlin umgehend auf die entsprechende Vorschlags-Liste setzen lassen.

FÜNFZEHN

Auch knapp eine Woche nach dem Mystery-Shopping-Tag gibt es immer noch weder eine Mail von Herrn Gerstner noch eine spätabendliche Einladung in sein Büro, die darauf schließen lassen könnte, er habe von Herrn Düssel und Frau Dorf eine Rückmeldung bekommen, die er gerne mal mit den beiden Hauptdarstellern im Detail besprechen möchte. Auch wenn ich unfreiwillig den eigentlichen Test der Zentrale zwar mit Auszeichnung bestanden haben dürfte, bleibt immer noch das Thema unserer gründlich schiefgelaufenen kleinen Nachmittags-Vorstellung. Und in welcher Gewichtung diese beiden Dinge in die Gesamtbewertung der Zentrale einfließen - das ist somit die wohl entscheidende, noch offene Frage. Was mich zumindest ein wenig beruhigt ist die Tatsache, dass auch Julia hierzu noch keinerlei Rückmeldung von Gerstner bekommen hat.

Dies könnte natürlich auch bedeuten, dass es möglicherweise noch einen ganz anderen Grund für das Schweigen von Oberhäuptling Gerstner gibt: dass nämlich sein kleiner Möchtegern-Agent Jonas Palfrader in Düsseldorf in die Chefetage zitiert wurde – und das, um ihn mal eingehend zu befragen, wie es denn bitteschön sein kann, dass der geheime Besuch aus der Zentrale in unserer Filiale offensichtlich alles andere als geheim war und entsprechende Vorkehrungsmaßnamen getroffen wurden. Und genau diese Problematik dürfte das peinliche Schauspiel von Julia und mir im besten Fall dann zu einer sehr kleinen, vernachlässigbaren Randerscheinung verkommen lassen.

So sehr mir diese Alternative gefällt, wäre diese dann gleichbedeutend mit der Tatsache, dass Herrn Gerstner mein unerwarteter Vormittagsein- und -umsatz herzlich egal sein dürfte. Denn genauso steil, wie meine aktuelle Umsatzkurve temporär nach oben geschossen ist, würde seine Karrierekurve gleichzeitig nach unten gehen. Und zwar im freien Fall. Das gleiche dürfte für Jonas Palfrader gelten, dessen Tage damit in der Düsseldorfer Zentrale ausgezählt sein wären. Vielleicht würden sie ihm ja als kleines Abschiedsgeschenk noch ein paar Tage an der Beschwerde-Hotline gönnen. Am besten setzen sie ihn in der Spätschicht von 16 bis 22 Uhr hin. Zu der Zeit rufen erfahrungsgemäß fast ausschließlich Kunden mit stark erhöhtem Puls an, die vorher stundenlang erfolglos probiert haben, ihre Badezimmer zu verfliesen, Holzbänke zusammenzuschrauben oder Gartenteichfolien zuzuschneiden und zu verlegen. Sollte ihm das also tatsächlich blühen, werde ich da mal so gegen 21.45 Uhr anrufen und mich ausführlich über die Qualität sämtlicher Gartenmöbel beschweren. Oder vielleicht ja auch über die von Fliesen und Kacheln. Das dann aber natürlich mit verstellter Stimme.

Was mich aber deutlich mehr beunruhigt als die möglichen Karriereenden der beiden Flachpfeifen ist die Tatsache, dass ich leider auch in der Rechtssache ‚Kleingeldmann Alfons S. gegen Großspurmann Manfred G.' noch keine neuen Informationen habe. Ich habe Alfons schon eine ganze Weile nicht mehr gesehen, und ich weiß nicht, ob dies ein gutes oder schlechtes Zeichen ist. Und – wenn dem so ist – steht Alfons auf der Seite ‚gutes Zeichen' oder schlimmstenfalls auf der Seite ‚schlechtes Zeichen'?

Mittenhinein in dieses ganze Überlegungs-Gemisch vibriert mein Telefon:

1 neue Nachricht von Marie. Ich drücke auf ‚öffnen'.

11:23: Habe gerade Alfons auf dem Parkplatz getroffen. Er meinte, er hat Neuigkeiten. Kuss.

Kann Marie etwa Gedanken lesen? Oder gibt es wirklich keine Zufälle? Egal. Die Mischung aus ‚Alfons auf dem Parkplatz getroffen' und ‚er hat Neuigkeiten' dürfte bedeuten, dass er a) auch in der Mittagspause noch auf dem Parkplatz sein wird und b) er mich an diesen Neuigkeiten teilhaben lassen möchte. Nur gut, dass ich Marie schon in die Gesamtthematik eingeweiht habe, welche gerade das Leben unseres lieben Alfons ordentlich auf den Kopf stellt. Ansonsten hätte die Aussage, dass er ‚Neuigkeiten habe' zu mehr als nur einem ‚Gibt es etwas, das ich wissen sollte?' bei Marie geführt. So viel ist mal sicher.

Ich schreibe ihr kurz zwei Nachrichten.

11:24: Danke dir. Dann habe ich jetzt wohl ein Mittags-Date mit einem älteren Herrn mit Pudelmütze.

11:25: Kuss

Als nächstes rufe ich Patrick an. Da ich unserem WLAN nur äußerst eingeschränkt vertraue, will ich sichergehen, ihn auf jeden Fall noch vor der Mittagspause zu erreichen.

„Weber. Ihr Berater für alles rund um ein schönes Zuhause mit 100%-iger Wohlfühlgarantie." meldet er sich flötend nach dem dritten Klingeln.

„Weber? Sind Sie das?" imitiere ich Gerstners Stimme mit einem Unterton der Marke ‚schlechte Laune'.

„Oh, entschuldigen Sie bitte, Herr Gerstner. Ich dachte es sei Rüdi... also Herr Seifert. Also weil sein Name auf dem Display..." verliert Patricks Stimme schlagartig ihren Blockflöten-Klang.

„Falsch gedacht.“ bringe ich gerade noch zwei Worte raus ohne loslachen zu müssen.

„Wie gesagt. Tut mir leid, Herr …“

„Patrick. Entspann dich. Ich bin's“ wechsele ich zurück zu meiner Originalstimme und pruste los.

„RÜ-DI-GER SEI-FERT! Bist du komplett wahnsinnig geworden?“ schallt es mir so laut aus dem Hörer entgegen, dass ich ernsthaft befürchte, das kleine Mikrofon im Inneren seines Hörers könnte im Anschluss an die korrekte Übermittlung dieser wenigen Silben umgehend seinen Dienst quittieren.

„Komm, du musst zugeben … der war gut. Und hat sogar gleich zweimal geklappt.“ lache ich.

„Ich geb' dir gleich zweimal geklappt.“ senkt sich Patricks Lautstärke zwar ein wenig, aber ich bin sicher, das kleine Mikrofon zittert immer noch vor Angst.

„Willst du denn gar nicht wissen, warum ich angerufen habe?“ frage ich in einem neutralen Farbton und versuche damit, Patricks gerade offensichtlich stark aus dem Takt gekommenes, inneres Gleichgewicht wieder in die Normalposition zu bringen.

Statt einer Antwort: Schweigen. Außer einem monotonen Rauschen kommt nichts durch das Telefon. Hat das Mikrofon etwa doch kapituliert?

„So, da bin ich wieder. Du hast Glück, dass gerade ein Kunde da war.“ höre ich nach etwa zehn Sekunden Patricks Stimme. Und die hat mittlerweile zum Glück auch wieder ihren normalen Tonfall angenommen. Wer auch immer dieser Kunde war, und was er wollte … Danke!

„Dann kann ich dir ja jetzt sagen, warum ich angerufen habe.“

„Muss ja zumindest was Positives sein. Ansonsten hättest du die Gerstner-Parodie bestimmt nicht gebracht."

Da hat er recht, der verdadderte Herr Weber.

„Und sie war gut, das muss ich leider neidlos anerkennen." ergänzt er.

„Danke."

„Und du hast bestimmt auch vorher geschaut, ob der gute Herr Gerstner nicht gerade zufällig hinter dir steht, oder?"

Daran hatte ich natürlich nicht gedacht.

In Zeitlupe lasse ich das Telefon sinken und drehe mich um. Das Einzige was in diesem Moment hinter mir steht ist aber nur ein etwas schief stehender Werbe-Pappaufsteller mit einem grinsenden Ehepaar, das im Sonnenuntergang auf seiner Terrasse steht und sich offensichtlich sehr darüber freut, wie schön das alles aussieht, seit sie sich für eine Generalüberholung mittels mediterran wirkender Fliesen entschieden haben. Also nochmal Glück gehabt.

„Hab' ich natürlich. Bin ja nicht lebensmüde." beantworte ich daher Patricks Frage betont lässig, wenn auch etwas zeitverzögert.

„Gut. Also, was gibt es denn jetzt so Wichtiges?"

„Es geht um Alfons. Es gibt wohl neue Infos."

„Aha. Und das dürften demnach gute Neuigkeiten sein, richtig?"

„Davon gehe ich aus. Marie hat ihn vorhin getroffen und da meinte er zu ihr, es gäbe Neuigkeiten."

„Das heißt, wir sollten ihm heute Mittag mal einen Besuch abstatten, oder?"

„Exakt. Ich hoffe also, du kannst dich heute Mittag mal loseisen von deiner Julia?"

„Kein Problem. Sie ist heute auf irgendeiner Veranstaltung, um ihr Logistik-Programm vorzustellen."

„Na, wenn das mal kein gutes Timing ist."

„Also dann. Um zwölf bei den Außenkaminen."

„Genau das wollte ich gerade vorschlagen. Bis später."

„Bis nachher. Und das Essen geht auf Sie, Herr Gerstner."

„Geht klar." sage ich. Allerdings in meinem normalen Tonfall. Man weiß ja nie, wer mittlerweile jetzt vielleicht doch gerade hinter einem steht.

Um kurz nach 12 Uhr mache ich mich schnurstracks auf den Weg zu unseren Außenkaminen. Und schon aus der Ferne kann ich erkennen, dass dort heute merkwürdigerweise ungewöhnlich viel los zu sein scheint. Insbesondere rund um unseren Top-Seller, dem ‚Grillmaster Chief 3000', stehen dichtgedrängt ungefähr dreißig Personen, etwa die Hälfte davon wild mit ihren Handys gestikulierend. Meinen ersten Gedanken, dass der gute Alfons möglicherweise eine spontane Party anberaumt hat, verwerfe ich allerdings auch gleich wieder. Denn zum einen hätte er dafür definitiv sowohl Patrick, mich und natürlich auch Baguette-Meister Enrique eingeladen, zum anderen hätte er dann heute Morgen zu Marie nicht einfach nur lapidar ‚es gibt Neuigkeiten' gesagt, sondern wäre diesbezüglich definitiv etwas mehr ins Detail gegangen.

Als ich wenige Augenblicke später den ‚Grillmeister Chief 3000' erreiche, erkenne ich sehr schnell, was der Grund für den Menschenauflauf und die wilde Handy-Gestikuliererei ist. Direkt neben unserem Topseller steht ein Mann in einer Art Kochuniform und hält ein Set aus Grillzange, Grillwender, Gabeln und anderem Kleinzeug in der Hand. Alle paar Sekunden steht jemand anderes neben ihm, doof grinsend und in der bekannten Selfie-Haltung. Da ich keine einzige dieser, mittlerweile gefühlt stündlich gesendeten, Kochsendungen anschaue, habe ich logischerweise auch keine Ahnung, ob es sich bei dem Typ um Germanys Next Top-Koch handelt, oder lediglich um einen dieser 08/15-Köche, die glauben, ein einziger TV-Auftritt rechtfertigt umgehend gleich eine Sonder-Edition irgendeines Grill-Sets. Aufgrund der insgesamt sehr überschaubaren Personenanzahl tippe ich allerdings eher auf eher Letzteres.

Ich hoffe nur, dass unser Alfons nicht auch noch einer von den ganzen Koch-Groupies ist. Per Schnellüberblick stelle ich aber beruhigt fest, dass hier niemand mit blauer Pudelmütze zu sehen ist, der jüngst die Selfie-Funktion des iPhones für sich entdeckt hat. Und damit kann ich auch gleich ausschließen, dass Alfons' Neuigkeit, die er uns mitteilen möchte, in der Entdeckung genau dieser Funktion besteht. Außer dem nicht anwesenden Alfons, suche ich leider auch Patrick vergebens unter den Zuschauern, was bedeuten könnte, dass a) Julia doch früher von ihrer Veranstaltung zurückgekommen ist, oder b) Patrick Alfons bereits gefunden hat und die beiden in diesem Moment gerade den ersten, ein wenig überteuerten, Franzosen entkorken.

Ein kurzer Blick auf mein Handy zeigt mir zum einen, dass es mittlerweile bereits 12:10 Uhr geworden ist, zum anderen den Eingang einer Nachricht von Patrick. Schreib jetzt bitte nicht, dass die Sprechstunde bei Alfons ausfällt, denke ich und tippe auf Öffnen:

12:07: Alfons und ich sind bei den Einkaufswagen. Bei den Grills steht irgendein Möchtegern-Starkoch und nervt.

Tja, hätte ich mal schon vor drei Minuten auf mein Handy geschaut, dann wäre mir dieses bizarre Szenario erspart geblieben.

„Na ihr habt's ja gemütlich hier." begrüße ich die Beiden, als ich wenige Augenblicke später bei der Einkaufswagen-Sammelstelle eintreffe.

„Rüdiger. Wo bleibst du denn? Hast du dir etwa erst noch ein Autogramm von diesem Koch-Kasper geholt?" spüre ich einen leicht ironischen Unterton in Patricks Frage.

„Wehe. Ich wollte gerade anfangen, meine Münzen zu zählen, da kommt dieser Typ in seinem Karnevals-Kostüm und faselt irgendwas von einem Event mit seinen Followern. Was immer das bedeuten soll." schüttelt Alfons mehrfach mit dem Kopf.

Patrick und ich schauen uns grinsend an, denn Begriffe wie ‚Event' und ‚Follower' dürften mit Sicherheit nicht zum Grund-Vokabular unseres Kleingeld-Experten gehören.

„Und dabei ist dieser Riesengrill so gut geeignet, um Münzen zu zählen und eine Flasche Wein abzustellen, ohne dass die gleich runterfällt, wenn man mal zufällig dranstößt." redet sich Alfons noch ein paar Meter weiter hinein in seine Abrechnung mit dem Grill-Set-Verkäufer.

„So ist es! Der Grillmaster Chief 3000 hat einige verborgene Qualitäten, die noch nicht im dazugehörenden Datenblatt des Herstellers aufgenommen wurden." bestätige ich indirekt die von Alfons so zutreffend beschriebenen Zusatzfunktionen.

„Ach, der kann noch mehr?" schaut mich Alfons fragend an.

„Bestimmt kann er das. Aber egal. Lass uns mal lieber über deine Neuigkeiten sprechen, OK?"

Das Wort ‚Neuigkeiten' lässt Alfons erfreulicherweise seinen Groll schnell wieder vergessen, meine ich ihm an seinen Augen ablesen zu können.

„Ihr seid neugierig, Jungs." höre ich ihn verschmitzt durch seinen Bart sagen.

„Alfons!“ sagen Patrick und ich nahezu zeitgleich.

„Is‘ ja gut. Dass diese Baumarkt-Verkäufer auch immer so ungeduldig sind.“ deutet er ein leichtes Kopfschütteln an.

Wenn diese Neuigkeit jetzt gleich tatsächlich irgendwas mit einer neu entdeckten, lustigen Funktion seines Telefons zu tun hat, werde ich ihm dieses Ding umgehend abnehmen und feierlich auf dem ‚Grillmaster Chief 3000‘ durchrösten, schwöre ich mir.

„Also, passt auf Jungs.“ holt Alfons jetzt doch tatsächlich sein Telefon aus irgendeiner seiner unzähligen Manteltaschen heraus.

„Wehe!“ sage ich leise.

„Bitte?“

„Nix. Ich bin nur sehr gespannt.“

Zu meiner großen Überraschung hat Alfons seit unserer letzten Begegnung scheinbar seinen iPhone-Führerschein bestanden, so souverän, wie er es gerade entsperrt und mit nur wenigen Wischern in seiner Foto-Galerie gelandet ist.

„Das ist das neueste Schreiben meines Anwaltes. Lest selber.“ hält er uns sein Telefon entgegen, auf dem ich sofort wieder das bekannte Briefpapier der Anwaltskanzlei erkenne.

„Sehr geehrter Herr Schaumreiter…“ beginnt Patrick vorzulesen.

„Hab dem Anwalt das ‚du‘ angeboten, wollte er aber nicht.“ brummelt Alfons.

„… in der Feststellungsklage Schaumreiter gegen die Honäsch AG … bei der zuständigen Staatsanwaltschaft unter dem Aktenzeichen bla bla bla … innerhalb der nächsten 14 Tage … Klage beim Amtsgericht Düsseldorf …“ überfliegt Patrick das Schreiben.

„Das Beste kommt zum Schluss.“ sagt Alfons, während er gleichzeitig versucht, ein scheinbar im Chip-Schlitz eines

Einkaufswagens verklemmtes Ein-Euro-Stück herauszupfriemeln.

Unfassbar, denke ich mir. Wahrscheinlich steht am Schluss dieses Schreibens, dass Alfons in Kürze Millionär sein wird, und was macht er? Er versucht mit seinem Korkenzieher diesen blöden Euro aus dem Einkaufswagen herauszubekommen!

„… bin ich ziemlich zuversichtlich, dass es bezüglich dieser Klage bereits in Kürze zur Verhandlung kommen wird." liest Patrick die scheinbar entscheidende Passage laut vor.

„Das ist noch nicht der Schluss." schaut Alfons zu uns herüber, wodurch er sich beinahe den Korkenzieher in sein linkes Auge bohrt.

„Ah. Seite zwei." sagt Patrick und wischt einmal kurz über den Bildschirm.

„Alfons! Alfons!!" entfährt es Patrick nach etwa zehn Sekunden, in denen er die bedeutende zweite Seite des Schreibens erstmal nur für sich alleine gelesen hat.

„Nicht schlecht, oder?" antwortet Alfons und setzt erneut den Korkenzieher an.

„Darf ich vielleicht auch mal wissen, was da steht?" frage ich. Im gleichen Moment fliegt eine Ein-Euro-Münze im hohen Bogen über mich hinweg, um nur wenige Augenblicke später, fast in Zeitlupe, in einen Gulli hineinzurollen.

„Scheiße." schaut Alfons ihr traurig hinterher.

„Das musst du selber lesen." gibt mir Patrick Alfons' Telefon.

„Aufgrund der uns vorliegenden Unterlagen sowie vergleichbarer Präzedenzfälle aus den beiden letzten Jahren, ist hier mit großer Wahrscheinlichkeit ein Urteil zu Ihren Gunsten zu erwarten." lese ich und gebe Patrick das Telefon zurück.

„Wahnsinn, oder?“ sagt Patrick und schließt die Bildergalerie auf dem Telefon.

„Alfons, das bedeutet ja …“ stammle ich.

„Genau. Ein Euro weg. Auf Nimmerwiedersehen!“

Patrick und ich schauen uns fragend an, ob dieser Euro gerade tatsächlich wichtiger sein kann als dieser letzte Satz aus dem Anwaltsschreiben.

„Egal, wenn mir das alles bald wieder gehört, kann ich mich immer noch darum kümmern.“ zuckt Alfons zweimal kurz mit den Schultern, um nur eine Sekunde so herzlich loszulachen, wie ich es wahrscheinlich noch nie bei einem Menschen erlebt habe.

Und noch nie habe ich diese Freude einem Menschen so sehr gegönnt wie Alfons in diesem Moment.

„Was genau haben die Düsseldorfer in der Zentrale denn falsch gemacht, als sie das Gelände hier gekauft haben?“ frage ich Alfons, nachdem er sich wieder gefangen hat.

„Das würde mich auch interessieren.“ gibt Patrick ihm sein iPhone zurück.

„Die sind so bescheuert, das glaubt ihr nicht. Und wisst ihr, was das Beste daran ist?“

„Es gibt noch bessere Informationen, als das, was da in dem Schreiben steht?“ ziehe ich beide Augenbrauen nach oben.

„Gibt es. Denn die betreffen unseren guten Freund …“ macht Alfons eine kurze Pause.

„Manfred Gerstner?“

„Manfred Gerstner! Gut erkannt, Patrick.“

„War nicht so schwer zu erraten.“ grinst Patrick.

„Gerstner hatte wohl sämtliche Vollmachten vom Vorstand der Düsseldorfer Zentrale bekommen, um den Kauf des Geländes hier über die Bühne zu bringen. Leider hatte er aber im Bebauungsplan wahrscheinlich noch mehr falsche Angaben gemacht, als Boris Becker in der Auflistung seiner Vermögenswerte, bevor er dann letztendlich doch Insolvenz anmelden musste."

Sapperlott, unser guter Alfons kennt sich also auch im internationalen Promi-Jetset aus, stelle ich überrascht fest.

„Und das heißt … genau?" fragt Patrick.

„Das heißt, dass er zum Beispiel bei der Größe des Gebäudes, der Anzahl der Parkplätze und den anderen Firmen, die hier außer eurem tollen Honäsch angesiedelt werden sollen, sehr … wie soll ich sagen … kreativ und faktenbefreit unterwegs war."

„Unglaublich. Und wie kam das alles raus?" frage ich.

„Ihr kennt doch die Tankstelle auf der anderen Straßenseite, oder?" zeigt er in deren Richtung.

„Klar."

„Der Inhaber wollte erweitern und hier auf dem Gelände eine große Waschanlage bauen. Ein modernes Ding mit so biologisch abbaubaren Reinigungsmitteln."

„Aha."

„Gerstner hat ihm gesagt, so etwas wäre hier nicht vorgesehen und da bräuchte er auch gar nicht bei der Stadt oder sonstwo nachfragen. Allerdings stand das und viele andere nachhaltige Vorhaben in seinem Plan und war einer der Gründe, warum er von der Stadt auch noch reichlich Zuschüsse bekommen hat."

Ich schaue zu Patrick, der offensichtlich genauso wenig wie ich nicht glauben kann, was uns der gute Alfons hier gerade erzählt. Was mich fast noch mehr verwundert als diese Geschichte rund um Gerstners kriminelle Machenschaften ist allerdings die Tatsache, dass ich Alfons noch nie so viel habe reden hören, wie gerade in diesem Moment. Und dazu noch über Dinge, die weder etwas mit Kleingeld noch mit Qualitäts-

Siegeln französischer Weiß- oder italienischer Rotweine zu tun haben.

„Unglaublich. Ich kann nicht glauben, dass Gerstner wirklich gedacht hat, dass er damit durchkommt und ihm da nicht irgendwann mal einer auf die Schliche kommt."

„Ich auch nicht, Rüdiger. Aber manchmal führen zufällige Gespräche mit Tankstellen-Inhabern zu später Stunde auf die richtige Spur." zwinkert er Patrick und mir mehrfach zu, was allerdings eher so aussieht, als hätte seine linke Barthälfte gerade eine kleine Tourette-Attacke.

„Wir wissen übrigens, wer dir bei der Suche nach einem Anwalt geholfen hat." sage ich

„Also nur, falls du uns das auch noch erzählen wolltest." ergänzt Patrick.

Alfons hält für einen Moment inne.

„Enrique. Der Typ ist echt unglaublich. Er hat mich von Anfang in bei allem größtmöglich unterstützt." sagt er mit bewegter Stimme.

„Oder wie er es ausdrücken würde: Hatte großtmoglich unterstutzt die gute Alfonso."

„Genau so würde er es wahrscheinlich ausdrücken."

„Das Schreiben ist ja schon über eine Woche alt. Das heißt, die Klage könnte schon in den nächsten Tagen eingereicht sein?" fragt Patrick.

„Genau. Heute hat er sie eingereicht. Der Anwalt hat mich heute Morgen angerufen. Um kurz vor acht! Könnt ihr euch das vorstellen?" manövriert Alfons mit einem angedeuteten Kopfschütteln das Telefon zurück in irgendeine seiner unzähligen Manteltaschen.

Im Gegensatz zu Alfons' üblichem Tagesablauf stellt ‚kurz vor acht' für Menschen wie mich eine durchaus vorstellbare Uhrzeit dar, allerdings verzichte ich in dieser auf eine dementsprechende Erklärung Situation für Alfons.

„Und was meint dein Anwalt, wann es da zur Verhandlung kommen wird?“ frage ich.

„Das dürfte recht schnell gehen. Der Typ ist Profi, der hat sogar gleich alle Unterlagen von Gerstners chronologisch aufgelisteten Lügereien mitgeschickt.“ grinst Alfons, wie uns sein in die Breite gehender Bart signalisiert.

„Sag mal, hat Gerstner dich eigentlich nie mehr darauf angesprochen, seit du damals bei ihm Büro warst?“ frage ich Alfons.

„Doch, hat er.“

„Und?“

„Nix und.“

Patrick und ich schauen uns fragend an.

„Er hat mir nur gesagt, dass er die Sache irgendwelchen wichtigen Anwälten übergeben werde. Und von denen würde ich dann wieder hören.“

„Schubert, Blessing & Kollegen.“ murmel' ich ganz leise vor mich hin.

„Du kennst die?“

OK, Alfons' Ohren sind also noch nicht von seinem Bart zugewachsen, sondern im Vollbesitz ihrer Funktion.

„Andere Geschichte.“ sage ich. Alfons muss ja nicht unbedingt wissen, dass ich da spionagemäßig bei Gerstner schon aktiv gewesen bin. Zumindest noch nicht.

„Dann bin ich nur noch gespannt, wann Gerstner die Düsseldorfer Zentrale von seinen kleinen Eskapaden in Kenntnis setzen wird.“ grinst Patrick.

„Muss er gar nicht.“

„Muss er gar nicht?“ frage ich.

„Das macht mein Anwalt. Eine Kopie des Schreibens ging parallel ins schöne Düsseldorf.“

Bei den letzten drei Worten zieht sich sein Bart noch mehr in die Breite als gerade eben noch.

„Nur gut, dass du uns das rechtzeitig sagst." schlucke ich hörbar.

„Absolut. Dadurch dürfte sich Gerstners sowieso nur selten gute Laune noch einige Grad weiter in Richtung ‚ewiges Eis' bewegen." ergänzt Patrick mit einem vergleichbaren Schlucken.

„Keine Sorge, Jungs. Ich mach euch einfach zu den neuen Geschäftsführern, wenn ich hier dann bald wieder das Sagen habe." klopft Alfons uns synchron mit beiden Händen auf unsere Schultern.

„Im Ernst?" schaut Patrick ihn mit einer Mischung aus Ungläubigkeit und Entsetzen an. Denn seine Qualitäten liegen eindeutig in anderen Fachbereichen, aber nicht im Segment ‚Geschäftsführung einer Baumarkt-Filiale'. Und bei mir sowieso schon mal gar nicht.

„Natürlich nicht. Ich will doch nicht, dass ihr bald nur noch mit Anzug und Krawatte ins Büro kommen müsst."

„Puh. Und ich dachte schon." atmet Patrick hörbar durch.

„Den Part Geschäftsführung überlässt du besser mal deiner Julia." grinse ich.

„Wem?" fragt Alfons.

„Auch eine andere Geschichte." winke ich schnell ab. Zumal der Sperrbildschirm meines Telefons mir in diesem Moment die Uhrzeit 12:53 signalisiert.

„Na gut, die Herren. Wie wäre es denn jetzt mit einem guten Spät-Burgunder?" greift Alfons hinter sich und hält uns eine ziemlich teuer wirkende Weinflasche unter die Nasen.

„Alfons, hast du mal auf die Uhr geschaut?" fragt Patrick, wohlwissend, dass Alfons die Uhrzeit hinsichtlich seines Wein-Vorschlages ziemlich egal sein dürfte. Und zwar so egal, wie mit Sicherheit auch bei allen anderen Uhrzeiten.

„War ja nur so 'ne Idee." stellt Alfons die Flasche ein wenig enttäuscht wieder hinter sich ab.

„Grundsätzlich natürlich nicht die schlechteste Idee." zwinkere ich ihm versöhnlich zu.

„Na gut. Wenn das hier alles durch ist, akzeptiere ich aber keine Ausreden. Klar, Jungs?" droht er im Spaß mit seinem Korkenzieher.

„Klar!"

„Versprochen!"

Um kurz nach ein Uhr sind wir zurück im *Honäsch*. Und auch wenn alles logischerweise noch so aussieht wie vor einer Stunde, fühlt es sich dennoch irgendwie merkwürdig an. Denn in nicht allzu ferner Zukunft wird all das, was seit Jahren für uns eine Mischung aus Alltag und Irrsinn ist, nicht mehr so sein wie jetzt. Und gerade so als könnten unsere beiden Tapeten-Trottel Martin und Markus Gedanken lesen und hätten das Wort ‚Irrsinn' als ihr Stichwort empfunden, stehen beide plötzlich grinsend vor uns.

„Markus, Martin. So gute Laune heute?" fragt Patrick die beiden mit leicht ironischem Unterton.

„Hm. Haben wir." nicken beide. Und das mit einem Gesichtsausdruck, der mich vermuten lässt, dass im Gehirn der beiden gerade mal wieder der Lüfter ausgefallen zu sein scheint.

„Und verratet ihr uns auch den Grund für eure gute Laune?" neigt Patrick den Kopf leicht schräg nach vorne.

„Wir werden wahrscheinlich die Mitarbeiter des Monats!" grinst Martin und wackelt dabei merkwürdig mit dem Kopf. Offenbar ist nicht nur der Lüfter im Oberstübchen ausgefallen, sondern die beiden haben auch mal wieder deutlich zu lange am Tapetenkleister geschnüffelt.

„Na sowas. Da sage ich doch mal: Herzlichen Glückwunsch, Jungs!" sagt Patrick.

„Danke. Damit hätten wir echt nicht gerechnet." zeigt Markus mehrfach abwechselnd mit seinem linken Daumen auf sich und Martin.

„Wie habt ihr das denn geschafft? Waren Tapeten diese Woche etwa im Supi-Dupi-Sonderangebot?"

Ich bin immer noch sprachlos und Patrick daher sehr dankbar, dass er hier proaktiv die Gesprächsführung übernommen hat. Im selben Moment fällt mir ein, dass wir ja vor Kurzem überall verteilt im Laden massenweise Paletten mit ‚Pu-der-Bär'-Motivtapeten zum Sonderpreis rumstehen hatten. Aber vor lauter Mystery-Shopping und Alfons habe ich nicht mehr darauf geachtet, ob die am Ende auch wirklich verkauft wurden oder doch wieder ins Lager zurückgewandert sind.

„Ja. Diese Bärchen-Dinger. Aber die liefen nich' so doll." murmelt Martin schon fast entschuldigend und beantwortet mir damit unfreiwillig meine mir nur selbst gestellte Frage.

„Ne, nich' so doll." wiederholt Markus, als würde er befürchten, Patrick und ich hätten es nicht schon bei der ersten Erwähnung verstanden.

„OK. Aber wie seid ihr denn dann in die Endauswahl zum Mitarbeiter des Monats gekommen?" legt Patrick Daumen und Zeigefinger seiner rechten Hand fragend ans Kinn.

Das ist in der Tat die entscheidende Frage: Haben die beiden hier tatsächlich ir-gend-et-was zustande gebracht, was mich überzeugen könnte, der IQ der beiden läge vielleicht doch über den Werten für die hausärztlich empfohlene Zimmertemperatur?

„Ich sage nur Madeira."

„Madeira?" frage ich. Wobei die Frage eher von meinem Unterbewusstsein gesteuert zu sein scheint. Denn den Namen Madeira verbinde ich im ersten Moment nicht mit irgendeiner Tapete. Es handelt sich vielmehr um den Namen der Fliesen, die ich am Morgen des Mystery-Shopping-Tages an Frau Fleurop und ihren Bruder Zollstock-Hubsi verkauf habe.

„Ja, wir wussten auch nicht, dass wir eine Tapeten-Serie mit dem Namen im Programm haben." verschränkt Markus selbstzufrieden die Hände vor der Brust und bestätigt damit meine Annahme hinsichtlich einer möglichen Namensüberschneidung zwischen Tapeten und Fliesen.

„Genau. Aber nur bis heute Morgen. Da standen die nämlich in unserer Umsatz-Statistik." ergänzt Martin und verschränkt ebenfalls beide Arme.

Normalerweise würde ich den beiden Synchrom-Armverschränkern jetzt süffisant klarmachen, dass da meine schönen Fliesen im System wohl irrtümlicherweise der Kategorie ‚Tapeten' zugeordnet wurden. Und dass sich damit ihr Traum vom Mitarbeiter des Monats flotter in Luft auflösen wird als das Anbringen der am schnellsten trocknenden Tapete, die wir hier im Programm haben. Aber das behalte ich erstmal für mich. Zumindest so lange, bis klar ist, wie schnell Herr Gerstner hier seinen Posten räumen muss, wenn in Düsseldorf in Kürze die Kopie eines ganz bestimmten Anwaltsschreibens eintrifft. Dann werde ich höchstpersönlich die IT-Kollegen darum bitten, die richtige Zuordnung zu veranlassen. Und damit hätte ich dann auch gleichzeitig das perfekte Abschiedsgeschenk für Gerstners letzten Arbeitstag: Ein Bild von Rüdiger Seifert im „Mitarbeiter des Monats"-Bilderrahmen!

Und für das Bild ziehe ich dann zum ersten Mal in meinem Leben sogar eine Krawatte an!

SECHZEHN

‚Shit. Ich muss mich ja noch bei Udo melden!' schießt es mir durch den Kopf, als ich mir es am Ende dieses turbulenten Tages gerade mit Marie auf dem Sofa gemütlich mache. Nachdem ich sie auf der Heimfahrt vom *Honäsch* bezüglich der positiven Entwicklungen in puncto ‚Alfons und sein baldiges, neues Leben nach dem Ende von Filialleiter Manfred G.' auf den neuesten Stand gebracht habe, hat sie das Grinsen gar nicht mehr aus dem Gesicht bekommen. Als ich ihr dann auch noch von Alfons' Plänen bezüglich Patrick und mir als zukünftigen Geschäftsführern des *Honäsch* erzählt habe, hat sie vor lauter Lachen sogar beinahe ihren kompletten Coffee-to-go über mein Armaturenbrett verteilt.

„Ich muss mich noch bei Udo melden!" sage ich und reiche Marie die Chips, um mein Handy zu holen.

„Bei DEM Udo? Und das um diese Zeit?" fragt Marie.

„Ja und ja."

„Möchte ich wissen warum?"

Eine gute und auch berechtigte Frage. Denn von der sich anbahnenden Romanze zwischen Gerstners Vorzimmer-Julia und unserem Getränke-Romeo hatte ich bisher ja nur Patrick erzählt.

„Du erinnerst dich doch an den bunten Paradiesvogel aus der Mittagspause vor ein paar Tagen."

„Ich erinnere mich. Und auch an deine fehlenden Gentleman-Qualitäten!"

„An was?"

„Schon vergessen? Soweit ich mich erinnern kann, musste die Arme ihre Taschen alleine tragen." schaut sie mich vorwurfsvoll von der Seite an.

„Ach das. Also ich hab's ihr angeboten. Aber sie wollte ja nicht." ziehe ich entschuldigend die Schultern nach oben.

„Hm."

„Nix hm. Aber ich weiß, wer ihr bestimmt bald sehr gerne die Taschen tragen möchte."

„Aber nicht etwa Udo, oder?"

OK, in Kombination mit meinem ‚ich muss mich noch bei Udo melden' war das nicht so schwer zu erraten.

„Diese Antwort ist korrekt. 100 Punkte, Frau Sandner." nicke ich dennoch anerkennend und imitiere dazu mehr schlecht als recht die Stimme von Kai Pflaume.

„Echt jetzt?" scheint sie mir nicht wirklich glauben zu wollen. Naja, würde ich wahrscheinlich auch nicht, wenn mir jemand vormachen will, er sei Kai Pflaume.

„Echt jetzt. Sie war an dem Tag bei ihm im Laden, weil sie irgendwelche Getränke für Gerstner kaufen musste. Und raus kam sie nicht nur mit vier Flaschen was-weiß-ich, sondern auch mit zwei leicht erröteten Bäckchen und einem sehr zufriedenen Lächeln."

„Tja, die einen verlieben sich in den Ouzo-Experten vom Getränkemarkt, die anderen eben in die schöne Bedienung aus der Bäckerei." grinst Marie.

„Ach? Ihr habt auch schöne Bedienungen bei dir in der Bäckerei?" schaue ich sie erstaunt an. „Die musst du mir unbedingt mal vorstellen."

„Ich geb' dir gleich vorstellen, Herr Seifert."

„Ne, nicht gleich. Ich muss doch erst noch Udo schreiben."

Ich liebe es, wenn ich Marie sprachlos machen kann. Und wenn es auch nur für ein paar Sekunden ist.

Mit einer eleganten Bewegung schwinge ich mich vom Sofa und gebe ihr einen Kuss.

„Sag Bescheid, wenn du deine Stimme wiedergefunden hast. Und: Vorstellungs-Termine am liebsten immer in der Mittagspause. Da bin ich am flexibelsten."

OK. Wenn Blicke töten könnten, müsste sich der *Honäsch* morgen definitiv ein neues Verkaufsgenie für Fliesen und Kacheln suchen.

20:21: Hallo Udo, sorry, dass ich mich erst heute melde. Du wolltest was wegen Frau Voss von mir. Gruß Rüdiger.

So – mal sehen, wie lange es dauert, bis er meine Nachricht liest. Noch bevor aber mein Bildschirm aufgrund des ‚Nach-fünf-Sekunden-Timeout'-Modus schwarz wird, wechseln die beiden Häkchen bereits auf hellblau.

Udo, Udo. Man könnte ja fast meinen, du würdest schon ganz ungeduldig auf meine Nachricht warten, schmunzle ich innerlich.

20:22: Rüdiger. Na endlich.

Aha, Anreden, wie ‚hi' oder ‚hallo' entfallen demnach wohl ab einer bestimmten Uhrzeit.

20:23: Ich muss dich was wegen Sabine fragen. Also, Frau Voss. Ihr seid ja noch per Sie.

Dass er mich etwas wegen Sabine fragen muss, weiß ich ja schon, hätte er also eigentlich nicht nochmal schreiben müssen. Ich warte daher erstmal, ob auch gleich seine Frage kommt, oder ob ich da jetzt nochmal ‚Um was geht's denn?' schreiben muss.

20:25: Rüdiger, bist du noch da?

20:26: Nein, ich bin gestern ausgewandert und habe hier in Burundi nur ein ganz schwaches Netz.

20:27: Klar, bin ich noch da. Ich warte auf deine Frage.

20:29: Sehr witzig. Also, es geht um Folgendes: 1.) Warum hast du mir Sabine bisher vorenthalten. 2.) Gibt es auch einen Herrn Voss?

Alles klar; auch wenn ich nicht erwartet hatte, dass er gleich so ins Detail gehen würde. Die erste Frage könnte ich jetzt natürlich damit beantworten, dass man ein so zartes Pflänzchen wie die gute Frau Voss nur ganz langsam und wohldosiert auf die unterschiedlichen Charaktere des *Honäsch*-Biotops loslassen sollte. Und so kurz nach den Bekanntschaften mit den Herrn Gerstner und Alfons wäre es da für Ouzo-Udo vielleicht noch etwas zu früh gewesen.

20:31: Zu Frage Nummer 1: Ich dachte, du bist mit deinem Getränkemarkt verheiratet, da wollte ich nicht für irgendwelche emotionalen Verwirrungen verantwortlich sein.

Ich drücke auf ‚senden'.

20:32: Zu Frage Nummer 2: Ja, gibt es.

Ich drücke erneut auf ‚senden'.

20:32: Kleiner Scherz. Klar gibt es einen Herrn Voss, aber im Gegensatz zu dir meine ich damit ihren Vater. Hahaha.

Uuuund: ‚senden'.

Bei allen Nachrichten wechseln nur wenige Augenblicke später zeitgleich alle Häkchen auf hellblau. Zum Glück. Nicht auszudenken, wenn nur die ersten beiden Nachrichten durchgegangen wären und Vodafone dann, warum auch immer, spontan alle Sendemasten abgestellt hätte.

20:33: Das Netz hier im Honäsch ist wirklich eine absolute Zumutung!

Ah, Udo ist wieder da. Und wenn ich das richtig interpretiere, ist er a) immer noch in seinem Getränkeparadies und b) nutzt tatsächlich das vorsintflutliche *Honäsch*-WLAN, anstatt sich selber einen Router zu leisten.

20:40: Sehr witzig heute, mein ehemaliger Nicht-Musterschüler.

Sieben Minuten zwischen der ersten und zweiten Nachricht. Udo, wenn das nicht Grund genug ist, dir mal einen eigenen Router zu kaufen, dann weiß ich auch nicht!

„Was schreibt Udo denn?" höre ich plötzlich vom Sofa rüberrufen.

„Er will mich anzeigen, weil ich ihm Frau Voss bisher noch nicht vorgestellt hatte."

„Kein Problem. Den Prozess gewinnst du. Wir nehmen dafür einfach Alfons' Anwalt. Bei dessen zu erwartender Provision, verteidigt der dich bestimmt umsonst."

„Er ist jedenfalls ziemlich on fire wegen Frau Voss. Er wollte wissen, ob es einen Herrn Voss gibt."

„Und, gibt es einen?"

„Keine Ahnung. Einen Ring trägt sie jedenfalls nicht. Und irgendwelche Bilder auf dem Schreibtisch habe ich bei ihr auch noch nicht gesehen."

„Also ich hab' auch kein Bild von dir bei mir am Brötchenregal aufgestellt." lacht Marie.

Und Ring trägst du auch keinen, denke ich. Naja, noch nicht.

„Meinst du, ich soll ihm schreiben, dass Frau Voss mit sehr stark geröteten Bäckchen aus seinem Laden kam, oder wollen wir ihn noch etwas zappeln lassen?"

20:41: Hast du vielleicht schon ihre Handy-Nummer?

Das WLAN hat gnädigerweise eine weitere Nachricht von Udo durchgestellt.

20:42: Ne, hab' ich nicht, aber ich gebe ihr gerne deine. Service des Hauses.

20:43: Ja, mach mal.

20:43: Oder … ne, vielleicht doch nicht.

20:43: Wobei, doch, gib sie ihr mal.

Na, da scheint jemand aber gerade ein wenig unentschlossen zu sein. Drei Nachrichten innerhalb einer Minute.

Und das verbunden mit einer zweimaligen 180-Grad-Meinungsänderung. Wenn das die gute Frau Voss wüsste, welche emotionale Achterbahnfahrt sie da bei Udo ausgelöst hat. Und ich hätte mir auch nie träumen lassen, dass ich mal Amor spielen würde für meinen ehemaligen Musik- und Erdkundelehrer der sechsten Klasse, aus dem dann per zweitem Bildungsweg der größte Ouzo-Experte im Umkreis von fünfzig Kilometer werden sollte.

20:45: Also pass auf, Udo, ich sage ihr morgen, dass du noch ein paar neue, auch für Vorstände geeignete, Rotweine reinbekommen hast. Und dass sie sich bei dir melden soll, wenn sie da vielleicht noch mal eine Beratung braucht. OK?

20:46: Rüdiger, das ist genial.

Naja, ich finde es eher recht simpel und naheliegend, aber sein ‚genial' nehme ich natürlich auch.

20:46: Ich weiß.

20:47: Ich sag' Bescheid, wenn sie sich meldet. Und wenn nicht, dann auch.

OK. Frag' mich aber jetzt bitte nicht, wie lange du warten sollst, bis sie sich meldet, denke ich.

20:47: Was denkst du, wie lange soll ich warten, bis sie sich meldet?

Warum hab' ich es gewusst, dass er es doch fragen wird, schüttele ich mit dem Kopf.

20:48: Gibt ihr zwei bis drei Monate.

20:49: Sehr witzig. Sei bloß froh, dass ich nicht mehr dein Lehrer bin. Ansonsten wäre spätestens jetzt deine Versetzung mehr als nur gefährdet!

Bevor ich mir eine originelle Antwort darauf überlegen kann, kommt noch eine zweite Nachricht von ihm hinterher.

20:50: Wenn was draus wird, wirst du mein Trauzeuge.

Hui. Udo hat also nochmal ein, zwei Gänge hochgeschaltet auf dem Weg in Richtung Wolke sieben.

20:52: Geht klar. Ich schaue gleich mal, ob mir mein Kommunion-Anzug noch passt.

Um 20:53 schickt Udo das Daumen-hoch-Emoji. Damit dürfte es von seiner Seite erstmal keine weiteren zu klärenden Punkte geben und die heute Konversation d'amour wohl beendet sein.

„Bist du noch wach?" frage ich in Richtung Sofa.

„Bin ich. Alles geklärt mit Udo?"

„Alles geklärt. Dein genialer Freund weiß halt einfach, was in solchen Fällen zu tun ist." zeige ich mit beiden Daumen auf mich.

„Und was ist in seinem Fall zu tun?" grinst Marie.

„Für ihn erstmal gar nix. Ich gebe Frau Voss morgen Udos Handynummer, der Rest liegt dann nicht mehr in meiner Hand. Heißt für Udo also zunächst mal: Abwarten und Tee trinken."

„In seinem Fall dann wohl eher abwarten und Ouzo trinken." prostet mir Marie virtuell zu.

„Oder so. Ach übrigens: Hast du noch das Kleid von deiner Kommunion? Könnte sein, dass du das bald mal wieder brauchen könntest."

SIEBZEHN

Nach dem gestrigen WhatsApp-Schriftverkehr mit Udo steht das Thema Nummernübergabe logischerweise auf Platz eins meiner heutigen Prioritäten-Liste. Mein erster Gang als Postillion d'amour führt somit direkt zu Frau Voss. Sollten meine Fliesen und Kacheln für diese Priorisierung kein Verständnis haben, dürfen sie mich gerne beim internationalen Baumarkts-Gerichtshof verklagen. Ich freue mich auf jeden Fall schon auf ihr Gesicht, wenn ich ihr gleich Udos Nummer gebe – inklusive der Begründung von der Expandierung seines Rotwein-Sortiments.

Komischerweise brennt Licht in allen Fenstern von Gerstners Büro, wie ich feststelle, als ich mich auf den Weg zu ihr mache. Normalerweise beschränkt er sich bezüglich der Büro-Beleuchtung auf seine, mittlerweile schon ziemlich in die Jahre gekommene, und dazu auch noch ziemlich hässliche Schreibtischlampe. Ich kann mich jedenfalls nicht erinnern, jemals eine angeschaltete Deckenbeleuchtung bei ihm gesehen zu haben. Zudem sehe ich unterschiedlich große Schatten an den Wänden und den Fenstern hin- und hertanzen. Das alles wirkt auf mich nicht nur reichlich ungewöhnlich, sondern darüber hinaus auch so, als dürfte das alles nichts Positives zu bedeuten haben.

Ich atme einmal tief ein und will gerade an die Tür klopfen, da bemerke ich, dass diese einen kleinen Spalt geöffnet ist. Aus dem Vorzimmer kommt jedoch nicht ein einziges Geräusch, welches vielleicht etwas Licht in die Situation bringen könnte, die sich da gerade in Gerstners Büro abspielt. Ich öffne die Tür ein wenig mehr, und zwar gerade so weit, dass ich den Schreibtisch von Frau Voss sehen kann. Aufgrund der völligen

Stille, die mir nach wie vor entgegenschlägt, nehme ich aber nicht an, dass sie am Platz ist. Vielmehr gehe ich davon aus, dass es sich bei einem von den vielen, in Gerstners Büro rumzappelnden Schatten um Frau Voss handeln dürfte.

Aber: falsch gedacht.

Frau Voss sitzt kerzengerade und wie versteinert an ihrem Platz. Und würden sich nicht ein paar der vielen Blumen auf ihrer Bluse ganz leicht auf und ab bewegen, müsste ich jetzt schlimmstenfalls vom Schlimmsten ausgehen. Ihr Blick ist leicht in Richtung von Gerstners Tür gerichtet, die Hände ruhen auf der Tastatur ihres Laptops, was fast ein wenig den Anschein erweckt, sie würde von diesem gerade künstlich beatmet. Ich öffne die Tür noch ein Stückchen weiter und hoffe auf ein mögliches Quietschen, um die gute Frau Voss aus ihrem vermeintlichen Trance-Zustand wieder ins Hier und Jetzt zurückzuholen. Leider tut mir die Tür aber nicht diesen Gefallen, daher mache ich mittels eines leichten Hüstelns auf mich aufmerksam.

Aber: keine Reaktion.

„Frau Voss?“ hauche ich in ihre Richtung.

Ein leichtes Zucken ihres linken Mundwinkels scheint mir zu verstehen geben, dass erste Teile ihres Körpers wieder aufnahmefähig sind für externe Einflüsse. Mehr aber auch nicht. Denn der Rest von Frau Voss verharrt auch weiterhin im Modus ‚kerzengerade mit gleichzeitiger künstlicher Beatmung per Laptop‘.

„Frau Voss, alles OK bei Ihnen?“ erhöhe ich sowohl den Detailgrad meiner Ansprache als auch die dazugehörende Lautstärke.

Wie in Zeitlupe wendet sie den Kopf in meine Richtung. Ihren Gesichtsausdruck und was mir dieser möglicherweise mitteilen möchte, kann ich jedoch beim besten Willen nicht interpretieren. Ich beschließe noch ein paar Augenblicke zu warten, bevor ich meinen dritten Versuch unternehme, sie aus ihrer Schockstarre zu befreien.

„Herr Seifert. Hallo. Herr Gerstner ist beschäftigt." sagt sie genau in dem Moment, in dem ich meinen dritten Versuch starten will. Diese sieben Worte hören sich aber so monoton an, als hätte eine künstliche Intelligenz Besitz von ihrem Körper ergriffen und würde jetzt zu mir sprechen.

Ich widerstehe meinem ersten Impuls, Ihre Worte mit ‚Frau Voss, Gott sei Dank, da sind Sie ja wieder' zu erwidern, strahle sie aber zumindest an. Dieses Anstrahlen führt bei ihrer Mimik jedoch zu keiner spürbaren Veränderung.

„Ich wollte auch gar nicht zu Herrn Gerstner, sondern zu Ihnen." trete ich etwas näher an ihren Schreibtisch. Dabei kann ich erkennen, dass der Bildschirm ihres Laptops schwarz ist. Je nachdem auf welche Zeit sie ihr Bildschirm-Timeout eingestellt hat, könnte dies bedeuten, dass sie schon seit längerer Zeit in dieser Position verharrt. Natürlich nur, wenn der Laptop überhaupt schon an ist.

„Ich glaube, das ist gerade kein guter Moment." sind die nächsten Worte aus ihrem Mund. Beruhigenderweise klingen diese schon ein wenig mehr nach der Frau Voss, die ich kenne. Beunruhigenderweise verheißt der Inhalt aber nicht wirklich etwas Gutes.

„Was ist denn passiert?"

„Herr Gerstner hat gerade Besuch aus der Zentrale. Unangekündigt."

„OK. Das dürfte dann tatsächlich kein so guter Moment sein." sage ich und verzichte auf eine Nachfrage, ob denn vielleicht auch Vertreter einer Anwaltskanzlei dabei sind.

„Sie haben sogar die Deckenbeleuchtung angemacht.“ löst Frau Voss ihre Hände von der Tastatur.

Ich muss ein Lachen unterdrücken. Eine bessere Umschreibung für die Tatsache, dass hier gerade etwas gar nicht in Ordnung ist, wäre auch mir nicht eingefallen. Da dürfte also wahrscheinlich selbst bei den Brasilianern nach deren 1:7-Niederlage gegen Deutschland bei der WM 2014 noch eine bessere Stimmung geherrscht haben, als jetzt gerade in Gerstners Büro, befürchte ich.

„Was meinen Sie denn, was der Grund für den Besuch aus der Zentrale sein könnte?“ frage ich, da Frau Voss mittlerweile mental soweit wieder hergestellt zu sein scheint, um für weitergehende Fragen sowohl empfänglich als auch auskunftskompetent zu sein.

„Herr Seifert, ich glaube, die wollen ihn entlassen.“ flüstert sie. Gerade so als würde ansonsten die Gefahr bestehen, dass man sie durch Gerstners dicke Bürotür hindurch hören könnte.

„Wie kommen Sie denn darauf?“

„Ich habe so Sachen wie ‚nicht mehr tragbar‘ und ‚irreparabler Imageschaden‘ gehört, bevor die Tür zugegangen ist, zeigt sie in Richtung von Gerstners Büro.

Ich kenne zwar nicht den aktuellen Stand in Sachen ‚Schaumreiter gegen *Honäsch*‘, bin mir aber sicher, dass alleine schon das Schreiben von Alfons‘ Anwälten mit der Auflistung der zu klärende Punkte in Düsseldorf zu mehr als nur einer Sondersitzung des Vorstands geführt haben dürfte. Somit kommen die beiden Voss'schen Formulierungen ‚nicht mehr tragbar‘ und ‚irreparabler Imageschaden‘ nicht wirklich überraschend für mich.

„Verstehe, da würde ich mir auch Gedanken in diese Richtung machen.“

„Nicht wahr?“

„Aber noch ist es ja nicht so weit, Frau Voss."

„Was wird denn dann aus mir?" schaut sie mich mit weit geöffneten Augen an und atmet einmal sehr tief ein und wieder aus. Dadurch scheinen die Blumen ihrer Bluse alle gleichzeitig in Bewegung zu geraten, gerade so, als wollten sie noch ein ‚Und was wird denn dann aus uns?' hinterherschicken.

„Keine Sorge, Frau Voss. Egal was mit Herrn Gerstner passiert, ich kann mir nicht vorstellen, dass dies negative Auswirkungen für Sie haben wird."

„Meinen Sie wirklich?" legt sie ihre linke Hand auf meinen rechten Unterarm.

Ja, meine ich, denke ich mir. Und falls doch, wird dir dein zukünftiger Ehemann bei sich im Getränkemarkt bestimmt eine in jeglicher Hinsicht bessere Stelle anbieten können.

„Meine ich!" tätschele ich ihr beruhigend über die Hand.

„Ich hoffe es. Aber ..." schüttelt sie kurz mit dem Kopf, „Aber Sie sind doch eigentlich wegen etwas ganz anderem gekommen, richtig?" fragt sie, gerade so als könnte sie meine Gedanken lesen, in denen Udo ihr gerade den neuen Arbeitsvertrag auf ihr Kopfkissen gelegt hat.

„Das ist richtig. Es geht um Herrn Scharnitzky vom Getränkemarkt."

„Um U ... äh, um Herrn Scharnitzky?" spüre ich, wie sich ihre linke Hand plötzlich leicht in meinen Unterarm verkrampft.

„Genau. Sie waren ja neulich bei ihm und hatten ein paar Getränke gekauft."

„Ob wir die jetzt überhaupt noch benötigen, wage ich gerade etwas zu bezweifeln."

„Das könnte natürlich passieren. Herr Scharnitzky meinte jedenfalls, dass er da ein paar neue Weine aus Italien reinbekommen hätte, und die würde er Ihnen gerne mal vorstellen."

Ich habe genau beobachtet, welche Farbveränderungen die Erwähnung von Udo Scharnitzky bei ihr auslösen und stelle erfreut fest, dass sich hier gerade das nahezu identische rosa einstellt, das es schon nach ihrem ersten Besuch angenommen hatte.

„Hier ist seine Telefonnummer. Vielleicht rufen Sie ihn ja mal an." gebe ich ihr den Zettel mit seiner Nummer und versuche dabei möglichst neutral zu klingen, so als wäre das hier gerade der normalste Vorgang der Welt.

„Aber ... das ist ja eine Handynummer."

Shit. Da hat sie natürlich recht. Udos Getränkeparadies hat ja logischerweise auch eine Festnetznummer. Warum also sollte er ihr seine Handynummer geben? Damit ist auch klar, dass der Begriff ‚genial' für meinen Plan wirklich etwas zu hoch gegriffen war im Regal. Jetzt nur nicht nervös werden, Rüdiger Seifert!

„Richtig. Aber dann kommen Sie direkt bei ihm raus. Bei der Festnetznummer müssten Sie sich erst durch so ein komisches Menü durcharbeiten. Drücken Sie die eins für alkoholische Getränke, die zwei für alkoholfreie Getränke und so weiter. Kennen wir ja alle. Und am Schluss müssen wir dann trotzdem immer noch minutenlang irgendeine schlechte Warteschleifenmusik anhören."

Rüdiger Seifert, das war knapp. Aber diese Erklärung klingt zumindest nicht völlig aus der Luft gegriffen. Blöderweise habe ich natürlich keine Ahnung, ob sich hinter Udos Festnetznummer tatsächlich irgendsoein schlecht programmiertes Menü versteckt. Muss ich ihm also gleich noch schnell mitteilen, diese Notlüge.

„Das stimmt. Aber so schlecht wie die Musik hier im Honäsch kann sie auf keinen Fall sein.“ lächelt Frau Voss.

Dieses Lächeln dürfte bedeuten, dass sie mir meine Notlüge 1:1 abgekauft hat. Und auch, dass die mögliche Entlassung ihres Noch-Chefs Manfred Gerstner in ihrer Prioritäten-Liste gerade Stück für Stück nach hinten durchgereicht wird.

„Danke.“ nimmt sie, fast ein wenig verschämt, den Zettel mit Udos Handynummer und legt ihn ganz vorsichtig auf ihren Schreibtisch. Fast ein wenig so, als stünden darauf die Lottozahlen der nächsten Samstagsziehung.

„Nichts zu danken. Und jetzt wünsche ich Ihnen gute Nerven, sobald sich hier gleich wieder die Tür öffnen wird. Tschüss Frau Voss.“

„Sabine.“

„Äh .. wie bitte?“ bin ich kurz irritiert.

„Sabine. Wäre es nicht langsam an der Zeit, dass wir uns duzen?“

„Ach so, ja klar. Also wegen mir gerne. Ich bin Rüdiger.“

Das kam jetzt zwar ein wenig überraschend, aber wenn ich mir es genau überlege, auch irgendwie genau zum richtigen Zeitpunkt. Denn es wäre ja komisch, wenn der Trauzeuge des Bräutigams auf dem Standesamt dessen Zukünftige noch siezen würde.

„Schön. Freut mich.“ huscht ein weiteres Lächeln über ihr Gesicht.

„Mich auch, jetzt muss ich aber wirklich zurück zu meinen Fliesen und Kacheln. Ich glaube, das käme nicht so gut, wenn ich gleich noch hier bin, wenn die da drin fertig sind.“ zeige ich mit hochgezogenen Augenbrauen in Richtung Gerstners Büro.

„Kann ich dich vielleicht begleiten? Ich wäre nämlich lieber auch nicht hier, wenn da irgendwann die Tür wieder aufgeht."

Für einen kurzen Moment glaube ich, dass sie das sogar ernst meint.

„Kleiner Scherz. Ich befürchte, da muss ich jetzt irgendwie alleine durch." lacht sie.

Sabine, Sabine, du hast eine richtig charmante Seite, stelle ich gerade fest. Und irgendwie hast du die bisher ganz gut verborgen. Sollte Udo also vor ein paar Tagen genau diese Seite von dir kennengelernt haben, kann ich gut verstehen, dass dadurch bei ihm einige Hormone ordentlich in Wallung geraten sind.

Beim Rausgehen schließe ich ganz langsam und leise die Tür. Das letzte was ich dabei sehe ist Sabine, wie sie gerade den Zettel mit Udos Handynummer ganz fest an ihre Blumen-Bluse drückt.

Udo, dein Trauzeuge hat ganze Arbeit geleistet!

Jetzt muss ich nur noch klären, ob er wirklich so ein bescheuertes Telefon-Menü hat. Aber selbst falls nicht, dürfte das keine negativen Auswirkungen für die Zukunft von Sabine und Udo haben. Da bin ich mir genauso sicher, wie ich mir sicher bin, dass der Chef der hiesigen *Honäsch*-Filiale in nicht allzu ferner Zukunft nicht mehr Manfred Gerstner heißen wird!

Auf dem Weg zum Fliesen-und-Kacheln-Gang wähle ich schnell die Festnetz-Nummer von Udos Getränkemarkt. Schon nach dem ersten Klingeln begrüßt mich eine leicht laszive, weibliche Stimme mit den Worten ‚Herzlich Willkommen in Udo's Getränkemarkt. Wir führen über 700 verschiedene Getränkesorten aus aller Welt. Haben Sie eine Frage zu Mineralwasser, Säften oder Mischgetränken, drücken Sie bitte die …". Ich lege lachend auf. Für was die eins, die zwei oder auch die Raute steht, ist mir verständlicherweise komplett egal, und das gleiche gilt für die Warteschleifenmusik, die mich da in Kürze erwartet hätte. Und aufgrund Udos Expertise hinsichtlich den verschiedenen Ouzo-Sorten würde ich diesbezüglich sehr stark auf den Sirtaki in Endlosschleife tippen.

ACHTZEHN

„Patrick Weber. Hallo."

„So förmlich, Herr Weber?"

„Rüdiger?"

„Ja, wer denn sonst? Du siehst doch meinen Namen auf dem Display, oder?"

„Klar. Aber seit neulich glaube ich dir frühestens nach drei Sätzen, dass du es auch wirklich bist."

„Ich nix wisse, wasse Sie meine, Senor Patricia."

„Also ich nehm dir ja viel ab, aber niemals den Enrique!"

„Isse schade, aber naturlich verstandelich."

„Was gibt's denn, dass du mich zu nachtschlafender Zeit störst? Und das dann auch noch mit dieser guten Laune?"

„Ich war gerade bei Sabine."

„Bei wem?"

„Sabine. Dir besser bekannt als Frau Voss."

„Ich verstehe nicht ganz…"

„Ich bin jetzt per du mit ihr."

„Ernsthaft?"

„Ernsthaft!"

„Habt ihr auch Brüderschaft getrunken? So mit Küsschen?"

„Wollten wir, aber dann kam Gerstner dazwischen, unser Weltmeister des falschen Moments."

„Weiß Marie schon davon?"

„Nein. Deswegen rufe ich an. Ich dachte, du könntest ihr das vielleicht schonend beibringen. Also lass mich jetzt bitte nicht im Stich."

„Ich überleg's mir. Aber jetzt mal raus mit der Sprache. Was ist der wirkliche Grund für deine gute Laune?"

„Also ich bin tatsächlich per du mit ihr, hängt aber mit Ouzo-Udo zusammen. Erkläre ich dir ein anders Mal."

„Ich bitte darum."

„Es geht um Gerstner. Er hatte heute Morgen unangekündigten Besuch aus Düsseldorf."

„Oh, oh. Lass mich raten, es ging entweder um euer missglücktes Mystery Shopping oder das Thema mit Alfons?"

„Vielleicht sogar beides. Frau Voss, also Sabine, war völlig runter mit den Nerven, weil sie Dinge wie ‚nicht mehr tragbar' und irgendwas mit ‚Imageschaden' aufgeschnappt hat, bevor die Düsseldorfer mit Gerstner in seinem Büro verschwunden sind."

„Da isses übrigens heute so hell, als würde dort jemand die maximale Leuchtkraft von Landelampen für Großraum-Flugzeuge testen."

„Is' mir auch aufgefallen. Und es bedeutet auf jeden Fall nix Gutes für unseren Herrn Gerstner."

„Du meinst, das war's für ihn?"

„Ich gehe davon aus, dass die Düsseldorfer das Schreiben von Alfons' Anwalt bekommen haben. Und wir wissen ja beide, was da alles drinsteht. Dementsprechend ist nicht davon auszugehen, dass sie hergekommen sind, um Gerstner zu seiner tollen Arbeit zu gratulieren."

„Und damit dürfte auch Julias und dein missratenes Schauspiel für die Mystery Shopper nicht mehr ganz so wichtig sein."

„Wahrscheinlich. Aber sag' Julia noch nichts davon, OK?"

„Ich sage nix. Ich betätige mich da gerne weiterhin als der verständnisvolle, tröstende Kollege und Berater für alle Lebenslagen."

„Das lasse ich jetzt mal unkommentiert. Ich bin jetzt vor allem gespannt, wann wir alle eine Mail mit der Betreffzeile ‚Personalinformation' bekommen."

„Ich tippe auf spätestens heute Nachmittag. Ich stell' also schon mal ein paar Getränke kalt."

„Mach das. Bis später."

„Bisse spater, Enrique."

„Blödmann."

Am frühen Nachmittag ist immer noch keine E-Mail gekommen, die mehr Licht in das Thema bringen könnte. Um ja nichts zu verpassen, habe ich in meinem Outlook in den letzten fünf Stunden wahrscheinlich öfter auf ‚aktualisieren' gedrückt als in meiner kompletten bisherigen Zeit, in der ich im *Honäsch* arbeite. Um 14:32 Uhr ist es dann aber soweit.

„Personalinformation" leuchtet ganz oben, rot und fett, in meinem Posteingang.

Absender: geschäftsleitung@honaesch.de

Im gleichen Moment signalisiert mir mein Handy den Eingang einer Nachricht: „1 neue Nachricht von Patrick Weber". Obwohl ich ahnen kann, was er mir schreiben wird, drücke ich auf ‚öffnen':

14:32: Es ist soweit. Nachricht aus der Zentrale.

Am Ende hat er noch das Emoji mit der startenden Rakete angehängt.

Ich will gerade mein Handy zur Seite legen, da hat schickt er noch eine zweite Nachricht:

14:32: Sollen wir sie zusammen öffnen? Und danach dann gemeinsames Öffnen der gekühlten Getränke.

Hier hat er am Schluss tatsächlich neunmal das Bild mit den aneinanderstoßenden Sektgläsern drangehängt.

Gute Idee, finde ich. Ich schreibe ihm kurz ‚Bin gleich da' und mache mich auf den Weg. Eine solch bedeutende Information hat es in der Tat verdient, entsprechende gewürdigt zu werden. Und anstoßen kann man ja schließlich auch nicht alleine.

Knapp dreißig Sekunden später biege ich in Patricks Gang ein und sehe ihn mit einem breiten Grinsen am Schreibtisch sitzen. Zurückgelehnt im Sessel und mit beiden Füßen auf der Tischkante. Ein Anblick, der bei Kunden möglicherweise zu der Frage führen könnte, ob sie hier tatsächlich in einem Baumarkt sind oder nicht vielleicht doch eher im Büro eines drittklassigen Privatdetektivs.

„Nimm mal die Füße runter. Noch wissen wir nicht, was in der Mail steht. Vielleicht bezieht sich die ja auch auf die eher nur recht bescheidenen Umsätze der beiden Herren Seifert und Weber." tippe ich auf seine Fußspitze.

„In wenigen Augenblicken werden wir es wissen." deutet er mit seinem Kugelschreiber auf die nach wie vor ungeöffnete Nachricht im Posteingang seines Outlooks und schwingt gleichzeitig seine Füße vom Tisch.

„Und die Getränke stehen auch schon bereit, wie ich sehe." deute ich auf einen leicht angestaubten Piccolo neben seinem Rechner.

„Ist noch vom letzten Jahr, aber schmeckt bestimmt immer noch einigermaßen." lacht er.

„Na dann wollen wir mal, oder?"

„Herr Seifert, wir wollen mal!"

Die Mail enthält überraschenderweise nur sehr wenig Text, stelle ich fest, nachdem Patrick sie geöffnet hat. Es sind genau drei Absätze.

„Liebe Mitarbeiterinnen und Mitarbeiter" murmel' ich leise vor mich hin.

„Ha. Mit sofortiger Wirkung!" stößt mir Patrick im gleichen Moment seinen Ellenbogen in meinen Blinddarm-Bereich. Er scheint im Text also schon weiter zu sein als ich.

„Moment, ich bin nicht so schnell."

„Wird es in Kürze auch Veränderungen hinsichtlich der Besitzverhältnisse der hiesigen Honäsch-Filiale geben." spüre ich erneut seinen Ellenbogen, während ich gerade erst bei der Passage ‚wird Herr Gerstner uns mit sofortiger Wirkung verlassen' bin.

„Das muss ich mir ausdrucken und einrahmen!"

OK, Patrick ist also schon durch. Und das was ich bisher gelesen habe, rechtfertigt zweifelsfrei bereits jetzt schon einen Ausdruck. Und das unbedingt auf teurem Papier. Verbunden mit einer angemessenen Rahmung.

„Mach gleich zwei Ausdrucke. Einen zum Einrahmen, einen für Alfons."

„Ausdrucke sind in Arbeit. Ich mach schon mal auf." versucht sich Patrick am widerspenstigen Drehverschluss des leicht angestaubten Piccolos, während ich noch den letzten Absatz der Mail lese, in dem die Geschäftsleitung Herrn Gerstner obligatorisch-nüchtern Alles Gute für seine Zukunft wünscht.

„Unglaublich. Gerstner und Alfons tauschen quasi die Rollen." sage ich leise und drücke auf das kleine Kreuz oben rechts, um die Mail zu schließen.

„Was hast du gesagt?"

„Dass Gerstner und Alfons ja jetzt quasi die Rollen tauschen."

„Stimmt. Und vielleicht vermacht ihm Alfons ja zum Abschied noch seine blaue Pudelmütze." lacht Patrick und hat mittlerweile auch endlich den Kampf gegen den Schraubverschluss gewonnen.

Auch wenn ich froh bin, dass das Kapitel Manfred Gerstner jetzt beendet ist, so wünsche ich ihm dennoch nicht wirklich eine ähnliche Karriere wie die unseres Alfons', König Kleingeldmann dem Ersten. Aber sollte er dennoch komplett abstürzen, so würde er sich ganz bestimmt ein anderes

Einzugsgebiet aussuchen als das *Honäsch*-Areal, soviel ist mal sicher.

„Herr Seifert." reißt mich Patrick aus meinen Vorstellungen über die möglichen Gerstner'schen Zukunftsoptionen und reicht mir einen Pappbecher, der so aussieht, als wäre er heute nicht das erste Mal im Einsatz.

„Danke."

„Auf das Ende einer Ära und auf den Beginn einer neuen!" legt er den Kopf leicht in den Nacken und stößt seinen Pappbecher an meinen.

Eine bessere Formulierung wäre auch mir nicht eingefallen, denke ich, und stoße an.

„Puh, der schmeckt irgendwie nach den Resten von unserem Holzzuschnitt." schüttelt sich Patrick einmal durch, nachdem er einen ersten Schluck genommen hat.

„Herb wäre noch leicht untertrieben." röchele ich und stelle den Becher schnell auf den Tisch, da ich stark husten muss.

„Frohe Weihnachten 2019 und Alles Gute für 2020 wünscht Elektro Güldner." liest Patrick vor, nachdem er auf der Rückseite der Flasche einen leicht vergilbten, glitzernden Aufkleber entdeckt hat.

„Weihnachten 2019?" huste ich. „Ehrlich?"

„Ja, leider ehrlich." verzieht Patrick das Gesicht.

„Wer hatte da vorhin ‚ist noch vom letzten Jahr, aber schmeckt bestimmt immer noch einigermaßen' gesagt?"

„Da lag ich wohl um ein paar Jahre daneben. Aber immerhin ist er ja noch flüssig und noch nicht pulverisiert."

„Toll, dann ziehe ich meine Kritik natürlich zurück." japse ich.

„Wir holen nachher bei Ouzo-Udo was Angemesseneres. Versprochen." signalisiert mir Patrick per gespreiztem Zeige- und Mittelfinger. „A propos Udo, du bist mir da noch eine Erklärung schuldig, warum Frau Voss für dich jetzt neuerdings Sabine ist. Und vor allem, was unser lieber Udo damit zu tun hat."

„Gib mir eine Sekunde. Dein Antik-Piccolo steckt bei mir irgendwie noch auf halber Strecke fest."

„Soll ich nochmal nachschenken?"

„Wehe!"

Etwa eine Minute später hat dankenswerterweise das staubige Gefühl in meiner Speiseröhre nachgelassen und ich kann Patrick einen Kurzabriss zu den Geschehnissen aus Gerstners Vorzimmer geben.

„Udo & Sabine. Gegensätze ziehen sich an, würde ich mal sagen, oder?"

„Absolut. Und du bist damit ab sofort natürlich endgültig abgemeldet bei ihr." zucke ich bedauernswert mit den Schultern.

„Kann ich gut mit leben." grinst Patrick.

„Herr Weber, diesen Blick kenne ich."

„Ich weiß nicht, wovon Sie sprechen." grinst er sogar noch etwas mehr.

„Julia?" schaue ich ihn an.

„Julia!"

„Soso. Könnte ich dazu dann bitte vielleicht auch mal ein Status-update bekommen?"

Statt einer Antwort greift Patrick zu seinem Telefon und wischt ein paar Mal auf dem Display hin und her.

„Reicht das als Status-Update?" gibt er mir sein Telefon.

Ich sehe ein Selfie von Julia und Patrick, aufgenommen irgendwo in einem Park. Und die Tatsache, dass sie ihm mit geschlossenen Augen einen Kuss auf die Backe gibt, dürfte somit als Status-Update voll und ganz ausreichen.

„Keine weiteren Fragen. Und natürlich: Herzlichen Glückwunsch! Wurde ja auch mal Zeit." gebe ich Patrick sein Telefon zurück.

„Danke. Wurde es wirklich."

„Und warum bitteschön muss ich da erst nachfragen, um hier auf den neusten Stand gebracht zu werden?" ziehe ich die Augenbogen nach oben.

„Ja, tut mir leid. Ich kann's ja selbst noch nicht so wirklich glauben, dass wir jetzt zusammen sind."

„Ich hoffe nur, du hast schleunigst dein Adressbuch bereinigt, vor allem hinsichtlich von Kontaktdaten diverser Verkäuferinnen, zum Beispiel von Haus und Garten Wuttke." lache ich.

„Haus und Garten Wuttke? Nie gehört?" zuckt Patrick mit den Schultern.

„Haus und Garten Wuttke? Wollt ihr etwa zur Konkurrenz abwandern?" steht plötzlich Julia neben uns. „Und dann auch noch Sekt trinken ohne mich. Meine Herren, ich bin schwer enttäuscht!"

„Das hier ist ein 2019er Elektro Güldner. Mal probieren?" tippt Patrick an seinen Becher. Und das mit Sicherheit in erster Linie um zu verhindern, dass sie fragt, was wir da gerade bezüglich Haus und Garten Wuttke besprochen haben.

„Hui, der ist aber wohl schon leicht überfällig." riecht sie und verzieht leicht angewidert das Gesicht.

„Fanden wir auch. Und dabei ist der erst knapp fünf Jahre alt." lacht Patrick.

„Herzlichen Glückwunsch übrigens." sage ich zu Julia.

„Glückwunsch? Wozu?"

„Ich habe es Rüdiger gerade gesagt. Also das mit uns." grätscht Patrick erklärend dazwischen.

„Das mit der Schwangerschaft? Aber damit wollten wir doch noch ein wenig warten, Schatz." schaut sie ihn entsetzt an.

„Die Schwangerschaft?" entweicht in Sekundenbruchteilen sämtliche Farbe aus Patricks Gesicht.

Nach dem 2019er Elektro Güldner sorgt diese Frage bei mir zum zweiten Mal innerhalb weniger Minuten für einen leicht trockenen Hals. Ich traue Patrick ja einiges zu, aber dass er seine Vorstellung von Frau, Haus und Kindern so schnell in die Tat umgesetzt hat, überrascht selbst mich jetzt.

„Kleiner Spaß." schaut sie erst Patrick, dann mich mit einem sehr breiten Grinsen an.

„Dir geht's irgendwie ein bisschen zu gut heute, kann das sein?" fragt Patrick, dessen Gesichtsfarbe gerade fast genauso schnell zurückkehrt, wie sie sich eben noch verabschiedet hatte.

„Abersowasvon. Und ich gehe stark davon aus, dass die Mail aus Düsseldorf auch der Grund für eure kleine Sektrunde hier sein dürfte, richtig?" setzt sich Julia schwungvoll auf Patricks Schoß.

„Patrick hat sie schon zweimal ausgedruckt. Einmal, um sie angemessen einzurahmen. Und einmal für unseren Kleingeldmann." stimme ich kopfnickend zu.

„Dann ist das also wirklich wahr? Euer Maskottchen Alfons Schaumreiter wird hier bald wieder der Eigentümer?"

„Wenn wir bei der Mail zwischen Zeilen richtig gelesen haben, dürfte die Formulierung… Moment" zieht Patrick einen der beiden Ausdrucke zu sich „…also dann dürfte die Formulierung ‚Veränderungen hinsichtlich der Besitzverhältnisse der hiesigen Honäsch-Filiale' genau das bedeuten." drückt er Julia strahlend an sich.

„Und unser nicht ganz so glücklicher Auftritt beim Mystery Shopping dürfte somit maximal noch eine kleine Aktennotiz sein, irgendwo abgelegt auf einem Laufwerk in Düsseldorf."

„Das hatte ich ja schon ganz verdrängt." schlägt sich Julia mit der flachen Hand an die Stirn. „Aber klar, das interessiert jetzt bestimmt keinen mehr."

„Rüdiger und ich gehen jetzt gleich mal nach Alfons schauen. Um die Zeit müsste er noch da sein. Kommst du mit? Wird ja Zeit, dass du ihn auch mal persönlich kennenlernst."

„Und vielleicht wird er ja euer Trauzeuge. Ich habe diesbezüglich leider schon bei Udo und Sabine zugesagt. Sorry." lache ich.

Um kurz nach drei Uhr betreten wir die Außenfläche des *Honäsch*. Fast so als wären wir die drei Musketiere, die gerade die Ehre ihres vierten, temporär verschollenen Gefährten wieder hergestellt haben. Und genau das wollten wir ihm jetzt voller Stolz mitteilen.

„Was denkst du, wo er sein könnte?"

„Um die Zeit kann es eigentlich nur einen Ort geben, der dafür in Frage kommt."

„Die Außenkamine!" sagen wir gleichzeitig.

„Was macht er denn bei den Außenkaminen?" fragt Julia.

„Er bereitet sich da um die Zeit immer gerne was Warmes zu. Und testet damit gleichzeitig auch noch die Alltagstauglichkeit von den Dingern." sagt Patrick, ohne dabei auch nur mit einem Teil seiner Wimper zu zucken.

„Is' klar. Und Gerstner kommt hin und wieder vorbei und leistet ihm Gesellschaft."

„Aber nur, wenn es Fisch gibt. Das ist Alfons' absolutes Spezialgebiet." hebt Patrick grinsend den Zeigerfinger

Ich stelle mir gerade vor, wie sich Alfons hier am frühen Nachmittag eine fangfrische Dorade zubereitet, links von ihm steht der passende Weißwein, rechts die Türme mit fangfrischem Kleingeld. Und neben ihm steht der hungrige Herr Gerstner und kommentiert das Ganze mit den Worten ‚Wann isses denn soweit? Das riecht ja wirklich schon sehr gut, Herr Schaumreiter!'

„Vielleicht hat ihn sein Anwalt ja auch schon informiert." reißt mich Patrick aus meinen bizarren Gedanken.

„Kann natürlich auch sein. Dann dürfte er aber nicht bei den Kaminen sein, sondern eher bei Ouzo-Udo, um dem gerade sein komplettes Weinsortiment leerzukaufen."

Im gleichen Moment erreichen wir die Freifläche, auf denen etwa zwei Dutzend Außenkamine still vor sich hin stehend auf neue Besitzer waren. Die einzige Bewegung die dort jedoch herrscht sind die im Wind flatternden Produktinformations-Blätter. Kein Rauch, keine aufeinandergestapelten Münzhaufen. Und vor allem auch kein Alfons Schaumreiter.

„Nächste Station Udo?" schaue ich Patrick an.

„Hätte ich jetzt auch vorgeschlagen."

Auf dem Weg zu Udos Getränkeparadies sehe ich aus dem Augenwinkel, wie gerade zwei Limousinen mit Düsseldorfer Kennzeichen vom Parkplatz auf die Hauptstraße einbiegen. Innerlich spüre ich zwar ein gewisses Verlangen, den beiden Autos mit den Worten ‚Gute Fahrt. Und danke für alles!' winkend hinterherzulaufen, das erscheint mir dann aber doch etwas zu übertrieben.

„Habt ihr gesehen? Das Inquisitions-Duo geht auf die Heimreise." mache ich aber zumindest die mittlerweile händchenhaltenden Julia und Patrick darauf aufmerksam.

„Wow. Die waren aber ganz schön lange da."

„Stimmt. Um neun waren die da, jetzt isses schon nach drei."

„Und die werden ihre Zeit bestimmt nicht nur damit verbracht haben, Gerstner dabei zuzuschauen, wie er seinen Schreibtisch geräumt hat." ergänzt Julia

„Denkst du das gleiche wie ich?" schaut mich Patrick an.

Er meint jetzt aber bestimmt nicht den Gedanken daran, wie Gerstner seine popeligen Privatsachen klischeemäßig in einen mittelgroßen Pappkarton packt und dann das Büro verlässt.

„Ich weiß nicht, worauf du hinauswillst." sage ich daher.

„Ich könnte mir vorstellen, dass die Düsseldorfer die Zeit genutzt haben für ein kleines Lunch-Date mit …"

„… mit Alfons. Natürlich."

Herrlicher Gedanke. Wo auch immer dann die Düsseldorfer Nadelstreifen-Delegation mit unserem Vadder Abraham-Doppelgänger zum Mittagessen hingegangen ist, das Gesicht des Oberkellners hätte ich zu gerne gesehen.

„Und ich kann mir auch schon vorstellen, wo die waren." grinst Patrick.

„Äh, und wo?"

„Wolle du vielleicht habe eine kleine Hineweis, Amigo?"

Man, man. Gerade stehe ich scheinbar mit beiden Beinen voll und ganz auf der Leitung. Sollte es tatsächlich zu einem spontanen Mittagessen gekommen sein, wird Alfons die Typen natürlich zu Enrique geführt haben!

„Klar. Er hat ihm den Anwalt besorgt. Ohne Enrique wäre das Ganze ja sonst nie in Bewegung gekommen."

„Also Planänderung. Nächste Station ist erstmal Senor Baguette."

„Das heiße doch Anderung von die Plan, Senor Weber!"

Schon von Weitem ist zu erkennen, dass an Enriques kleinem Baguette-Gourmet-Tempel die Rollladen bereits heruntergelassen sind. Hätte mich jetzt auch überrascht, wenn er um diese Zeit immer noch am Ofen stehen würde.

„War zu erwarten." bestätigt Patrick meine Vermutung.

„Dann also gleich von Spanien nach Griechenland. Ouzo statt Olé!"

OK, die Gesichtsausdrücke von Patrick und Julia lassen vermuten, dass sie mein Ouzo-und-Olé'-Wortspiel wohl eher nur so mittel fanden. Egal. Ich fand's gut.

Beim Betreten von Udos Getränkeparadies begrüßt uns das gleiche Bild wie gerade eben bei den Außenkaminen: Es ist nix los. Nur eine ältere Dame steht vor einem Regal mit undefinierbarem Inhalt. Mittels einer Lupe scannt sie in Zeitlupe das Sortiment, vielleicht ja um sicherzugehen, hier auch wirklich in einem Getränkemarkt zu sein und nicht in einer Apotheke. Oder beim örtlichen Reifenhändler. Außerdem scheint bei Udo gerade „Woche der Süßgetränke" zu sein, denn egal wohin man schaut, überall stehen deutlich zu hoch beladene Paletten mit Getränken in allen möglichen Farben: außer den obligatorischen Colas und Orangen-, Zitronen- und Grapefruit-Sprudeln sehe ich auch noch jede Menge Paletten mit Streuobst-Apfelschorle, Eistee und natürlich die unvermeidlichen, neonfarben leuchtenden Isotoniker. Nur von Udo ist weder etwas zu sehen noch zu hören. Und wie mir gerade auffällt, läuft im Hintergrund auch nicht die übliche Easy-Listening-Getränkemarkt-Musik.

„Sollen wir mal bei ihm Büro nachschauen?" zeige ich mit dem Kopf in die entsprechende Richtung.

„Denke ich auch. Irgendwo muss er ja sein."

„Und ich räume in der Zwischenzeit den Laden aus. Muss man ja ausnutzen, wenn gerade niemand da ist." legt Julia ihre rechte Hand lässig auf einer der isotonischen Paletten.

Patrick, Patrick, in puncto Schlagfertigkeit hast du mit deiner Julia offenbar deine Meisterin gefunden, denke ich mir, als wir losgehen.

Udos Büro befindet sich im hintersten Eck seines Getränkemarktes. Also geht es für uns vorbei an Regalen mit so befremdlichen Beschriftungen wie ‚Ein Tag ohne Wein ist ein verlorener Tag', ‚Sekt & Champagner - Prickelndes für die Zeit zu zweit' oder auch ‚Likörchen für Ihr Schätzchen'. So genau hatte ich mir diese Beschriftungen bisher noch nie durchgelesen, aber ich verstehe, dass unser Alfons jedes Mal Heimatgefühle entwickelt, wenn er hier einkauft. Am Ende des Ganges mit ziemlich exotisch aussehenden dunkelbraunen und -grünen Flaschen, erreichen wir schließlich Udos Büro. Ich will gerade anklopfen, da hält mich Patrick am Arm und zeigt grinsend auf das Fenster, seitlich von der Bürotür.

„Habe ich etwa Wahnvorstellungen oder siehst du das gleiche wie ich?" frage ich ihn kopfschüttelnd.

„Ist der mit der Mütze euer Alfons?" schaut uns Julia an.

„Das ist Alfons, richtig." bestätigt Patrick, während ich nach wie vor, beinahe versteinert, dieses Szenario in Udos Büro betrachte. Außer Ouzo-Udo und Alfons ist auch noch unser spanischer Gourmet-Experte, Senor Enrique, Bestandteil einer geselligen Runde, die im Halbkreis um einen weißen Bistrotisch steht. Auf diesem kann ich mindestens vier, bereits entkorkte, Weißweinflaschen entdecken, hinzukommen noch ein paar, bereits geleerte, Mini-Schnapsfläschchen, wie sie bei Udo in den Gitterboxen direkt neben der Kasse zu finden sind. Während bei Udo und Alfons noch eine einigermaßen natürlich-aufrechte Körperhaltung zu erkennen ist, würde ich diese bei Enrique eher als ‚eher in Richtung diagonal tendierend' bezeichnen. Und würde er sich nicht mit einer Hand an der Husse des Bistrotisches festhalten, wäre sogar ‚horizontal-liegend' die korrektere Bezeichnung.

„Ich denke, da wird gerade etwas gefeiert, was inhaltlich mit eurer kleinen Elektro Güldner-Sektrunde zu tun haben könnte." tippt Julia uns zeitgleich mit ihren beiden Zeigefingern auf die Schultern.

„Und ich bin sicher, dass diese gemütliche Runde bestimmt noch Platz hat für drei weitere Gäste. Was meint ihr?" deutet Patrick ein Anklopfen an der Tür an.

NEUNZEHN

„Kein Widerspruch. Und an Getränkenachschub wird's da auch nicht fehlen. Dürfte heute sowieso alles auf's Haus gehen, schätze ich."

„Na dann." klopft Patrick an.

Keine Reaktion.

Mein Blick durch das Fenster zeigt mir, dass Patricks Klopfen bei keinem von den Dreien zu einer Veränderung der Körperhaltung geführt hat.

„Mach nochmal."

Patrick klopft ein weiteres Mal, diesmal deutlich lauter. Aber auch dieses Mal passiert nichts, was darauf schließen ließe, dass das Getränke-Trio in irgendeiner Art und Weise auf uns aufmerksam geworden ist.

„Wer weiß, was die schon alles intus haben." lacht Julia.

„Absolut. Je nachdem wann die losgelegt haben, herrscht da bestimmt schon ein ordentlicher Füllstand. Ich winke mal durch die Scheibe."

Der erste, der auf dieses Winken reagiert, ist komischerweise Enrique. Bei ihm wäre ich aufgrund seiner Gesamtverfassung am wenigsten davon ausgegangen, dass er noch zu irgendwelchen mentalen oder motorischen Reaktionen in der Lage ist. Sein Mund scheint jedenfalls etwas wie ‚Schaute mal, die Rudiger ist da.' zu sagen.

„OK, wir haben Kontakt." zeige ich mit dem Daumen in Richtung Patrick und Julia.

Nur wenige Augenblicke später öffnet uns ein spürbar angeheiterter Udo Scharnitzky die Tür. Und in diesem Moment ist auch klar, warum wir hier noch bis nächste Woche hätten klopfen können, ohne dass sie davon etwas mitbekommen hätten. Denn in dem Moment, in dem sich die Tür öffnet, dröhnt uns Musik in einer Lautstärke entgegen, wie es sie noch nicht mal in den wildesten Zeiten des *Aquariums* gegeben haben dürfte. Eine Erklärung, warum Udo offenbar über ein schalldichtes Büro verfügt, fällt mir gerade zwar nicht ein, ist aber in diesem Moment auch völlig egal.

„Macht mal leiser." brüllt Udo in Richtung von Alfons und Enrique.

Die feiern hier tatsächlich mit ‚We are the Champions' von Queen. Mehr Klischee geht ja fast nicht, schüttele ich innerlich mit dem Kopf.

„Kommt rein Jungs. Und wen habt ihr denn da Hübsches mitgebracht?" leuchtet er Julia mit seinen Augen an, während im gleichen Moment einer der beiden die Musik auf Zimmerlautstärke zurückdreht.

„Erzählen wir dir gleich."

„Benehmt euch, wir haben Damenbesuch." ruft Udo in den Raum, als wir eintreten.

Während Alfons zunächst am Tisch stehenbleibt, tritt Enrique bei dem Wort ‚Damenbesuch' instinktiv nach vorne. Leider hat er vergessen, dass damit auch seine Gesamt-Statik aus der Balance gerät, wodurch er uns mehr entgegenstolpert als entgegengeht.

„Huch, da hate die Enrique wohl eine bisschen zu tief, wie sage ihr hier, in die Glas getaucht."

„Geschaut, Enrique. Geschaut. Aber egal."

„Stimmt, isse egal heute." versucht Enrique Patrick und mich gleichzeitig zu umarmen, was ihm jedoch nachvollziehbarerweise nicht wirklich gelingt.

„Enrique kennst du ja schon, und das hier sind Udo und Alfons. Udo, Alfons, das ist Julia." überspielt Patrick gekonnt Enriques überschaubare Gesamtverfassung.

„Hallo Udo. Freut mich sehr." schüttelt sie Udo die Hand, dessen Augen sich nach wie vor noch im strahlenden Leuchtmodus befinden.

Na na na, Udo! Ich bin bei dir und Sabine der Trauzeuge, nicht bei dir und Julia, versuche ich ihn telepathisch etwas einzubremsen in seiner Euphorie.

„Und du bist Alfons. Ich darf doch Alfons sagen?" geht Julia auf unseren Kleingeldmann zu, der nach wie vor am Bistrotisch steht.

„Der bin ich. Und klar darfst du. Ich kann mich nicht daran erinnern, wann mich zum letzten Mal jemand Herr Schaumreiter genannt hat. Außer heute Mittag die ganzen Typen aus Düsseldorf." lacht Alfons schallend los und drückt die verdutze Julia an sich.

„Und ihr, wollt ihr mich nicht auch angemessen begrüßen, Jungs?" fragt Alfons in unsere Richtung, nachdem seine Arme Julia wieder in die Freiheit entlassen haben.

„Das musst du uns nicht zweimal sagen!"

„Seit wann weißt du es denn?" frage ich ihn.

„Seit heute Morgen. Muss so gegen 10 Uhr gewesen sein als mich einer von den Düsseldorfern auf dem Parkplatz angesprochen hat.

„Und seitdem feiert ihr hier?" lacht Patrick.

„Erst seit kurz nach eins. Als Udo uns eingeladen hat." zeigt Alfons mehrere Male hintereinander mit dem Zeigefinger abwechselnd auf sich und Enrique.

„Äh, DU hast die beiden eingeladen, Udo?" schaue ich ihn fragend an.

„Mmmh. Hab' ich." murmelt Udo etwas zeitverzögert.

„Und woher bitteschön wusstest du, dass es da was zu feiern gibt?" präzisiert Patrick die Thematik. Offensichtlich stellt er sich gerade die selbe Frage hinsichtlich der Rolle Udos und der daraus resultierenden chronologischen Abläufe des bisherigen Tages.

Patricks Frage scheint Udo noch etwas mehr aus der Fassung zu bringen, weswegen er hilfesuchend zu Enrique schaut. Dessen Blick scheint ihm aber eher so etwas wie ‚da kanne dir jetzt die Enrique nix helfen' sagen zu wollen.

„Udo. Raus mit der Sprache!"

„Sabine hat es mir geschrieben." zeigt er nach einer wieteren kurzen Verlegenheitspause auf sein Handy, das auf dem Bistrotisch an einer geöffneten Weißweinflasche lehnt.

„Sabine?" schaut Julia fragend Patrick an.

„Frau Voss. Also unsere Frau Voss."

„Was hat die denn mit Udo zu tun?" schaut sie unverändert fragend.

„Udo ist der Getränkehändler ihres Vertrauens. Die restlichen Details erzähle ich dir später."

„Wann hat sie es dir geschrieben?" wende ich mich wieder Udo zu.

„Hm, weiß ich gar nicht mehr so genau."

„Udo!"

„OK, OK. Es war so gegen halb elf."

Unglaublich. Gerade also mal neunzig Minuten nachdem ich ihr heute Morgen Udos private Handynummer gegeben habe, schickt sie ihm mal einfach so brühwarm alle die Infos, welche die Mitarbeiter erst knapp vier Stunden später bekommen. Respekt Sabine, da hast du dich ja nicht allzu lange mit so harmlosen Einstiegsthemen wie zum Beispiel ‚Hallo Udo, vielleicht gehen wir ja mal zusammen einen Kaffee trinken?' aufgehalten.

„Weißt du, wann wir die Info bekommen haben?"

„Ein wenig später?" scheint das ganze Udo immer peinlicher zu werden.

„Wenn vier Stunden unter die Kategorie ‚ein wenig später' fallen, dann ja."

„Oops."

„Sehen wir's mal positiv. Immerhin sind wir dadurch noch nüchtern." lacht Julia.

„Ich hoffe, Sabine bekommt jetzt keine Schwierigkeiten deswegen." nimmt mich Udo mit einem etwas besorgten Gesicht zur Seite.

„Nur wenn Alfons und Enrique sie verklagen. Diese Wahrscheinlichkeit dürfte allerdings in einem nicht mehr messbar kleinem Bereich sein, wenn ich mir eure Runde so anschaue. Da wird sie schon eher das erste Ehrenmitglied im noch zu gründenden Alfons-Schaumreiter-Fanclub."

Und auch wenn Udo nicht ernsthaft mit irgendwelchen Konsequenzen für seine Sabine gerechnet hat, so glaube ich doch eine gewisse Erleichterung in seinen Gesichtszügen zu erkennen.

„Rüdiger, komm mal rüber." winkt mich Julia zu sich. „Wir haben Alfons gerade gefragt, was er in Zukunft mit dem ganzen Areal vorhat."

Jetzt bin ich in der Tat gespannt. Vielleicht entsteht hier ja bald Europas größter Getränketempel mit täglich wechselnden All-you-can-drink-Happy-Hours.

„Na dann lass mal hören."

Alfons schaut mit uns leicht nach oben gezogenen Augenbrauen an, gerade so als würde er sich nicht wirklich getrauen, uns in seine Pläne einzuweihen. Dann atmet er einmal deutlich hörbar ein und wieder aus.

„Ich änder' hier gar nix."

„Hä?"

„Ich verstehe nicht ganz." wiederholt Patrick quasi meine Frage, lediglich etwas gewählter ausgedrückt.

„Nixe zu anderen klingt gute fur die Enrique." scheint Enrique hingegen sehr einverstanden zu sein und öffnet ein weiteres der kleinen Schnapsfläschchen, auf dessen Etikett ich das Foto von zwei knallroten Kirschen erkennen kann.

„Ich habe in meinem Leben sehr viel gearbeitet, um das alles hier aufzubauen." sagt Alfons und macht eine kurze Pause. „Und bis auf eine Person, die hier vielen das Leben schwergemacht hat, ist das alles doch gar nicht so schlecht, oder?"

So hatte ich das noch gar nicht gesehen, aber Alfons hat natürlich völlig Recht. Und wenn ich in die anderen nickenden Gesichter dieser Runde blicke, dürften die es nicht viel anders sehen. Im Fall von Enrique weiß ich jedoch nicht, ob das bei ihm ebenfalls ein zustimmendes Nicken ist oder ob es sich dabei möglicherweise schon um die schwindende Fähigkeit seines Körpers handelt, dessen Motorik zu steuern.

„Udo hat hier einen tollen Laden aufgebaut und Enrique macht die besten Baguettes weit und breit… und deine Marie hättest du nie kennengelernt, wenn es die Bäckerei nicht geben würde." legt er mir die Hand auf die Schulter. „Warum also sollte ich daran irgendwas ändern?"

Damit hat Alfons natürlich noch mehr Recht, falls es sowas wie ‚noch mehr Recht haben' überhaupt gibt. Und damit steht er bei mir natürlich ganz weit oben auf der Liste potentieller Trauzeugen. Ich hoffe nur, dass es irgendein Standesamt gibt, bei dem es Trauzeugen erlaubt ist, auch im Sommer blaue Wollmützen während der Zeremonie zu tragen.

Marie dürfte ja noch gar nicht wissen, was sich hier und heute gerade Historisches zugetragen hat, fällt mir da gerade ein. Ich schreibe ihr daher kurz.

15:30: Hast du schon Feierabend? Falls ja, komm zu Udo. Gibt was zu Feiern. Getränke gehen alle aufs Haus.

15:30: Wir sind alle in Udos Büro. Ganz hinten im Laden.

15:31: Kuss!

„Hast du darüber auch schon mit den Düsseldorfern gesprochen?“ fragt Patrick.

„Ja, waren ja auch lang genug da heute.“

„Die Alfonso kam in die Pause von die Mittag mit drei Leute zu die Enrique und hate gesagt, er musse was ganz wichtiges bespreche. Die Enrique hat sogar bei jede von die Baguettes geschaut, dass isse keine verbrannt auf die untere Seite.“

Er hat die Typen aus der Zentrale in der Mittagspause also wirklich zu Enrique gebracht. Ich hoffe nur, dass davon jemand Bilder gemacht hat. Deren Bedeutung stünde den Bildern von der Mondlandung, John F. Kennedys Besuch in Berlin und dem Mauerfall wahrscheinlich in nichts nach. Zumindest für das Sextett, das sich hier gerade in Udos schalldichtem Büro die Kante gibt.

„Und, was halten die von deinen Plänen?“ fragt Julia.

„Noch bevor Enrique mit dem ersten Schwung Baguettes kam, hatte ich sie im Sack.“ grinst Alfons verschmitzt. Zumindest tippe ich aufgrund der Bewegung seines Bartes darauf, dass es sich dabei um ein verschmitztes Grinsen handelt.

„Die Enrique war bissele nervos, ob es die Herren in die teure Anzuge auch smecken wurde.“ Mit diesen Worten wendet sich Enrique dem nächsten kleinen Fläschchen zu, wird dabei aber glücklicherweise von Udo eingebremst. Ich habe keine Ahnung, wieviel unser Umlaut-Verweigerer schon intus hat und ob das möglicherweise schon deutlich über dem Fassungsvermögen eines durchschnittlichen Spaniers liegt. Aber ein solcher Tag sollte definitiv nicht mit einem Krankenhaus-Aufenthalt wegen Magen-Auspumpens enden, finde ich und sende daher ein stumm-genicktes ‚danke' in Richtung Udo.

„Aber das heißt hoffentlich nicht, dass du auch weiterhin deine Tage mit Kleingeld-Kollekten verbringen wirst, oder?" frage ich.

„Wer weiß. Als erstes würde ich mir dann aber den größten von euren Außenkaminen kaufen. Du bekommst da doch bestimmt Mitarbeiter-Rabatt drauf?"

„Klar. 20 Prozent auf alles. Außer Tiernahrung!"

„Im Ernst. Dank dem Anwalt, den mir Enrique mir besorgt hat, muss ich mich da um nix kümmern. Der macht nächste Woche einen kleinen Ausflug nach Düsseldorf und dann schauen wir mal, was es denen wert ist, dass hier alles beim Alten bleibt. Also alles, außer Gerstner."

„Sehr gut. A propos Gerstner. Ich glaube, ich muss dir da was beichten, Alfons." sage ich.

„Aha. Und das wäre?"

„Als wir uns damals in der Mittagspause getroffen haben und du mir zum ersten Mal das Schreiben von deinem Anwalt gezeigt hast …"

„Ja, ich erinnere mich."

„Also, das war kein Zufall, dass wir uns da getroffen haben."

„Sondern?"

„Ich habe dich gesucht, weil ich dich morgens bei Gerstner im Büro gesehen hatte."

„Ich weiß." sagt Alfons ganz seelenruhig.

„Du weißt das?"

„Klar. Ich hab' dich ja kreuz und quer über den Parkplatz laufen gesehen. Und da war es nicht so schwer, eins und eins zusammenzuzählen. Deswegen habe ich dir ja auch selbst erzählt, dass ich bei deinem Chef war. Und dein vermeintlich überraschtes Gesicht war echt gut."

„Du warst also nicht sauer?"

„Warum sollte ich? So viele Menschen gibt es ja nicht, die freiwillig ihre Mittagspause für mich opfern."

„Puh, dann bin ich ja beruhigt." atme ich hörbar durch.

„Vielleicht eine kleine Sluck von die Wasser von die Kirsche? Isse gut fur die Kreiselauf." hält mir Enrique eins von den scheinbar grenzenlos vorhandenen Fläschchen hin.

„No, gracias, Senor." winke ich dankend ab. Könnte ja sein, dass wir gleich nochmal zurück in den *Honäsch* müssen. Und neuer Eigentümer plus Entlassung von Gerstner hin oder her, man muss es ja nicht gleich komplett übertreiben.

„Wie war's denn bei ihm Büro? Das Einzige, was ich von unten erkennen konnte war sein hektisches Gefuchtel."

„Ja, er war ein wenig nervös." lacht Alfons. „Als ich ihm das Anwalts-Schreiben gezeigt habe, hat er erst was von ‚was glauben Sie eigentlich wer Sie sind?' gesagt und wieviel ich denn heute schon getrunken hätte. Ach ja, und dann wollte er mir Hausverbot für das ganze Areal erteilen. Der hat da auf die dickste Hose seit Obelix gemacht."

„Und? Was hast du geantwortet?"

„Nix. Ich hab' mich einfach auf seinen schicken Ledersessel gesetzt. Das Ding ist übrigens lebensgefährlich. Einmal einen falschen Hebel gedrückt und das Ding macht mit dir was es will!" verzieht er das Gesicht.

Ich muss kurz lachen. Wenn du wüsstest, was ich mit diesem ADHS-Sessel schon alles erlebt habe!

„Wie lange warst du denn bei ihm?"

„Schätze mal zehn Minuten. Nicht länger. Dürfte ihm aber gereicht haben."

„Hat er dich rausgeschmissen oder bist du von selber gegangen?"

„Irgendwas dazwischen. Ich glaube, er wusste gleich, dass ich im Recht bin. Wenigstens hat er nicht versucht, mich irgendwie zu bestechen oder mir irgendeinen krummen Deal anzubieten."

„Ja, Anstand hat er, unser Herr Gerstner." ruft Patrick mit erhobenem Glas.

Nach einer kurzen Sekunde der Stille prusten wir alle laut los vor Lachen.

Im selben Moment signalisiert mir das Vibrieren meiner Hosentasche, dass mehrere Nachrichten eingegangen sind. Dürften von Marie sein.

‚3 neue Nachrichten von Marie' leuchtet mir vom Display entgegen. Ich drücke auf öffnen.

15:33: Wollte gerade heimfahren, aber wenn's was zu feiern gibt, komme ich natürlich vorbei.

15:34: Was heißt denn ‚wir sind alle in Udos Büro'? Der ganze Honäsch? Da sieht's nämlich so aus, als wären alle ausgeflogen!

15:44: Bin vor Udos Büro. Kannst du bitteschön mal aufmachen? Hab schon mindestens zehnmal geklopft.

An diese Mail ist das knallrote Gesicht angehängt. Und zwar gleich viermal.

„Hallo Schatz. Warum hast du denn nicht geklingelt?" begrüße ich Marie.

„Sehr witzig. Gute Luft habt ihr hier." schüttelt sie lachend den Kopf.

„Wir haben noch Luft hier drin? Das überrascht mich ein wenig."

„Blödmann. Was gibt's denn zu feiern? Ist ja eine illustre Runde hier." schaut sie in Richtung Alfons & Co.

In knapp zwei Minuten gebe ich ihr einen Kurzabriss der Geschehnisse rund um Gerstner, Alfons und die Zukunft des Areals, und gefühlt alle zehn Sekunden wird ihr ungläubiges Gesicht dabei größer und größer.

„Ernsthaft? Er bekommt das alles also wirklich zurück und du bald einen neuen Chef? DAS nenne ich wirklich mal einen Grund zu feiern! Jetzt musst du mir nur noch eins verraten."

„Und das wäre?"

„Zu wem der Rücken gehört, an dem Patrick da gerade rumfummelt."

„Stimmt, das hab' ich dir ja auch noch nicht erzählt. Patrick ist jetzt mit Julia zusammen. Hab's auch heute erst erfahren."

Die dritte Neuigkeit des Tages, dass sich Alfons vorhin unbewusst auf Platz eins unserer potentiellen Trauzeugen geschossen hat, bewahre ich mir erstmal noch für einen anderen Tag auf.

„Find ich ja sehr nett, dass Udo euch dafür sein Büro zur Verfügung gestellt hat."

„Finde ich auch. Komm, ich stell' dir Julia vor." nehme ich sie an die Hand.

„Marie, darf ich vorstellen, das ist Julia Web… äh, Julia Nowak."

Oops, da hat das Thema Trauzeuge mein Unterbewusstsein wohl ein wenig zu sehr inspiriert.

„Freut mich, Marie. Und noch ist es nicht so weit mit einem neuen Nachnamen, aber wenn aus Patrick Weber dann mal Patrick Nowak wird, sag ich Bescheid." grinst Julia in meine Richtung.

Und wieder gehen einhundert Punkte für Schlagfertigkeit an Julia!

Ich schiele kurz rüber zu Patrick. Und dem scheint diese Idee wohl ganz gut zu gefallen, wenn ich seinen Gesichtsausdruck richtig einschätze.

„Und die Enrique machte die Catering von die Hochzeit, versproche." gibt Enrique auch mal wieder ein Lebenszeichen von sich.

„Da müssten wir aber erstmal vorher klären, ob sein ‚versproche' eher als Versprechen oder vielleicht doch eher als Drohung zu verstehen ist." flüstere ich Julia ins Ohr.

„Hallo Alfons, ich hab's erst nicht glauben können, aber umso mehr freue mich jetzt für dich. Herzlichen Glückwunsch!" drückt Marie Alfons an sich. Nach Julia ist das damit schon die zweite Frau, mit der Alfons heute auf Tuchfühlung gehen darf, wenn auch nur für ein paar Augenblicke. Und für einen kurzen Moment habe ich sogar das Gefühl, dass ihn das fast genauso freut wie die baldige Rückeroberung des *Honäsch*-Areals.

„Wasse kann ich dir zu trinken einschenken, Marie? Die Wasser von die Kirsche hier isse zu empfehlen." zeigt Enrique auf ein Ensemble aus vier kleinen Kirschwasser-Fläschchen, die er akkurat in zwei Zweierreihen vor sich aufgebaut hat.

„Äh, vielleicht erst mal was Leichteres. Ist ja schließlich auch noch mitten am Tag."

„Irgendwo auf dieser Welt ist es schon Abend."

OK, Alfons, also wenn jemand diesen mittlerweile schon ziemlich abgedroschenen Spruch noch verwenden darf, dann du!

„Marie hat mir übrigens vorhin geschrieben, dass der ganze Honäsch quasi ausgestorben ist." flüstere ich Julia und Patrick zu. „Sollen wir vielleicht mal rübergehen?"

„Also, wenn dann gehe ich rüber. Ihr beide macht mir nicht mehr den Eindruck, als wärt ihr noch zu irgendetwas in der

Lage, was mit Beratung, Verkauf oder schlimmstenfalls sogar mit Kundenkontakt zu tun hat."

Patrick und ich schauen uns achselzuckend an. Aber da können wir Julia definitiv nicht widersprechen.

„Ja, mach das mal. Nicht dass Gerstner gerade mit einem Aufsitzrasenmäher durch die Gänge donnert und alles dem Erdboden gleich macht." lacht Patrick.

„Bin gleich wieder da." gibt sie ihm einen Kuss.

„Patrick Nowak. Klingt eigentlich nicht schlecht, oder?" proste ich ihm grinsend zu, nachdem Julia außer Hörweite ist.

„Sollen wir vielleicht mal mit was anderem anstoßen? Was hast du denn sonst noch für gute Tropfen im Sortiment?" frage ich in die Richtung, in der ich Udo vermute.

„Ich glaube, Udo hat die Party schon verlassen." antwortet mir Marie stattdessen.

Und tatsächlich ist unser Sextett offensichtlich zu einem Quintett geschrumpft. Außer Udo hätte sich spontan zu einem Powernap unter den Schreibtisch gelegt. Oder in einen seiner Schränke.

„Wie, isse schon weg, die Udo?" hat jetzt auch Enrique Udos Abwesenheit bemerkt.

„Ich glaube, es ist OK, wenn wir für den restlichen Tag zur Selbstbedienung übergehen." sagt Alfons tiefenentspannt. „Ich schau mal, was ich so finde."

Mit diesen Worten macht sich Alfons gemäßigten Schrittes auf den Weg in Udos Getränke-Universum. Und keiner von zweifelt daran, dass er in Kürze nicht mit dem perfekt für diesen Anlass passenden Tropfen zurückkehren wird.

Nur wenige Minuten später kehrt Alfons zurück. Mit leicht wippender Wollmütze und drei Flaschen eines Weißweins, von dem ich allerdings nicht sagen könnte, welcher Preisklasse dieser zuzuordnen ist.

„Um unseren Udo müssen wir uns übrigens keine Gedanken machen. Der ist in guten Händen." sagt Alfons, während er seinen Korkenzieher in die erste Flasche reindreht.

„Und das bedeutet?" frage ich.

„Isse in gute Hande? Wasse heisse das?" schaut mich Enrique an, dem diese Redewendung, wie so viele andere auch, demnach noch nicht bekannt ist.

„Das heißt soviel wie, dass es ihm gut geht." antworte ich.

„Ah, das isse gut."

„Kannst du das vielleicht ein wenig konkretisieren?" fragt Patrick Alfons.

„Schaut selber." hat Alfons in diesem Moment die Flasche erfolgreich entkorkt und zeigt in Richtung Bürotür.

Patrick, Marie, Enrique und ich schauen uns abwechselnd schulterzuckend an.

„OK, schauen wir selber." geht Patrick als erstes in Richtung Tür.

Wenige Augenblicke später stehen wir alle nebeneinander im Türrahmen. Ein paar Meter entfernt sehen wir Udo Scharnitzky vor dem Sekt- und Champagner-Regal. Knutschend mit Sabine Voss, deren Frisur leicht in Unordnung geraten zu sein scheint, und deren geblümte Bluse noch etwas heller zu strahlen scheint als heute Morgen, nachdem der Zettel mit Udos Telefonnummer an sie gedrückt wurde. Und über den beiden leuchten die Worte, über die ich schon vorhin schmunzeln musste, als wir auf dem Weg zu seinem Büro daran vorbeikamen:

Sekt & Champagner - Prickelndes für die Zeit zu zweit

„Na da wollen wir aber mal nicht stören, oder?“ schiebe ich Patrick, Marie und Enrique zurück in Udos Büro.

„Na klar Rudiger. Isse ja wirklich in die gute Hande, die Udo.“ sagt Enrique und zwinkert leicht unbeholfen mit dem rechten Auge.

In diesem Moment kehrt auch Julia zurück in Udos Büro. Aus ihrer Mimik lassen sich allerdings keine Rückschlüsse darauf ziehen, was sich gerade im *Honäsch* abspielt. Somit ist von einer Aufsitzrasenmäher-Amokfahrt über unkontrollierte Plünderungs-Szenen bis hin zu sinnlos verhallenden Werbedurchsagen noch alles drin.

„Und?“ fragt Patrick.

„Ihr werdet es nicht glauben.“

Also, an einem Tag wie heute dürfte es wahrscheinlich nichts geben, was unter die Kategorie ‚ihr werdet es nicht glauben‘ fallen dürfte. Aber wer weiß.

„Wie schlimm ist es?“ geht Patrick scheinbar von einem der ersten beiden von mir angenommenen Szenarien aus.

„Schaut selbst.“ zieht Julia ihr Telefon aus der Tasche und entsperrt für uns den Bildschirm.

„Hahaha, großartig. Wer immer diese Idee gehabt hat.“ sage ich, als ich das Bild sehe. Es zeigt die großen Eingangstüren des *Honäsch*, in deren Mitte ein großes Pappschild mit eindeutig zuviel rotem Klebeband angebracht ist. Auf diesem steht in großen schwarzen Buchstaben:

Wegen Betriebsfeier bis auf Weiteres geschlossen.
Vielen Dank für Ihr Verständnis.